LA NUIT DES CHASSEURS

DU MÊME AUTEUR
CHEZ POCKET

L'Énigme de Rackmoor
Le Crime de Mayfair
Le Vilain Petit Canard
L'Auberge de Jérusalem
Le Fantôme de la lande
Les Cloches de Whitechapel
La Jetée sous la lune
Le Mystère de Tarn House
Les mots qui tuent
L'affaire de Salisbury

MARTHA GRIMES

LA NUIT
DES CHASSEURS

PRESSES DE LA CITÉ

Titre original :
The Deer Leap

Traduit par Claire Beauvillard

Le Code de la propriété intellectuelle n'autorisant, aux termes de l'article L. 122-5, 2° et 3° a), d'une part, que les « copies ou reproductions strictement réservées à l'usage privé du copiste et non destinées à une utilisation collective » et, d'autre part, que les analyses et les courtes citations dans un but d'exemple et d'illustration, « toute représentation ou reproduction intégrale ou partielle faite sans le consentement de l'auteur ou de ses ayants droit ou ayants cause est illicite » (art. L. 122-4).
Cette représentation ou reproduction, par quelque procédé que ce soit, constituerait donc une contrefaçon sanctionnée par les articles L. 335-2 et suivants du Code de la propriété intellectuelle.

© Martha Grimes, 1985
Édition originale : Little, Brown and Company, Boston
© Presses de la Cité, 1996, pour la traduction française
ISBN 2-266-08775-4

A la mémoire de mon père

Etait-ce une belle Journée pour mourir
Et le Soleil Lui faisait-il face[1] ?

---

1. Tous les extraits de poèmes qui figurent dans cet ouvrage sont d'Emily Dickinson.

Un Cerf Blessé — saute plus haut —
J'ai entendu le Chasseur le dire —
Ce n'est que l'Extase de la mort —
Et puis le Calme règne dans les fourrés !

PREMIERE PARTIE

Bonne Nuit !
Qui a éteint la Chandelle ?

1

Cela faisait deux jours qu'Una Quick cherchait son chien, Pepper.

Chaque fois que l'un de ses concitoyens pénétrait dans le magasin de la poste (où depuis quarante-cinq ans Una distribuait timbres et objets divers), elle lui posait sempiternellement les mêmes questions, retardant ainsi la distribution des lettres, des marchandises en boîte et des demi-pains tant qu'elle parvenait à retenir l'attention de l'ignorant villageois. Tout le monde à Ashdown Dean connaissait les habitudes de Pepper dans les moindres détails.

— Il s'est sans doute enfui, à moins que quelqu'un ne l'ait ramassé. Et n'oubliez pas ce labo, ajouta Sebastian Grimsdale avec sa compassion habituelle.

Pendant ces deux jours d'angoisse, Sebastian fredonna le même refrain où il était question d'enlèvement de chats et de chiens et, de temps à autre, du laboratoire Rumford, où l'on pratiquait selon lui toutes sortes d'expériences abominables. Quand Una Quick fondait en larmes, il lui disait de ne pas s'inquiéter et s'en allait avec son courrier et sa soupe à la tomate en conserve. Qu'il réduisait ultérieurement, pour les hôtes de *Gun Lodge*, à une substance un tantinet plus épaisse que l'eau mais beaucoup moins que le sang.

En fait, le sang était son élément : Sebastian Grimsdale était maître de meute, et chasseur lui-même. Les seules personnes qu'il payait étaient son unique bonne à tout faire et son piqueur, Donaldson. Donaldson était un remarquable valet de chiens. Originaire d'Ecosse, comme la plupart d'entre eux. Mais Grismdale préférait Exmoor, le gibier y étant plus abondant. C'était fini jusqu'au printemps. Ce qui mettait Grimsdale d'une humeur encore plus exécrable que d'habitude. Seule la pensée de ce rendez-vous de chasse dans cinq jours le réconfortait, bien qu'il n'y eût aucune comparaison entre la modeste chasse au renard et la traque du cerf. Enfin, entre-temps, il pourrait toujours aller à l'étang avec son fusil et voir ce qui passait par là...

Alors que la pauvre Una Quick se tenait le cœur — elle avait un « cœur », ainsi décrivait-elle son état —, les villageois lui opposaient le plus souvent des pronostics plus optimistes et beaucoup plus rassurants.

— Pepper va revenir, vous verrez, ma chère, lui dit Ida Dotrice, sa voisine. Vous savez comment ils sont. Ils finissent toujours par se pointer sur le seuil...

Una ne savait trop comment ils étaient, après deux jours d'absence.

La petite Mrs. Ashley, dont le bébé avait une face de lune à moitié couverte d'un nuage de couverture blanche, lui raconta, pour la consoler, l'histoire « des chiens et du chat qui avaient parcouru des centaines de kilomètres, ou quelque chose comme ça, avant de rentrer à la maison ». Mrs. Ashley haletait légèrement, comme si elle venait elle-même de faire le voyage, tout en mettant du pain et de la *marmite*[1] dans son fourre-tout.

— ... Ils descendaient d'Ecosse ou d'ailleurs, je ne me souviens plus. Vous ne l'avez pas lu ? Eh bien, vous devriez, il y avait un siamois, vous savez comme ils sont intelligents... Combien vous dois-je ? Oh, tant que ça ! Les prix augmentent de jour en jour. Rien que la nourriture pour *chiens*, ça coûte très cher... Oh, pardon-

---

1. Pâte brune et salée à base de levure que l'on ajoute à la soupe ou que l'on tartine. *(N.d.T.)*

nez-moi, miss Quick. Il faut absolument que vous vous procuriez ce livre.

Elle ne se rappelait pas le titre.

— Ne vous inquiétez pas, hein ?

Les chats siamois qui avaient traversé l'Ecosse à pied ne consolaient pas le moins du monde Una Quick. Elle pâlissait à chaque tintement de la cloche de l'église, qui venait lui rappeler que nous sommes tous mortels, y compris Pepper. Le pasteur, un petit homme qui marchait comme s'il avait des ressorts à ses chaussures, ne lui avait pas été d'un grand secours en lui tenant ce discours.

Le troisième jour, elle retrouva Pepper. Le chien à taches brunes était étendu raide comme une planche dans la remise, derrière le cottage, où elle rangeait son matériel de jardinage, dont le désherbant. La porte était fermée, elle en était certaine, par un bâton glissé dans un crochet métallique.

Una perdit connaissance. Ida Dotrice, qui était venue pour téléphoner, la trouva là et la ranima. Una était plus morte que vive.

Ce fut lors des funérailles de Pepper dans le jardin d'Arbor Cottage que pour la première fois le magasin de la poste ferma un jour de semaine. Una, toute de noir vêtue, était soutenue par Ida et par son autre voisine, Mrs. Thring. On avait réussi à persuader le pasteur de lire un passage de la Bible sur la petite tombe, ce qu'il fit, mais d'une manière un peu légère.

Paul Fleming, vétérinaire du coin et directeur adjoint du laboratoire Rumford, avait déclaré que, oui, c'était sans nul doute le désherbant qui l'avait tué. Una lui demanda comment Pepper avait bien pu tirer le bâton du loquet. Mais la distraction d'Una était légendaire. Paul Fleming avait haussé les épaules sans rien dire.

Si les sœurs Potter, Muriel et Sissy, étaient bien connues à Ashdown Dean, c'était surtout parce qu'on ne les connaissait pas du tout. Elles tiraient leurs volets, verrouillaient leur porte et se cachaient derrière. Un garçon du coin leur livrait l'épicerie et elles ne recevaient aucun courrier. Quand elles se montraient, l'une était toujours en noir, l'autre en mauve, comme si elles en étaient respectivement au premier et au second stade d'un deuil à l'époque victorienne. Quand elles avaient remonté la grand-rue vers le salon de thé Briarpatch pour acheter quelques-uns des fameux gâteaux du propriétaire du lieu, ce fut un événement.

Après toutes ces années de claustration, on vit les sœurs Potter quitter leur maison le lendemain de la mort de Pepper, leur chat enveloppé dans une couverture, et monter dans leur vieille Morris.

Sissy remonta la rue à un train d'enfer, sortit du bourg et prit la direction du cabinet du Dr Fleming.

Gerald Jenks, un homme bourru qui tenait un magasin de cycles à la lisière du village, possédait un loulou tout aussi grognon que lui. L'animal était enchaîné à un poteau à l'extérieur de la boutique délabrée, tel un chien de garde. Ce qu'il y avait à garder, nul ne le savait. Seul Gerald aurait pu trouver un objet de valeur au milieu des piles de roues chancelantes et des pièces détachées.

Le lendemain du jour où le chat des sœurs Potter mourut d'une dose trop forte d'aspirine, Jenks trouva son chien pris dans une chaîne de vélo rouillée. C'était apparemment en tentant de se dégager qu'il s'était étranglé.

Si cela n'avait pas semblé impossible, on aurait pu croire que la population animale d'Ashdown Dean était en train de s'exterminer méthodiquement. Ou de se faire exterminer.

Trois jours plus tard, Una Quick était au lit, ne s'étant pas levée depuis l'enterrement. Raide comme la Justice, les mains croisées sur la poitrine, un cierge votif brûlant à son côté.

Le pasteur avait refusé d'officier pour Pepper, elle en était certaine. Pas assez bien pour lui. *Lui.* Ce n'était qu'un vieil imbécile tremblotant. Il y avait tout bonnement des gens qui ne comprenaient pas que l'on pût s'attacher à un animal.

Dans son petit cottage de l'allée de Tante Nancy — deux maisons en haut et en bas —, elle avait soigné une mère grincheuse pendant vingt ans. Et pendant quarante-cinq ans, elle avait tenu le magasin de la poste. Ce dont les villageois lui avaient été fort peu reconnaissants. Vendre de la soupe et trier le courrier. Pourquoi ne se serait-elle pas amusée de temps en temps ? Cette odeur infecte de parfum sur les lettres adressées à Paul Fleming. Beau, il ne se prenait pas pour de la petite bière.

Le cierge coulait au moindre souffle de vent. Elle en avait tenu un lors de l'enterrement et, quand il s'était éteint, elle en avait allumé un autre, puis un autre. Pour veiller.

Dans cette brise, elle sentait venir l'orage. Una songea qu'il attendait au-dehors, comme la Mort.

Quand le cercle d'acier la saisit au-dessous de la poitrine, elle grimaça. Les battements de son cœur, comme sa respiration, étaient irréguliers, heurtés. Le Dr Farnsworth était venu juste après les funérailles pour l'examiner de nouveau. Cela l'ennuierait-il qu'elle l'appelle lundi ? Ce soir ? Plutôt que mardi ?

Le cercle qui l'oppressait relâcha sa pression. Non, elle ne devait pas devenir la proie de mauvaises habitudes, comme certains patients. Il avait ri, plutôt gentiment, un bras autour de son épaule, et lui avait conseillé de ne pas trop se préoccuper de son cœur, que cela ne faisait qu'aggraver son état. Mais cette fois, elle avait failli y passer, et la mort de Pepper n'arrangeait rien. De l'arsenic. Cela avait dû être horrible...

Le téléphone sonna à l'autre bout de la pièce, et elle se demanda si elle y arriverait. Il se fit insistant. Elle glissa les pieds dans ses mules et y alla.

La voix était étrange. Presque étranglée.

Le message était encore plus étrange.

Elle essuya les gouttes de sueur de son front, froides comme des perles.

2

Ordinairement paralysée de timidité devant quiconque, Polly Praed était sur le point d'étrangler la femme de la cabine téléphonique. Du moins pensait-elle qu'il s'agissait d'une femme. C'était d'autant plus difficile à dire que la pluie, qui dégoulinait sur la cabine et détrempait son ciré jaune, lui éclaboussait les yeux comme de l'écume de mer. Un éclair soudain teinta la cabine rouge sang en jaune pâle, mais cette imbécile de bonne femme continuait à papoter.

Si elle n'avait pas été à la dernière extrémité, Polly Praed n'aurait pas plus songé à cogner contre la vitre de la porte qu'à prononcer un discours à la cérémonie annuelle de remise du prix des Libraires. Non qu'elle en eût jamais eu l'occasion. Les arbres qui bordaient la grand-rue auraient mieux su comment recevoir la récompense que Polly Praed. Déjà dix minutes. Dix minutes. Elle avait envie de hurler.

Malheureusement, c'était aussi hors de question. Elle avait raté son cours de développement de la conscience à Londres. Quand on lui avait demandé de tomber par terre en criant, elle était restée assise, raide comme un piquet.

Elle avait aussi raté son cours d'affirmation de soi à Hertford.

Un appel de son éditeur la jetait dans un état de terreur paroxystique. Il appelait généralement pour « voir où elle en était ». A sa manière, gentille, sournoise.

Il n'y avait pratiquement qu'avec quelques amis de Littlebourne qu'elle se sentait à l'aise, et elle se maudissait de ne pas y être restée.

La pluie tombait à verse, les éclairs déchiraient le ciel, et cet odieux individu de *Gun Lodge* avait eu le culot de lui dire que le téléphone y était réservé à un usage privé et de lui faire grimper la colline jusqu'à cette cabine.

Elle avait envie de se jeter en avant et de renverser cette satanée cabine et la personne qui, à l'intérieur, devait appeler tout Ashdown Dean. Grâce au ciel, c'était un petit village. Sans doute encore une vingtaine de communications.

Si son éditeur ne l'avait pas appelée pour « voir où elle en était », elle ne se serait jamais lancée dans une telle expédition littéraire. D'abord Canterbury, puis Rye, comme si l'imaginaire de Chaucer et de James allait tomber à ses pieds, telles les pierres des cathédrales ou les tuiles des toits. Puis elle était remontée vers Chawton et Jane Austen. Et même Jane n'avait pas réussi à mettre la machine en marche.

Si elle avait suivi assidûment son cours d'affirmation de soi, elle aurait tout bonnement dit à ce Grimsdale, elle aurait *exigé* de se servir de son téléphone. Mais, bien entendu, l'orage n'avait pas encore la force d'une bourrasque. Elle était donc montée à pied jusqu'ici.

Il tombait des cordes.

Cela ne lui aurait rien fait si ce déluge s'était aussi déversé sur son propre chat, Barney. Mais cet abominable individu lui avait dit : « Interdit aux animaux ». Barney, qui l'avait accompagnée dans son pèlerinage littéraire, avait l'habitude de rester dans la voiture. A la nuit tombée, elle était sortie discrètement pour le faire entrer en douce.

Seulement Barney n'était pas là.

Si elle ne s'était pas fait virer du cours de développement de la conscience, elle aurait pu aller trouver la police, dénicher quelqu'un. Cela dit, elle savait qui prévenir et qui la conseillerait, puisqu'il n'avait pas été avare de ses conseils depuis deux ans, que Polly Praed le veuille ou non.

Furieuse, Polly posa enfin la main sur la poignée de métal et ouvrit brutalement la porte.

— Je suis *navrée* ! C'est *très urgent* !

La femme réagit assez promptement. Tombant à la renverse, elle atterrit sur les pieds de Polly Praed. Sa main tenait encore le récepteur, et le cordon, tel un serpent, gisait à moitié à l'intérieur, à moitié à l'extérieur de la cabine téléphonique, tandis que l'éclair qui fendit à nouveau la nuit révélait un visage de cire.

Cela ressemblait trop à ses propres romans pour être vrai.

Elle était là au poste de police, sur une chaise dure, à attendre le retour de l'inspecteur Pasco. Polly, qui avait fait pas mal de recherches pour écrire ses romans policiers, savait que la rigidité cadavérique soit avait déjà quitté le corps dont la tête avait pris ses pieds comme coussin, soit n'était pas encore apparue. Ayant délicatement retiré ses pieds, elle avait dû enjamber la vieille dame pour appeler la police locale. Sous la pluie, l'unique téléphone public s'était vite transformé en un carnaval de lumières bleues tournoyantes et de villageois sortant des cottages et des rues étroites d'Ashdown Dean.

Depuis une bonne vingtaine de minutes, elle était assise sur cette chaise à patienter. Comme l'inspecteur Pasco était le seul policier du coin, il était allé chercher du renfort dans une petite ville à sept kilomètres, également située en lisière de New Forest. Dans la cabine, Polly avait été encerclée, questionnée, plantée là.

Et nul ne se souciait de Barney. Elle s'adjura de ne pas s'inquiéter. Barney s'était probablement échappé par la fenêtre. Il portait un collier rouge et il aurait obtenu la médaille d'or en affirmation de soi...

L'inspiration littéraire. Mon Dieu.

Elle était à court d'imagination et elle avait ce contrat qui la regardait en face, promettant pour janvier la livraison d'un livre qu'elle n'avait même pas commencé. Et on était le 22 octobre. Entre Canterbury et Battle, elle avait concocté une intrigue, dans laquelle six personnages réunis dans un compartiment de première classe pariaient pour savoir lequel raconterait l'histoire la plus intéressante avant d'arriver à destination. Elle les avait éliminés un à un, à mesure qu'ils se rendaient aux toilettes ou ailleurs. Elle ne connaissait ni l'auteur ni le mobile de ces meurtres... Le spécialiste de Chaucer, peut-être, qui avait eu l'idée de départ.

C'était à Battle que l'intrigue avait fait long feu quand, devant les rouleaux de parchemin de l'abbaye, elle s'était demandé si un meurtre où il serait question de Guillaume le Conquérant ne serait pas plus instructif. Mais rien que de penser à toutes les recherches...

Puis Rye. Henry James. A l'intérieur de Lamb House, elle songea à une histoire où plusieurs personnes tiendraient des conversations aussi péniblement interminables que compliquées autour d'une tasse de thé et de petits gâteaux, chacune sachant qu'il y avait un cadavre dans le solarium, mais y faisant allusion d'une façon si détournée, avec une sensibilité toute jamesienne, que nul ne saurait si l'on savait qu'il ou elle savait. Y compris le lecteur. Sa fascination pour les innombrables possibilités que lui offrait ce thème allait croissant. Elle allait ouvrir une nouvelle voie au roman policier. Un mystère à l'intérieur du mystère. Une vitre couverte de toiles d'araignée. Son éditeur n'y comprendrait rien, mais ferait mine de comprendre, ayant lui-même une sensibilité toute jamesienne.

Mais ses espoirs s'évanouirent quand elle prit *L'Age ingrat*, qu'elle essaya de le lire en buvant une tasse de thé accompagnée de gâteaux et se rendit compte que, bien qu'à son sens cela n'eût ni queue ni tête, Henry James savait sans doute ce qu'il faisait. Qu'il aille au diable !

Pourquoi n'était-elle pas restée dîner à Rye, à *La Sirène*, comme elle en avait été tentée ? Ou un jour de plus à Canterbury ? Et pourquoi avoir quitté Littlebourne, où elle serait bien au chaud dans son lit à lire le roman d'un autre en espérant y trouver quelque chose à grappiller ?

Ainsi Polly Praed retraçait-elle les déplacements des trois derniers jours, tel un film que l'on passerait à l'envers. Après avoir laissé l'imaginaire de Jane Austen dans le Hampshire (où elle se trouvait à présent), Polly avait projeté de poursuivre sa route et de faire une petite halte à Long Piddleton dans le Northamptonshire. Toutefois, elle ne voyait pas trop comment « passer à l'improviste » dans le fief familial des comtes de Caverness. Mais ne lui demandait-il pas sans cesse de lui rendre visite ?

Une demi-heure. Toujours pas de police. L'inspecteur Pasco l'avait interrogée avec minutie et, selon elle, avec suspicion. Pourquoi n'avait-elle pas téléphoné de *Gun Lodge* ? Parce que ce Grimsdale ne le lui avait pas permis.

Il arriva enfin et elle puisa dans ses dernières ressources pour trouver la force de déclarer :

— J'ai le droit de donner un coup de téléphone.

Comme elle se sentait un peu bête pour l'avoir tant entendu dans les séries américaines, elle rougit. Pasco, un homme grand et laconique, posa l'appareil sur le bureau et lui dit :

— Allez-y, miss.

Contente de ce *miss* — on ne s'était pas adressé à elle avec un *miss* depuis une époque reculée —, elle décrocha le combiné. Puisqu'il était en veine de conseils secourables, qu'il l'aide donc à se tirer de ce mauvais pas.

Ainsi Polly Praed décida-t-elle de balancer toute l'affaire à l'ancien lord Ardry, huitième comte de Caverness, tout comme elle balançait ses livres écrits à la hâte à un public qui ne se doutait de rien.

DEUXIEME PARTIE

Quelle est cette Auberge
Où d'étranges voyageurs
S'arrêtent pour la nuit ?

3

— *C'est l'heure !* cria Dick Scroggs.

Le patron du *Jack and Hammer* donnait le signal de la dernière tournée à dix heures. Il ne faisait pas preuve de la même déférence envers les habitués qu'avec le client occasionnel qui passait la nuit chez lui, ne se donnant même pas la peine d'ajouter *s'il vous plaît* ni *mesdames et messieurs* en annonçant l'heure de la fermeture.

Etant donné l'absence de nouveauté des dames et des messieurs, qui étaient tous, à une exception près, réunis autour d'une table devant une fenêtre en saillie, on pouvait lui pardonner sa brusquerie.

Marshall Trueblood, seul et unique élément original, consulta sa montre et lança à Dick :

— N'est-il pas un peu tôt, vieux briscard ? Il est tout juste dix heures. Depuis quand bouclez-vous avant la demie ? Enfin, prenons encore un verre, de toute façon.

Marshall Trueblood fit un signe de la tête en direction de Mrs. Withersby, qui dormait au coin du feu. Un coup de pistolet ne l'aurait pas fait remuer plus vite qu'un coup de gin.

— Tu n'as aucune inquiétude à avoir, bien entendu, dit lady Ardry à son neveu, Melrose Plant.

Melrose Plant posa ses mots croisés et haussa les sourcils. Cette réflexion, qui n'avait aucun rapport avec ce qui avait pu être dit auparavant, était tout à fait insolite. Lady Ardry avait feuilleté les pages financières du *Times*, après avoir écarté le *Daily Telegraph*.

La présence de lady Ardry en ce lieu et à cette heure tardive prouvait incontestablement que l'on avait atteint la lie de la bière, de la journée et vraisemblablement de l'automne. Elle se montrait souvent ici ou à Ardry End dans la journée, mais elle avait toujours déclaré avec vigueur que, pour elle, la matinée commençait à sept heures. Ce n'était pas une feignante, comme certains autres. Toujours au lit à dix heures.

— A quel sujet ne dois-je pas m'inquiéter, ma chère tante ?

Il n'eut pas à attendre sa réponse : elle la tenait toute prête.

— Des fonds, Plant, des fonds. Des investissements. De l'argent. C'est de cela que tu ne dois pas t'inquiéter, avec *ton* héritage.

Il ne se donna pas la peine de répondre. Que le septième comte de Caverness, son père, n'ait même pas laissé une aile d'Ardry End à sa belle-sœur, Agatha, avait à jamais classé Melrose Plant parmi les gredins et les goujats. Elle semblait avoir oublié que le père de Melrose avait assuré son avenir sous la forme d'un cottage dans Plague Alley et d'une pension annuelle. Elle avait dû se constituer une petite pelote, à en juger par les thés pantagruéliques qu'elle engloutissait à Ardry End, fief de la lignée des Caverness.

— Tout d'abord, je veux quelque chose de sûr. Quelque chose qui me rapportera un gros bénéfice, si jamais je décidais de vendre. Quelque chose qui ne fluctuera pas avec les hausses et les baisses du marché. Quelque chose d'absolument stable.

Elle avala son xérès d'un trait.

— J'ai songé aux métaux précieux. Que me conseillerais-tu ?

— Le saint Graal, rétorqua Melrose.

— Les antiquités, vieille branche, proposa Marshall Trueblood, l'unique antiquaire de Long Piddleton. J'ai un ravissant dragon en jade, un Ming, à un siècle près, que je vous vendrai pour une bouchée de pain.

Il lui sourit et alluma une Sobranie rose.

Comme toujours, la cigarette était assortie à sa tenue. Trueblood portait une veste safari, un foulard rose flamant et une chemise vert chartreuse. Sur la table, un panama. En octobre. Reliquat du jour de Guy Fawkes[1], peut-être. Melrose songea que Trueblood aurait vidé la jungle rien qu'en sortant d'un buisson.

— Vous pourriez acheter ma maison, dit Vivian Rivington à Agatha.

— Cette vieille ruine ? Cela fait trop longtemps que vous la laissez se dégrader, Vivian.

— Une ruine ? grogna Trueblood avec dédain. C'est le plus joli cottage de Long Pidd, et vous le savez. Mais, Vivian, ajouta-t-il en se tournant vers cette dernière, tu passes vraiment ton temps à la jeter en pâture au plus offrant, puis à la retirer du marché.

Melrose ne put supporter une seconde de plus cette absurde conversation sur la « capacité d'investissement » de sa tante. La seule chose qu'Agatha investirait jamais, c'était du temps, qu'elle passait d'ailleurs en majeure partie devant la cheminée de son neveu à consommer du thé et des gâteaux. Il ouvrit son carnet de chèques, ôta le capuchon d'un fin stylo en or.

— Combien en veux-tu, Vivian ?

Le regard de Vivian Rivington passa de Melrose Plant au carnet de chèques.

— De quoi parles-tu donc, Melrose ? fit-elle d'une petite voix. Tu ne veux pas ma maison ?

— Exact. Mais du moins serait-elle vendue et ne passerais-tu pas ton temps à faire la navette entre Northants et Venise, répondit-il avec un sourire obligeant. Soixante mille ? Soixante-dix ? Ainsi pourrions-nous éviter la comédie des agents immobiliers *et caetera*.

---

1. Chef de la Conspiration des Poudres, complot fomenté en 1605 par des catholiques pour faire sauter le Parlement. Il a donné son nom à une fête annuelle où l'on se déguise. *(N.d.T.)*

Le stylo était fermement pointé sur le chéquier, la mettant au pied du mur.

Elle s'éclaircit la gorge.

— Eh bien... Je ne suis pas *certaine* de vouloir la vendre... C'est-à-dire... Franco parle de la garder. Pour y passer quelques jours de temps en temps...

Melrose remit stylo et chéquier dans ses poches.

— Le comte Franco Dracula trouvera que Long Piddleton manque un peu de jeunes filles nubiles et de cryptes où les entasser commodément...

Vivian, d'ordinaire très placide, explosa.

— Je t'ai *déjà* demandé de ne plus l'appeler comme ça.

— C'est vrai, Melrose, intervint Trueblood. Viv est absolument splendide depuis son retour. Pas pâle du tout.

Les yeux noisette de Vivian fusillèrent également Trueblood.

— Vous m'écœurez, tous les deux.

Elle se drapa d'un geste théâtral dans une espèce de châle et se prépara à se lever.

Trueblood avait raison : elle était complètement différente chaque fois qu'elle revenait d'Italie, mais Melrose aurait fort bien pu se passer de cette différence-là. Il soupçonnait que ce fiancé (qui durait depuis quelque temps déjà) n'était pas sans rapport avec sa coiffure relevée et ses mèches plus claires, ses ongles vernis, ses vêtements de gravure de mode. Pourquoi cette ceinture de cuir froissé qui lui ceignait les hanches, par exemple ? Melrose soupira. Il lui faudrait quelques semaines pour l'inciter à reprendre ses vieux twin-sets et à laisser ses jolis cheveux brillants tomber sur ses épaules.

— Pour l'amour du ciel, assieds-toi ! dit-il avec mauvaise humeur.

Elle obtempéra.

— De toute façon, Dick ferme.

Bien que le temps passé au *Jack and Hammer* lui eût peut-être valu le sobriquet, on ne pouvait pas dire que Mrs. Withersby était un pilier de bistrot. A ce moment-là, elle était étalée devant l'âtre, sans connaissance.

Scroggs, qui semblait avoir oublié l'appel aux armes qu'il avait lancé il y avait presque une demi-heure, tendait le récepteur du téléphone à bout de bras.

— Pour vous, m'lord ! cria-t-il à Melrose Plant.

Plant fronça les sourcils.

— Pour moi ? A cette heure-ci... ?

Ce devait être Ruthven, songea-t-il. Ardry End, comme Manderley, devait être en flammes.

La communication était inaudible. La ligne crépitait comme si l'on avait appelé les pompiers.

A sa grande surprise, il s'agissait d'un appel interurbain.

A sa plus grande surprise encore, de *Polly Praed*. Qu'*elle* l'appelle *lui*, il avait peine à le croire.

— Qu'est-ce que vous dites, Polly ? Vous êtes tombée d'une cabine téléphonique ?

A l'autre extrémité de la ligne, Polly Praed eut envie de l'étrangler.

— *Non !* Je ne suis pas tombée, c'est *elle*... non, non, non ! Je n'étais pas avec elle dans cette cabine, espèce d'idiot ! ajouta-t-elle en secouant frénétiquement ses boucles brunes, comme si Melrose pouvait la voir.

Melrose sourit. « Idiot » était paradoxalement un compliment. Apparemment, Melrose était le seul adulte que cette femme pathologiquement timide était capable d'affronter. Avec les enfants, les animaux et le monde naturel, elle se débrouillait parfaitement bien. Lors de leur première rencontre dans son village de Littlebourne, elle était en grande conversation avec un arbre.

— Ecoutez, la ligne est très mauvaise. Vous m'entendez ?

— Bien assez.

Il se demanda ce que cela signifiait.

Elle articulait en détachant soigneusement les mots, comme quand on s'adresse à un fou.

— Cette femme vient de me tomber *dessus*.

— Où êtes-vous ?

A bout de nerfs, elle serra fort les paupières. Elle le lui avait déjà dit deux fois.

— A-S-H-D-O-W-N-D-E-A-N, épela-t-elle. En lisière de New Forest. Ils ne me laisseront pas partir...

Quand l'inspecteur Pasco lui lança un regard interrogateur, elle descendit du bureau, posa le téléphone sur ses genoux et se mit à chuchoter.

— La police vous a-t-elle dit qu'elle avait été assassinée ?

— Mais enfin, que voulez-vous que ce soit d'autre ?

— Ne perdez pas votre calme, Polly. Je suppose que vous souhaitez que je vienne immédiatement ?

— Si vous voulez.

S'il voulait. Quelle délicatesse. New Forest se trouvait à plus de cent cinquante kilomètres.

— J'étais en train de me dire...

Assise sur le sol du poste de police, Polly enroulait le cordon du téléphone autour de son doigt.

— Vous étiez en train de vous dire, répondit Melrose, que je pourrais amener le commissaire Jury là-bas.

Même en danger de mort, Polly n'aurait jamais appelé elle-même Richard Jury, bien qu'elle le connût assez bien.

— Non !

Melrose dut éloigner le récepteur de son oreille. Quand elle eut fini de hurler, il le reprit.

— Jury a sans doute toujours le même pain moisi sur la planche — viols, meurtres, vols —, et de toute façon il ne pourrait pas se rendre dans le Hampshire sans un ordre de service écrit, donc je doute qu'il vienne jamais.

Nouveau silence au bout du fil.

— Polly, avez-vous la *moindre* idée de ce qui s'est passé ?
— Oui, fit-elle d'un ton cinglant. Elle n'a pas payé sa facture et les Télécom l'ont butée.

On raccrocha brutalement le combiné à Ashdown Dean.

4

Ce soir-là, le commissaire Richard Jury ne travaillait sur aucune affaire et il n'aurait pas nécessairement mal accueilli quiconque serait venu troubler la petite scène de séduction qui se déroulait dans le studio qui se trouvait au-dessus de son appartement.

Carole-Anne Palutski (alias Glo Dee Vine, son nom de « théâtre »), dont il avait fait la connaissance un mois auparavant, alors qu'elle montait à grand-peine un fauteuil dans l'étroit escalier de la maison d'Islington, se penchait vers une minuscule table basse pour prendre deux bouteilles de Carlsberg, faisant pivoter son jean Sassoon en se tortillant une ou deux fois, ce qui n'était pas absolument nécessaire. Sur l'une de ses poches arrière, une décalcomanie disait *Petit malin* et, quand elle se retourna, le cœur décalqué sur son pubis se mit à palpiter. Carole-Anne croyait à la publicité double face.

— Vous voulez un Eléphant, chéri ?

Comme elle lui tendait une Carlsberg, elle voulait sans doute parler de la bière. Jury se demanda quelle réponse lui aurait faite quelqu'un de moins réservé, ou qui n'aurait pas eu l'âge d'être son père, comme lui-même. Vingt-deux ans, avait-elle dit avoir. Il laissa tomber, appelant mentalement les sapeurs-pompiers.

— Encore un et je descendrai chez moi à la vitesse des chutes du Niagara, dit-il. Vous ne tenez plus sur vos cannes, Carole-Anne.

Elle leva une jambe moulée de jean.

— Ce sont mes chaussures, chéri. Ces talons-là doivent bien faire dix centimètres de haut. Et appelez-moi Glo, répéta-t-elle pour la énième fois de la soirée.

— Non, ça ne vous va pas.

Carole-Anne fit la moue et décapsula la bouteille de telle manière que la mousse déborda et coula sur le débardeur. Il n'en fallut pas davantage pour qu'il constate qu'il n'y avait pas grand-chose entre le coton fin et la peau.

— Et voilà ! Regardez ce que j'ai fait, dit-elle d'un air étonné, comme si elle ne l'avait pas fait exprès.

La bière serpentait sur son torse nu, tout droit vers le jean. Où la « taille » était censée se trouver, seul Sassoon le savait : pour l'instant on avait l'impression qu'elle chevauchait son pelvis et des fils soyeux pendaient des passants de la ceinture, aboutissant à de petites boules qui faisaient des cabrioles sur le cœur rouge.

— Venez ici, fit Jury, qui était assis sur une banquette défoncée.

Les faux cils recouvrirent les yeux bleu foncé, tandis que tout son visage criait *enfin*. Les bouteilles de bière encore à la main, elle tangua vers lui et vint plaquer son torse visqueux sur sa bouche, ou presque.

Jury sortit son mouchoir et lui essuya le ventre.

Elle ouvrit la bouche, les bras ballants, en serrant ses bouteilles comme si elle voulait leur tordre le cou. Il en prit une et la lampa.

Elle posa sa main libre sur sa hanche.

— Eh bien, vous êtes un marrant, vous ! Vous n'êtes pas homo, alors où est le problème ? Je ne suis quand même pas une vieille dégoûtante.

— Plus depuis que j'ai essuyé cette bière, rétorqua Jury en souriant.

Il rougit et se dit qu'elle allait hurler, mais elle s'effondra sur la banquette en gloussant.

— Il faut de tout pour faire un monde.

Elle soupira et posa sa tête contre son épaule.

— Vous êtes mon premier échec.

— Peut-être suis-je votre premier succès.

Elle se tordit le cou pour tendre le visage vers lui et le regarda comme s'il était fou.

— Les hommes, ça court les rues, Carole-Anne. Savez-vous ce que je ferais, si vous étiez ma fille ?

— Non. Quoi ?

— Je vous donnerais un coup de pied dans votre petit cul à vous faire gicler à l'autre bout de la pièce. Et puis je vous achèterais un jean Gloria Vanderbilt, du moins la marque est-elle inoffensive, et un pull en cachemire. Pas moulant.

— Vous avez des goûts spéciaux ? C'est ça ?

Jury posa le front sur la canette de Carlsberg et éclata de rire. Elle ne voyait décidément les choses que sous cet aspect-là.

— J'essayais seulement de vous dédommager de la peine que vous vous êtes donnée en m'aidant à porter les meubles et tout ça, lui expliqua-t-elle.

— Pour l'amour du ciel, Carole-Anne, un homme ne peut-il vous donner un coup de main sans que vous vous sentiez obligée de coucher avec lui ?

Elle médita ces propos en tripotant l'étiquette de la bière.

— Un coup de reins pour un coup de main, répondit-elle en haussant les épaules.

Le déménagement de ses meubles dépareillés n'avait pas nécessité de camion, juste un vieux break conduit par un jeune homme. Ses biens matériels étaient en grande partie investis dans sa personne. Elle était superbe. Des yeux bleu marine, des cheveux qui lui tombaient à la taille, une silhouette que l'on remarquerait dans un sac à pommes de terre. Il l'avait aidée à ranger ses meubles, à faire de ce studio un endroit à peu près habitable, puis il l'avait emmenée grignoter un morceau dans un restaurant du coin.

Le jour du déménagement, il faisait chaud pour un mois de septembre et elle portait un short en satin bleu vif, coupé juste au-dessus de la ligne de démarcation entre les fesses et les jambes et, par-dessus, comme par une sorte de pudeur, une jupe courte du même tissu. Pudeur très légère néanmoins, puisque la jupe était fendue des deux côtés, ce qui mettait son jeu de jambes en valeur au lieu de le dissimuler. Il ne faisait pas chaud *à ce point-là*, mais il doutait fort que Carole-Anne raffolât des manteaux.

Que l'on parte des sandales souples pour remonter le long du corps ou des bretelles-spaghettis du caraco pour redescendre, elle produisit sur les hommes du bar un effet unanime. Les têtes se tournèrent en un mouvement synchronisé digne d'une troupe de comédie musicale.

Carole-Anne examina les plats inscrits à la craie sur l'ardoise sans se préoccuper davantage de ceux qui la reluquaient ni de ceux qui avaient la main baladeuse.

— Tarte au fromage, deux œufs durs en croûte, des frites et une salade.

Quand elle vit Jury commander des saucisses, elle ajouta :

— Une pour moi aussi.

Puis elle le quitta pour veiller au remplissage des assiettes et fit claquer ses sandales en direction d'une petite table, calée contre une banquette. Moïse fendant les eaux de la mer Rouge n'aurait pas déplacé plus d'air que cette apparition en satin bleu.

— Vous êtes *quoi* ? demanda Jury qui, ayant déjà avalé la moitié de sa saucisse, regardait Carole-Anne ingurgiter sa tarte au fromage.

— Danseuse nue. Ce n'est pas la peine de vous fâcher.

Elle haussa les épaules dans une direction indéterminée.

— Au *Roi Arthur*. Vous n'y êtes jamais allé ?

— Cette usine de négriers ? Uniquement quand j'ai épinglé l'un des malfrats qui bosse dans le passage.

— Vous ? Un commissaire ? Vous vous abaissez, non ?

— Celui-ci est un ami personnel. Ecoutez, vous ne devriez pas faire des trucs comme ça. Qu'en penseraient vos parents ? Ils ne sont probablement pas au courant.

— Ecoute-moi ça ! (Elle semblait s'adresser à son œuf dur.) Maman est morte. Et papa... (Elle haussa les épaules.) Qui sait ? De toute façon, je ne m'en souviens même pas, fit-elle sans avoir l'air de rien.

— Je suis désolé. Mais vous devez bien avoir de la famille ?

Quelque peu perplexe, elle leva vers lui ses yeux bleu foncé.

— Pourquoi ? Beaucoup de gens n'en ont pas. Et vous ?

— Pas grand monde. Un cousin. Il habite Newcastle. Comment vous en êtes-vous tirée, Carole-Anne ?

Les yeux bleus le fixèrent à nouveau, avec une petite étincelle cette fois.

— Vous plaisantez ?

Jury ne pipa mot.

Elle soupira.

— Bon, bon. Je ne suis pas de ces filles-là. Ce que je veux, c'est être danseuse ou actrice.

— Je croyais que vous l'étiez, dit-il.

— Mon Dieu, vous êtes pire qu'une dizaine de mères réunies. Je veux dire une *vraie* actrice. J'ai fait des essais pour *Chorus Line*. J'ai failli décrocher un rôle.

— Si vous ne l'avez pas décroché, c'est que le directeur du casting n'a pas les yeux en face des trous.

Elle hésita, puis éclata de rire.

— Merci.

— Alors, c'est ça votre ambition ? Les comédies musicales du West End ?

— Les comédies musicales de ce foutu West End ? Ça ira pour débuter. Moi, je suis vraiment faite pour les trucs sérieux. Le genre Judith Anderson ou Shirley MacLaine.

— Vous brûlez les planches, c'est sûr. Vous avez pris des cours ?

— Quelques-uns. J'ai besoin d'un peu d'entraînement.

Elle contemplait ses œufs durs d'un air grave.

— Au moins un peu. Il faut que je me mette au travail, fit-il. Je vous reverrai à la maison. Je vous ai à l'œil, Carole-Anne.

— C'est pas nouveau, dit-elle en pointant une épaule laiteuse vers le bar.

— Polly ? Polly *Praed* ? Dans une cabine téléphonique... ?

Jury avait quitté l'appartement de Carole-Anne après avoir vérifié le pêne de la serrure et réparé la chaîne. *(Vous allez me boucler, commissaire ?)*

Au moment même où il pénétra chez lui, le téléphone sonna. Comme il n'était pas de service, ce ne devait pas être Scotland Yard mais, connaissant la fâcheuse tendance de son chef à ignorer qui était le premier, le deuxième ou le troisième à contacter, il ne s'en attendait pas moins à l'un de ces appels aux armes tardifs de Racer. Cela ne signifiait pas qu'il se passât quoi que ce fût dans les bas-fonds londoniens qui dût requérir l'attention de Jury, mais simplement que les pubs et le club de Racer étaient fermés.

Jury eut donc l'agréable surprise d'entendre la voix de son vieil ami Melrose Plant au bout du fil.

— Bien sûr que j'ai une affaire en route ! Racer s'arrange pour que j'aie les mains pleines ou liées derrière le dos. Où se trouve cet endroit ?

Jury le nota.

— Entendu. Que t'a-t-elle dit d'autre ?... Hum ! Bon, tires-en tout ce que tu peux, fit Jury en souriant. Je te rejoins demain. Officieusement, évidemment. La police du Hampshire n'apprécierait pas que je vienne sans y avoir été convié.

Elle lui avait raccroché au nez, ah bon ? Jury hocha la tête, regarda le papier sans intérêt qu'il avait en main avant de le jeter sur son bureau. Si sa mémoire ne le trahissait pas, faire parler Polly Praed, c'était un peu comme être coincé dans une assemblée de muets. Elle était extrêmement timide, à moins qu'on en vînt à parler de meurtre.

5

Selon le Dr Farnsworth, Una Quick était morte d'un arrêt cardiaque.

Ce furent l'orage et le témoignage d'Ida Dotrice, selon lequel Una Quick avait l'habitude d'appeler son médecin (c'est lui qui signa le certificat de décès), qui fournirent à la police du Hampshire la cause de l'accident. Le Dr Farnsworth, dont le cabinet se trouvait dans la ville voisine de Selby, examinait Una Quick tous les mois avec une régularité d'horloge. Malheureusement (déclara Farnsworth à la police), miss Quick n'avait pas un cœur régulier comme une horloge. Il pouvait lâcher à tout moment.

Una avait dit à Ida Dotrice que le Dr Farnsworth lui avait recommandé de l'appeler une fois par semaine, tous les mardis après les heures de consultation, pour lui donner de ses nouvelles. Comment elle réagissait à sa dernière prescription, comment fonctionnait le vieux mécanisme, si elle lui avait désobéi et bu plus que les deux tasses de thé qui lui étaient permises, et ainsi de suite.

Mais l'orage de mardi soir avait abattu une ligne téléphonique et elle n'avait pas pu appeler le médecin de chez elle. Bêtement, elle avait donc remonté la grand-rue jusqu'à la cabine publique pour faire consciencieusement son rapport.

L'appel n'était jamais parvenu jusqu'à lui : Una était donc morte dans la cabine et, au lieu de tomber par terre, comme on aurait pu s'y attendre, elle avait été soutenue par l'appareil. Elle avait dû jeter les bras en avant pour ne pas tomber. Ainsi la police reconstitua-t-elle ce qui s'était passé.

Le Dr Farnsworth n'apprécia guère l'ironie du sort, qui voulut que sa patiente trouve la mort en grimpant une côte raide, bien que progressive, pour l'informer de son état de santé.

Le matin s'était levé et Barney n'avait toujours pas réapparu.

Melrose Plant serait bientôt là. A présent, elle était épouvantablement embarrassée de l'avoir fait descendre dans le Hampshire sous un faux prétexte. Peut-être pourrait-elle lui suggérer de faire une petite promenade en voiture dans la forêt et d'aller déjeuner quelque part. Ou autre chose. Polly se recroquevilla dans un fauteuil de la salle à manger de *Gun Lodge*.

Etonnamment, elle se sentait parfaitement à l'aise quand elle lui parlait, à lui qui était, ou avait été, l'un des comtes de Caverness, vicomte de quelque chose, baron, Dieu sait quoi encore, et qui avait renoncé à tout cela... Polly donna un coup de couteau dans le set de table comme s'il s'agissait de l'un de ces titres disparus. Non qu'elle se souciât des titres. Simplement, elle n'aimait guère les gens qui se comportaient différemment de ce qu'elle leur aurait fait faire dans ses livres. Les comtes, les ducs et les marquises étaient censés rester en l'état.

— M'dame, dit une fille chétive qui paraissait aussi timide que Polly elle-même.

Elle l'avait servie la veille au soir, lui avait apporté son thé du matin et semblait être la seule employée de *Gun Lodge*. Elle déposa un bol sur la table.

— Qu'est-ce que c'est ? demanda Polly en y jetant un coup d'œil.

— Du porridge, m'dame, répondit la fille d'une maigreur pathétique avant de se sauver en toute hâte.

De toute façon, Polly n'avait pas faim. Depuis la disparition de Barney.

La fille revint. *Allez-vous-en*, songea-t-elle, gênée comme quelqu'un qui ne veut pas être surpris en train de pleurer.

— Un monsieur vous demande, m'dame.

Elle baissa les yeux, écouta les pas qui se rapprochaient, répondit par un bref (et plutôt maussade) *bonjour* au *bonjour, Polly* de Melrose Plant et lui annonça sans préambule :

— Thrombose coronarienne, a conclu cet idiot de médecin. C'était peut-être ça, mais qu'était-elle allée faire dans cette cabine ?

Melrose Plant posa sa canne à pommeau d'argent sur la table, s'assit et répondit simplement :

— Je n'en sais rien. Pourquoi pleurez-vous ?

— Je ne pleure pas, dit Polly, tandis que l'évidente compassion de Plant déclenchait un torrent de larmes qui coula sans retenue. Mon chat a disparu.

— Barney ?

Tout le problème était là. Il se rappelait même le nom de son chat. Non seulement cela, mais il avait l'air de s'intéresser plus à son chat qu'au fait qu'elle l'ait fait venir pour des prunes. Elle s'essuya le visage avec une serviette. Il paraissait l'admirer, ce qui dépassait son entendement, elle qui était sans-gêne, mal élevée, exigeante et caractérielle.

— Vous êtes un masochiste, dit-elle en reniflant.

— De toute évidence, fit Melrose en contemplant le bol. Vous aussi, si vous absorbez cette mixture.

Il prit une cuillère, la planta dans le porridge. Elle y resta debout.

— N'y touchez pas. Vous risqueriez de ne jamais revoir Ardry End. J'ai été accueillie à la porte par un affreux bonhomme à moustache grise qui voulait que je lui raconte ma vie en détail avant de me louer une chambre.

— Alors pourquoi êtes-vous restée ? Il y a un charmant petit pub avec des chambres un peu plus loin.

Polly leva les yeux, furieuse.

— Il m'a dit qu'il n'y avait pas d'autre endroit.

— Sinon, comment aurait-il des clients ? fit Melrose en jetant un regard circulaire sur les murs gris prison, les sets de table en plastique et le porridge. Peu importe. Vous pouvez prendre ma chambre au pub et, moi, je resterai ici.

— Non. Voyez-vous, si jamais Barney me cherchait...

Vu les blessures de guerre de Barney, il était hautement probable qu'il était plutôt à la recherche d'un léopard auquel se mesurer.

— Ne vous inquiétez pas. Nous retrouverons Barney.

Cela lui valut un regard appuyé des yeux violets de Polly. Qu'on l'eût traîné du Northamptonshire au Hampshire n'était rien à la lumière de ces deux améthystes. Le reste de sa personne était assez ordinaire. Mais qui se préoccuperait du reste ? Melrose dut détourner le regard.

— Si j'ai bien compris, vous me remerciez ?

Elle fit tourner la cuillère dans l'affreux gruau et haussa plus ou moins les épaules en laissant retomber ses lunettes à leur place. Elle les portait souvent sur la tête.

— Merci.

— Ah, le bonheur suprême ! La reconnaissance éternelle ! Cent cinquante kilomètres...

— N'en rajoutez pas ! Vous savez bien que vous n'avez pas grand-chose à faire.

— Comme c'est aimable ! A part retrouver votre chat.

Elle avait besoin qu'on lui rabatte un peu le caquet.

— Eh bien, ne vous inquiétez pas. J'ai appelé le commissaire Jury. Il devrait arriver...

Melrose fit une pause pour consulter sa montre en or d'un geste théâtral.

— ... dans une heure ou deux.

Pour transformer les hommes en pierre, Méduse n'aurait pas eu un regard plus virulent que celui de Polly Praed à ce moment-là, dont les prunelles qui viraient au pourpre fixaient les yeux verts de Melrose.

— *Quoi ?*
— Pourquoi me regardez-vous comme si je venais d'appeler à la rescousse le deuxième régiment de la garde à pied ? C'est *vous* qui m'avez raccroché au nez, tellement vous étiez furieuse que je refuse de l'alerter.

Melrose se servit une tasse de thé tiède et lui demanda si cela la gênait qu'il fume. A en croire son regard, s'il s'était brusquement enflammé, cela ne lui aurait fait ni chaud ni froid.

— Ecoutez, j'ai fait ce que vous souhaitiez.
— Mais c'est parfait ainsi. La pauvre femme a chaviré sous le coup d'une thrombose. Mais elle n'a pas chaviré, tout le problème est là. Moi, j'étais persuadée d'avoir sous les yeux un être vivant en train de téléphoner...
— Ce n'était pas une hypothèse invraisemblable. Et vous voulez dire que c'est pour cela que je suis ici ?

Il comprit que, mentalement, elle se trouvait quelque part sur l'A 204, à la poursuite de la voiture de Jury. Que l'on ait tiré Melrose de son lit de mort... cela ne l'eût pas dérangée.

— Comment vais-je expliquer au commissaire Jury que je n'ai aucune accusation de meurtre sur le dos...
— Etant donné la manière dont vous pointez ce couteau, cela pourrait venir.

Il écarta la lame et déclara avec un sourire radieux :
— Pauvre Jury. Le faire venir de Londres pour une histoire de chat disparu...

Polly Praed donna un grand coup de serviette sur la table et s'enfonça dans son siège, en le fixant toujours comme pour le transpercer du regard.

— Pourquoi n'avait-elle pas de parapluie ? fit-elle soudain au grand étonnement de Melrose Plant.

TROISIEME PARTIE

Enfants — escroqués par les pires
         des escrocs
que de vous — vienne la lumière !

6

Elle portait un tablier de coton bleu délavé sur un pull-over blanc, des baskets aussi élimées que le coton et pas de chaussettes. Dans le rayon de soleil qui perçait à travers la bruine et les arbres qui entouraient la lande d'Ashdown, ses cheveux avaient presque la couleur du platine. Leur brillant compensait l'aspect sombre de son visage, un ovale pâle et luisant de pluie. Ses yeux étaient du même bleu délavé, aussi estompé que le reste de sa personne. Elle avait l'air d'une fille de quinze ans tout à fait ordinaire, à l'exception du fusil, un calibre 412, calé contre son épaule, et elle visait les deux garçons qui se tenaient à dix mètres d'elle en plissant les yeux.

Billy et Batty Crowley, qui étaient en train de verser un jerrican d'essence sur un chat roux, avaient dû interrompre leur activité. L'animal portait un foulard rouge autour du cou et ressemblait presque à un chat de dessin animé — les yeux blancs et agrandis par la terreur, les poils dressés comme des épines de pin. Batty Crowley était sur le point de craquer une allumette.

Elle avait avancé doucement dans leur direction, un quart du chemin à travers la lande, mais ils étaient tellement absorbés par leur jeu qu'ils ne l'avaient pas entendue venir jusqu'au moment où elle leur dit :

— Posez ce chat.

Ils firent volte-face et la fixèrent de leurs yeux aussi glacés d'horreur que ceux du chat. Comme ils ne réagissaient pas assez vite à son gré, elle arma son fusil et ôta la sécurité.

— Enlevez votre chemise et votre pull, dit-elle ensuite.

Ils se regardèrent, puis tournèrent de nouveau les yeux vers elle, comme si c'était elle la folle qui avait inventé ce jeu impitoyable.

— Mais bon Dieu, pourquoi ?

— Enlevez votre chemise et votre pull. Tout de suite ! Et essuyez l'essence avec les chemises.

Chacun d'eux tenant une patte de l'animal qui se tortillait, ils éclatèrent de rire...

Jusqu'à ce qu'elle tire. Elle tira dans la terre à l'endroit dégagé où ils allaient faire rôtir le chat. Ils ôtèrent chemises et pulls à la hâte et se mirent à essuyer l'animal. Ils transpiraient à grosses gouttes, à moitié nus dans le froid de ce matin d'octobre.

— Tu es... hurla Billy Crowley.

Il se ravisa quand il vit le fusil se lever lentement, braqué en direction de son front.

— Vous avez essuyé l'essence ?

Ils acquiescèrent, accroupis et frottant de toutes leurs forces. Le chat poussa des cris stridents et griffa Billy.

— Enveloppez-le dans ces pulls pour qu'il ne se lèche pas et mettez-le dans la boîte dans laquelle vous l'avez apporté.

Quand elle agita le fusil, ils eurent un mouvement de recul.

— Apportez la boîte ici.

— Que... ?

Le fusil s'agita à nouveau. La question resta en suspens. Il n'y aurait certainement pas eu de réponse.

Billy enveloppa le chat dans les pulls et le remit dans sa boîte, hurlant, toutes griffes dehors.

— Là.

Ils obtempérèrent, plaçant la boîte à environ deux mètres d'elle. La boîte fit des soubresauts, comme si elle se déplaçait toute seule, comme une boîte à malice.

— Maintenant fichez le camp sur la lande. J'attendrai ici que vous ayez disparu.

Ils ne jetèrent pas un regard en arrière.

Elle n'attendit pas. Elle ouvrit le fusil, sortit la cartouche qui restait et la fourra avec la boîte qu'elle avait dans la poche. Puis elle ramassa le chat, cacha son arme dans les fougères et courut à travers bois jusqu'à ce qu'elle eût atteint la route qui sortait d'Ashdown Dean. Où elle courut plus vite encore.

7

Trois quarts d'heure plus tard, Polly Praed couvait toujours Melrose Plant d'un œil noir, après qu'ils eurent quitté la salle à manger de *Gun Lodge* pour l'atmosphère plus agréable du *Saut du cerf*. Comme Melrose y avait pris une chambre, John MacBride, le patron de l'auberge, ne fut que trop content d'ouvrir le bar à dix heures.

— C'est vrai. Personne ne serait sorti sans parapluie sous un tel déluge.

Il jeta un regard circulaire sur les coussins de chintz des fauteuils et des sièges qui se trouvaient près de la fenêtre, tandis que la pluie fouettait de nouveau les carreaux, la grande cheminée à l'ancienne, les pots d'étain et de cuivre accrochés au-dessus du bar, la copie d'un tableau de Landseer représentant un cerf au-dessus de l'âtre.

— Mais je ne sais pas bien ce que cela signifie.

Polly non plus. Elle changea donc de sujet.

— Ce Grimsdale m'a presque claqué la porte au nez pour avoir osé suggérer que le *Lodge* n'était pas le *Ritz*.

— Hum ! Ne vous inquiétez pas trop de votre triste situation. Je suis sûr que le commissaire tirera tout cela au clair dès qu'il sera là.

— C'est tellement drôle que j'ai du mal à me retenir. Je voudrais une autre Guinness.

Elle poussa sa chope vers l'ancien comte et l'actuel valet.

Melrose fit mine de n'avoir rien entendu et consulta sa montre.

— Il devrait être là d'un instant à l'autre.

Oubliant sa Guinness, Polly prit son parapluie. Elle portait encore son ciré et son chapeau jaunes.

— Transmettez-lui mon meilleur souvenir.

— Si vous croyez que vous allez vous échapper comme ça après tous les ennuis que vous avez causés, vous vous trompez lourdement. De toute façon, ma chère Polly, il est trop tard.

Melrose l'observa tandis qu'elle mourait de mille morts, sachant ce qu'elle avait en tête. Elle resta assise avec cet imperméable ridicule et trop grand, ses bottes de caoutchouc assorties, comme s'il ne lui manquait plus qu'une barque et un grand filet pour aller pêcher le crocodile.

En fait, son embarras le réjouissait plutôt, même s'il était incapable de dire pourquoi. Polly s'était complètement toquée de Jury, mais Melrose était assez intelligent pour savoir que cet engouement n'avait rien de commun avec l'amour.

Il se pencha sur la table et murmura :

— L'amour, c'est de ne jamais avoir à dire que l'on est désolé, vous vous souvenez ?

— Alors, Polly, vous avez des ennuis ? demanda Jury après avoir salué Melrose Plant.

Le sergent Alfred Wiggins et lui tirèrent une chaise et s'installèrent. Wiggins sourit et se moucha en guise de bonjour à la ronde.

Melrose contempla le cerf du tableau : ils étaient tous deux réduits à l'état de simples spectateurs innocents.

Tournant et retournant son verre dans sa main, Polly parvint à émettre un « oui » étranglé.

Melrose la regarda tenter de déjouer toute amorce de conversation. Elle lui avait narré en détail l'odyssée de son voyage sur la côte du Kent, avant de remonter jusqu'à Chawton, tel Ulysse. A présent, bien entendu, elle était muette comme une tombe.

Jury attendit. Rien à faire. Un ectoplasme en ciré jaune. Il lui tendit la perche :

— Vous avez découvert ce cadavre dans une cabine publique. C'est du moins tout ce que j'ai pu tirer de Mr. Plant.

Melrose soupira et leva les yeux vers le cerf. Ce sont toujours les innocents qui souffrent. Puis il se tourna vers Wiggins.

— Comment allez-vous, sergent ?

Wiggins se contenta de hocher la tête.

— J'ai attrapé un rhume. C'est un temps à pneumonie. Ça souffle le chaud et le froid. Et la pluie, ça n'arrange rien.

— Tout à fait, répliqua Melrose. C'est l'enfer.

— Un enfer mouillé, monsieur.

Wiggins prévint qu'il allait au bar chercher un grog. Le commissaire désirait-il quelque chose ?

— Un demi de bitter, s'il vous plaît. Miss Praed... Polly ?

Elle avait envie de s'enfoncer six pieds sous terre.

— Racontez-moi exactement ce qui s'est passé.

— Ce qui s'est passé ? Eh bien... *Il* ne vous en a rien dit ?

Jury sourit, et Plant songea qu'il aurait dû s'en douter. Ce sourire n'eut pour effet que de la faire se recroqueviller davantage dans son ciré.

— Bon, je vais vous dire ce que je sais et vous me fournirez les détails manquants...

— Barney... (Elle plongea le nez dans son verre vide.)... est l'un de ces détails manquants.

— Votre chat.

Elle hasarda un coup d'œil bref, en biais, au-dessus du bord de son verre.

— Vous vous en souvenez ?

— Votre chat ? Comment l'oublier ? Je crois que je m'inquiéterais davantage de ceux qui croiseront son chemin. Continuez.

— Non, vous.

Bon sang, songea Melrose en poussant un soupir retentissant, autant faire une patience. C'était certainement un jeu qui plaisait à Jury. Pourquoi ne tendait-il pas les bras pour la secouer jusqu'à ce que ses dents branlent dans leurs gencives ? Le faire venir de Londres pour cela. Mais non, jamais il ne lèverait la main sur une femme. Il allait patienter avec ce fichu sourire... pas étonnant qu'elles se liquéfient toutes à ses pieds.

Comme à présent.

— Bien. Vous avez ouvert la porte de cette cabine et une vieille dame est tombée à vos pieds. C'est à peu près ça ?

— Absolument, fit-elle, rayonnante. Mais elle n'avait pas de parapluie.

Jury parut perplexe.

— C'est important ?

Polly leva les yeux au ciel.

— Il *pleuvait*.

— Enfin, Polly, dit Melrose, si j'étais vous, je ne parlerais pas sur ce ton au commissaire, pas ici.

Elle baissa brusquement le nez, tandis que Wiggins revenait avec le verre de Jury avant de retourner chercher le sien, qu'il avait dû attendre, puisqu'il l'avait exigé à une température toute médicinale.

— C'est bizarre. Un bon point pour vous, Polly... fit Jury d'une voix ronronnante.

Comme s'il avait caressé ce fichu chat rongé par les mites. Ce n'était vraiment pas juste, pensa Melrose. Et *lui* qui s'était donné tant de mal...

— Oh ! désolé, monsieur ! dit le sergent Wiggins, rompant le charme de la rencontre entre les yeux violets et les prunelles grises de Jury.

— Hum ?

— Votre verre, Mr. Plant. Je vais vous en chercher un autre.

Sa toux infernale était nettement plus convaincante que les petits bruits que faisait Polly pour s'éclaircir la voix. Mais Wiggins avait des années d'entraînement derrière lui. Il contempla la bouteille d'Old Peculier vide qui se trouvait devant Plant et hocha la tête en fronçant légèrement les sourcils.

— Je vous suggère un bon grog bien chaud, monsieur. Jamais vu un temps pareil. L'œil du cyclone s'avance tout droit vers nous...

Dans quelque temps, ce serait la mousson.

— Juste une autre Old Peculier, merci.

Tandis que Wiggins (qui n'avait quitté ni son manteau ni son cache-nez) s'éloignait à pas traînants, Polly devenait un peu plus volubile, sans doute hypnotisée par les yeux gris. De toute façon, c'était parle ou crève.

Plant tournait son petit cigare entre ses lèvres. Elle n'en était pas encore au rapport du médecin. Jusque-là, la seule activité criminelle abordée était l'enlèvement de Barney.

Si les circonstances avaient été différentes, Jury aurait peut-être apprécié le récit épique de Polly, étant lui-même amateur de Virgile, mais même la patience du commissaire avait des limites. Il en était déjà à sa seconde chope quand il lui posa la question fatale :

— Mais alors, comment a-t-elle été assassinée ?

Et comme Polly se contentait de contempler ses mains, il poursuivit :

— Qu'a conclu le médecin qui l'a examinée ?

Inspiration.

— Eh bien, cette femme n'a pas été *exactement* assassinée.

Jury la regarda. Wiggins la regarda. Plant observa le tableau. Ni le cerf ni Polly n'avaient la moindre chance de s'en tirer.

Ce fut Wiggins qui finit par dire :

— Pas « exactement ». Pourriez-vous nous expliquer ça, miss ?

Polly gonfla les joues.

— Oui. Il semble qu'elle soit plus ou moins morte d'une espèce de truc au cœur.

— Il n'y avait ni couteau ni balle dans le cœur, Jury, ajouta obligeamment Melrose. Il ne s'agit pas de ce genre de truc au cœur.

Cela lui valut un coup de botte en caoutchouc dans le tibia.

— Thrombose ? demanda Jury, de marbre.

Polly hocha interminablement la tête, faisant rebondir ses boucles brunes. Du moins avait-elle, au cours de cet assommant exposé, retiré son ridicule chapeau.

Il y eut alors un silence plutôt longuet, tandis que Polly raclait sur la table un reste de nourriture desséché.

Les yeux plissés, Melrose regardait Jury regarder Polly. Et il était là, ce fichu sourire nonchalant. Au lieu de lui taper dessus avec un pied de table comme elle le méritait, puisqu'elle l'avait extirpé — ou, pire, puisqu'elle avait demandé à Melrose Plant de faire le sale boulot — de Scotland Yard où il se ferait incendier à son retour...

— Ne vous en faites pas, dit le commissaire Jury. On ne sait jamais. Cela me semble plutôt bizarre. La police a peut-être conclu un peu hâtivement...

Elle acquiesça avec vigueur.

— C'est exactement ce que j'ai dit.

Elle n'avait rien dit de tel.

— Et Barney a disparu.

Alors elle s'écroula en pleurs.

— Nous le retrouverons.

Puis, l'enveloppant de ce sourire, tout à fait délibérément, Plant en était sûr et certain, Jury lui déclara *à lui* :

— Vraiment, tu aurais dû te renseigner davantage sur les faits avant de m'appeler...

Polly adressa un sourire éblouissant à Jury.

Melrose ferma les yeux. Pourquoi ne l'empaillaient-ils pas carrément comme un cerf ?

8

La clinique de Paul Fleming se trouvait à sept cents mètres d'Ashdown Dean, sur la route que venait d'emprunter Carrie, avec le chat qui glissait d'avant en arrière comme un boulet dans sa boîte en carton.

Elle regarda le Dr Fleming, qui était, malheureusement pour lui (pensait Carrie), le « beau parti » du village. Il sortit le chat de la boîte. L'en extirpa, plutôt. L'animal au foulard rouge ne considéra pas le second membre de l'équipe de secours avec plus de gentillesse qu'il ne lui en avait témoigné à elle. Pendant que le vétérinaire le jetait plus ou moins sur la table d'examen et l'y maintenait, elle se demandait si les animaux, comme les humains, se rappelaient leurs tortionnaires et les poursuivaient plus tard, car elle aurait bien aimé lancer ce chat sur les traces de Batty et de Billy Crowley.

Paul Fleming reniflait.

— Où l'as-tu trouvé, celui-là ? On a l'impression qu'on l'a plongé dans une pompe à essence.

Carrie se gratta les coudes. Elle avait pour politique de ne jamais donner plus de renseignements que nécessaire. L'inspecteur Pasco serait assez pénible comme cela, et elle avait l'intention d'aller le trouver avant la tante des Crowley. Ainsi s'en tirerait-elle peut-être avec le sermon habituel, au lieu d'aller en prison.

— C'est ce qui s'est passé. On l'a arrosé d'essence. J'ai retiré ce que j'ai pu, mais je ne savais pas...

Elle haussa les épaules.

Elle maintint l'animal en place, tandis qu'il allait chercher de l'eau et du savon.

— Cela fait combien de temps ? Depuis que tu l'as trouvé ?

— Environ un quart d'heure. Juste du savon ? fit-elle en tendant le menton vers la cuvette d'eau.

— Savon blanc. Graisse de bœuf. L'essence dégraisse la peau. C'est toi qui l'as enveloppé de pulls ?

Tout en tenant le chat, elle se contenta de faire un signe de tête.

Le regard de Fleming passa de l'animal à Carrie.

— Pour l'empêcher de lécher l'essence ? Intelligent. Apparemment, il n'en a pas avalé. On ne peut pas dire qu'il soit léthargique.

Le chat donna un coup de patte à la serviette.

— Du calme, grosse brute ! Deux pulls. Tu devais avoir froid, fit-il en levant les yeux vers elle.

Pas de réponse.

— Où l'as-tu trouvé ?

— Sur la lande.

— Pourquoi diable est-il allé traîner par là-bas ?

— Je n'en sais rien, moi !

Ce n'était pas pour protéger les frères Crowley qu'elle refusait de lui donner plus de détails. Elle les aurait volontiers envoyés griller en enfer. Carrie ne tenait pas à en dire plus que nécessaire, voilà tout. Pas même au Dr Fleming, avec lequel elle pensait pouvoir tenir à peu près dix minutes, ce qui était beaucoup pour un bipède. Mais elle n'approuvait pas ses travaux au laboratoire Rumford. Elle ne perdait d'ailleurs jamais une occasion de le lui rappeler.

— Vous êtes en congé, aujourd'hui ?

Il la regarda.

— Tu n'appelles pas ça du « travail » ?

Carrie le regarda à son tour.

— Je veux parler du laboratoire.

Fleming donnait l'impression d'avoir le plus grand mal à se maîtriser.

— N'en parlons plus, si cela ne t'ennuie pas.
— Le Collège royal des vétérinaires n'a pas vraiment amélioré les choses.

Elle roula les yeux vers le plafond pour éviter son regard.

— On change de vocabulaire, et le tour est joué. « Stade terminal. » C'est bien joli. Pourquoi ne dites-vous pas ce que vous pensez ?

Paul Fleming lui jeta un œil noir.

— Ecoute, s'il n'y avait aucune expérimentation animale, qu'arriverait-il à ce chat ici ? Cela ne t'est pas venu à l'esprit ?

Elle contempla le gros matou.

— C'est un argument, je suppose.
— Merci !
— Tuer cinquante chats pour en sauver un, ajouta-t-elle en hochant la tête. C'est un argument.
— Tu ne sais pas de quoi tu parles ! Seigneur ! Pourquoi n'es-tu pas là-haut avec les autres manifestants à brandir le poing ?
— C'est contre mes principes.

Il la regarda et secoua la tête.

Carrie savait que cela le dérangeait qu'elle vienne chez lui. Tant pis. Il était plutôt gentil. Et Gillian Kendall était probablement amoureuse de lui.

Pauvre Gillian. En le regardant travailler, Carrie dut reconnaître qu'il était beau, doux avec les animaux, et célibataire. Il ferait mieux d'en rester là. Tout comme Gillian. Carrie, qui aimait lire, s'étonnait souvent qu'il y eût si peu de livres sans grande scène d'amour. Ces scènes ne la gênaient ni ne lui répugnaient. Simplement, l'entremêlement des lèvres et des corps la laissait complètement indifférente. Ces êtres-là avaient le malheur d'être soumis à un destin pire que la mort.

— Au lieu de rester là à rêvasser, aide-moi donc ! dit-il en lui tendant une serviette.

— Je ne rêvasse jamais.

Elle essuya le chat.

— La prochaine fois, tu m'amèneras un jaguar, hein ?

Carrie aimait cette manière qu'avaient les pupilles de l'animal de luire à la lumière, telles des braises, sans doute le reflet de son foulard rouge.

— Mon Dieu, serait-ce un sourire que je vois là ? demanda-t-il en essuyant le poil.

Aussitôt l'expression qui lui avait échappé s'effaça. Elle ne savait pas qu'il la regardait.

— Parti, fit-il avec un gros soupir. Bien, j'imagine que tu survivras, espèce de tigre.

Non seulement ce chat vivrait, mais il les enterrerait tous les deux, c'était une évidence. Il lutta avec Fleming comme sur un tapis de judo, puis il bondit sur le sol.

— Oh, bon sang ! s'écria Carrie, qui le prit et le fourra à nouveau dans sa boîte. Est-ce que vous avez un carton à chat ?

— Tu m'en dois déjà trois. Une livre pièce.

Elle tira quelques billets d'une livre de son tablier et les flanqua sur la table.

Paul Fleming rougit.

— Ça va, ça va...

— J'ai dévalisé la banque.

— D'accord, d'accord, mais ne me jette pas ce regard furibond.

Il prit un carton sur une étagère basse et le déplia, les poignées vers le haut. Son sourire réapparut.

— En général, je demande dix livres d'honoraires, mais pour toi...

— Vous ne pensez donc qu'à ça ? L'argent ? Vous savez que je vous paierai.

Il sourit à nouveau.

— Juste un penny. Pour savoir ce que tu penses. A quoi penses-tu, Carrie ?

Elle saisit le carton, le chat avait toujours tout du boulet, mais plus calme.

— Aux destinées pires que la mort.

Et elle sortit.

Trop tard.

L'inspecteur de police Pasco raccrocha brutalement le téléphone et lui lança un regard noir. Amanda Crowley avait donc déjà appelé. Si Amanda avait mis si longtemps à réagir, c'était sans doute qu'elle savait que Billy et Batty étaient coupables.

— Je viens vous parler d'un crime, dit Carrie.

— Ah oui ?

Pasco croisa les bras sur sa poitrine et planta les pieds sur son bureau.

— Batty et Billy Crowley ont attrapé un chat qu'ils étaient sur le point de brûler vif. Le voici, fit-elle après avoir posé le carton sur le rebord entre le bureau et la minuscule entrée.

Pasco lui désigna le téléphone.

— C'est Amanda Crowley qui vient de m'appeler. Elle prétend que tu as pointé une arme sur ces gosses.

— Que devais-je faire ? Les laisser faire flamber ce chat ?

— C'est la huitième fois...

Il leva les yeux vers un immense calendrier illustré de photos de moutons paissant. Carrie se demanda quel besoin il avait de regarder des moutons, des vaches ou n'importe quel animal à quatre pattes. Il se moquait pas mal des bêtes.

— Non, la dixième... *dix fois*... Tu m'écoutes ?

— Oui.

Elle baissa les yeux comme sous l'effet du chagrin ou de la honte, en fait pour regarder un exemplaire d'un manuel édité par la SPA sur son bureau. L'inspecteur avait dû faire ses devoirs. Sur son calendrier, il gardait le compte du nombre de fois où elle s'était retrouvée au poste après qu'un habitant du village se fut plaint d'elle.

— Cela vaut mieux pour toi, Carrie. Ce n'est pas parce que tu es protégée par la baronne...

Quelle rigolade ! songea Carrie.

— ... que tu peux te permettre de détacher des chiens, de voler des chats...

— Si vous voulez parler du beagle de Mr. Geeson, il l'enchaîne du matin au soir, et c'est illégal.

Elle brandit alors le manuel avant de le laisser retomber lourdement.

Les yeux bleus de l'inspecteur se plissèrent.

— *Il est illégal de mettre la vie des gens en danger !* C'est la dernière fois...

— Vous voulez que la fumée de chat rôti empeste tout le village ?

Quelque peu froissé, il ferma les yeux.

— Ne va pas croire que je ne sois pas au courant de tes faits et gestes. Ne va pas croire non plus que j'ignore qui a débouché les terriers pendant la saison de mise bas. Si j'ai encore une seule plainte de Grimsdale...

Elle fit la sourde oreille. Grimsdale, le maître de meute, était l'une des étoiles qui brillaient dans le ciel social d'Ashdown Dean.

Avec un dégoût manifeste, Pasco prit un bloc-notes.

— Comment s'appelle-t-il ?

Carrie fronça les sourcils.

— Le chat ? Batty n'a pas fait les présentations...

— Très malin, fit-il en pointant son stylo comme une flèche. Quinze ans et tellement raide que tu dors sûrement debout. A quoi ressemble-t-il ?

— Voyez vous-même. Il a un foulard rouge autour du cou. Il n'est pas d'Ashdown Dean...

L'inspecteur lui demanda de le laisser *dans* sa boîte. Puis il pivota sur sa chaise et décrocha son téléphone.

— Tu connais tous les chats, chiens, cochons et renards du patelin... déclara-t-il tout en composant le numéro. *Allô !*

Il demanda une dénommée Prad, ou quelque chose comme ça, et laissa un message l'informant que l'on avait retrouvé son chat.

— Cet animal appartient à quelqu'un qui réside à *Gun Lodge*. Un de ces jours, Carrie, tu auras de gros, gros ennuis...

Elle baissa à nouveau le nez.

— Oui, répondit-elle en reprenant le carton.

— Laisse-le ici, ordonna Pasco.

— Trouver n'est pas voler, dit-elle en prenant la poudre d'escampette avant qu'il ait eu le temps de sortir son arme.

En passant devant le panneau bleu avec un *P* blanc qui indiquait aux habitants du village où ils pouvaient trouver du secours, Carrie se dit que, tout compte fait, ses relations avec l'inspecteur Pasco n'étaient pas si mauvaises que cela. A coup sûr elle l'avait assez fréquenté pour le savoir.

Dans la rue, Donaldson, le piqueur de Sebastian Grimsdale, s'avançait vers elle. Cet Ecossais, soi-disant excellent à la chasse à l'affût, elle le détestait cordialement. Qu'il se fût abaissé à venir ici pour s'occuper des renards que Grimsdale capturait au sac, cela dépassait son entendement. Encore un que l'on trouvait beau, avec ses cheveux de cuivre et son visage carré. Carrie avait entendu dire qu'il avait une liaison avec Sally MacBride, qui avait épousé le patron de l'auberge il y avait tout juste un an.

— Ah, mais c'est la petite Carrie !

La petite Carrie, vraiment. Elle avait envie de cogner.

Il lui barra le passage et, quand elle tenta de le contourner, il fit un pas d'un côté, puis de l'autre. Elle se refusa à lui demander de la laisser passer. Carrie se contenta de ne pas céder d'un pouce et de le transpercer du regard. Il y avait des fois où elle pensait sincèrement que Donaldson était aussi mou que de la vase, qu'en y plongeant la main elle l'aurait traversé de part en part. S'il n'avait pas d'âme, pourquoi aurait-il un corps ?

Son sourire était l'un des moins naturels, des plus tordus qu'elle eût jamais vus. Il tenta de se saisir du carton, qu'elle mit aussitôt derrière son dos.

— Tu d'vrais t'arranger mieux que ça, mignonne, tu serais vraiment une belle fille, fit-il en la déshabillant d'un regard qui se voulait lascif.

Elle ne pipa mot ni ne bougea.

— Pourquoi faut-il que tu portes ce fichu tablier délavé ? Ça cache trop de choses.

Il avait les yeux braqués sur ses seins, ou du moins ce qu'il en voyait, leur charmant volume étant délibérément dissimulé par son pull et son tablier informe.

Bien entendu, il s'efforçait de la déstabiliser, de lui faire peur, de l'obliger à reculer. Mais elle tenait bon, le regard fixe.

— Bien, bien, je peux rester planté là toute la journée s'il le faut.

Carrie ne broncha pas. Il n'aurait pas la patience de rester une minute de plus, si elle ne se trompait pas sur son compte.

Elle ne se trompait pas.

— Tu te prends vraiment pour une princesse, hein ? fit-il avec un mépris soudain. Et tout ça parce que tu vis avec cette vieille folle de baronne.

Puis il donna un coup d'épaule à Carrie pour l'écarter de son chemin, comme si la chaussée n'était pas assez large pour deux.

Tout en poursuivant sa route vers *Gun Lodge*, elle se disait qu'il était fort différent en présence de Sebastian Grimsdale, le maître de meute. Donaldson était alors comme du caramel. Il était si collant que l'on avait du mal à s'en débarrasser.

Sebastian Grimsdale était l'un des hôtes préférés de la baronne. Non qu'elle l'aimât, lui. Mais elle appréciait son maintien. Il était à jamais l'invité le plus prestigieux de ses stupides *salons*[1], à ses yeux à lui du moins. Carrie, quant à elle, le trouvait dénué de toute faculté de réflexion.

Elle marchait le long de la rivière qui bordait le village, quand elle arriva au vieux pavillon qui se trouvait derrière le *Saut du cerf*. Ce bâtiment de pierre de pays et de silex disposés en damier n'était qu'un simple pub jusqu'à ce que la nouvelle épouse de John MacBride décide d'ouvrir une chambre et de le baptiser auberge. Sally MacBride, en voilà une autre avec laquelle Carrie n'avait pas de temps à perdre. Elle interdisait à sa nièce d'avoir des animaux domestiques. Carrie avait imaginé un moyen de passer outre.

On ne se servait plus du pavillon. Il était minuscule et sans fenêtres mais, quand Carrie était plus jeune, elle s'y était beaucoup amusée. Il y avait un jardin derrière l'auberge, et même un potager où poussaient de la menthe poivrée et du pouliot. Des lupins presque aussi hauts que Carrie, des roses, des marguerites, et toute une végétation « touffue (disait la baronne), sans le moindre souci de plan ou de grâce de mouvement ».

Carrie ne comprenait pas pourquoi un jardin devait être conçu uniquement pour s'y déplacer, mais la baronne était sans doute incapable d'imaginer rien d'autre. Elle se voyait près de l'une de ses mares où l'on se reflétait ; ou déambulant avec son ombrelle sous une tonnelle de roses blanches ; ou se reposant « avec grâce » sur l'un des nombreux bancs en fer forgé peints en blanc. Un jour, Carrie l'avait trouvée allongée à côté de la haie de troènes, ivre comme un Polonais. Elle avait dû se dire qu'il serait agréable de profiter de la campagne environnante.

Le chat était si calme qu'elle jeta un coup d'œil dans le carton pour voir si tout allait bien. Il sommeillait paisiblement. En dépit des soins prodigués par le Dr Fleming, on ne savait jamais. Il suffit parfois de tourner le dos pour les retrouver morts. De surcroît, elle ne com-

---

1. En français dans le texte. (*N.d.T.*)

prenait guère comment un vétérinaire, qui était censé avoir pour profession de soigner les animaux et de leur sauver la vie, pouvait avoir quelque rapport que ce fût avec le laboratoire Rumford.

Ce dernier se trouvait à un peu plus d'un kilomètre d'Ashdown Dean, forteresse grise, longue et basse, entourée d'une clôture avec des chaînes. Carrie le considérait comme une grande cicatrice sur un champ de ruines.

Il y avait eu quelques manifestations : elle était allée voir ce qui s'y passait. Mais elle n'y avait pas participé. Une fois, le Front pour la Liberté des Animaux avait mis le feu au laboratoire et elle n'avait vraiment pas saisi le raisonnement de ces gens-là, puisque plusieurs lapins étaient morts d'avoir inhalé la fumée. Cette considération mise à part, elle n'avait pas pour principe de brûler ce qui lui déplaisait.

Sur le chemin de *Gun Lodge*, elle donnait des coups de pied dans les feuilles mortes en songeant qu'elle aimerait en faire un grand tas et y plonger. S'y enfouir et s'y cacher quelque temps. Le poids du chat commençait à lui fatiguer le bras, et il y avait un vieux chêne près de la rivière, qui avait l'air d'avoir été foudroyé. Ce n'était pas le cas. Il était naturellement divisé en deux, ce qui créait un espace juste assez grand pour y glisser une petite planche. Elle avait trouvé un morceau de bois parfaitement adapté et elle aimait venir s'y asseoir.

Elle savait bien qu'elle aurait dû rapporter son chat à la pensionnaire de l'auberge, mais le travail de la matinée l'avait épuisée. Elle posa donc le carton à terre et s'assit, leva les jambes en appuyant ses baskets sur une partie du tronc et son dos à l'autre. La lumière du soleil, qui, en septembre, filtrait à travers les feuilles, avait faibli et projetait de pâles rigoles en travers de ses jambes. *Et le soleil Lui faisait-il face ?*

Carrie grimaça et plaqua son visage contre l'écorce de l'arbre pour ne pas pleurer. Amnésie de l'enfance. Son père et sa mère étaient sans doute morts, mais elle ne le saurait jamais.

C'était un vers tiré d'un poème quelconque. Carrie avait plus ou moins fait des études dans une école de l'East End[1], plutôt moins que plus, et elle détestait cela. Ce qu'elle savait, elle l'avait appris toute seule. Elle n'allait plus à l'école à présent. Quand les services sociaux étaient venus faire leur petite enquête à ce sujet, la baronne leur avait déclaré que Gillian Kendall lui servait de préceptrice (ce qui était faux... elle était secrétaire) et, lorsqu'on l'avait menacée, la baronne avait répliqué avec une verve et une énergie qui ne pouvaient provenir que du quatrième verre ingurgité dans l'après-midi. Ils disaient toujours qu'ils reviendraient, mais ils ne revenaient pas.

Evidemment, la baronne était un peu maboule. Cela dérangeait d'autant moins Carrie que tous les gens sains d'esprit qu'elle connaissait n'étaient pas des cadeaux du Ciel.

Quand elle fut descendue de son perchoir, elle prit le carton et leva de nouveau les yeux vers le soleil brumeux et le ciel de perle. *Etait-ce une belle journée pour mourir ? Et le soleil Lui faisait-il face ?*

Elle ferma les yeux et serra fort les paupières. Un jour, elle avait même dû précipitamment se nommer et ignorait pourquoi elle avait choisi Carrie Fleet.

---

1. Quartier populaire à l'est de Londres. (*N.d.T.*)

9

Debout à la fenêtre de *Gun Lodge*, les mains jointes, ou plutôt se tordant derrière son dos, Sebastian Grimsdale la regardait faire le tour de l'écurie. Lorsqu'il s'était réveillé à six heures ce matin-là, tout était recouvert de givre, chaque brin d'herbe se mourait sous la rosée gelée, et il avait connu un moment rare d'exultation. La chasse était la seule chose qui le mettait dans un état pareil. Il n'en allait certainement pas de même pour la fille qui traversait le jardin. Ni pour cette Mrs. Proud ; non, Prad. Quelque chose comme ça. Et voilà la petite Fleet avec ce satané chat. Et la police, s'il vous plaît ! N'avaient-ils rien de mieux à faire que de courir la campagne à la poursuite des chats égarés ?

— *Je suppose que Barney pourra rester dans ma chambre*... avait eu le culot de dire cette Mrs. Prad.

Eh bien, il avait étouffé ce projet dans l'œuf. Lui avait dit qu'elle n'aurait qu'à laisser le chat dans la voiture et, quand elle avait décidé de chercher une chambre ailleurs, jetant presque son stylo à terre avec une grossièreté inimaginable, il avait songé à ses huit livres et lui avait indiqué que le vétérinaire pourrait prendre son chat en pension. Elle avait paru se soumettre aisément.

Quand un toussotement dans son dos le fit se détourner de la fenêtre, Mr. Grimsdale se trouva face à deux de ses clients. Archway, ou quelque chose comme ça. Et sa blonde décolorée de femme qui avait assez l'air d'une poule pour figurer dans une comédie musicale du West End. Elle était là à se mettre un petit coup de rouge à lèvres. Comment son mari, qui avait une face de biscuit et portait des lunettes à verres sans monture, s'était retrouvé avec *ça* ?

Il détourna les yeux de sa gorge plutôt imposante et dit :

— Oui, Mr. Archway ? Que désirez-vous ?

— Archer. Nous souhaitons juste régler notre note.

Ils étaient censés rester une nuit de plus. N'était-il pas assez dur que les vaches maigres l'aient contraint à faire de *Gun Lodge* une pension (il se refusait à parler de chambres d'hôtes) sans que ses clients ne tiennent pas parole ?

— Il m'avait semblé comprendre que vous restiez deux nuits. *Deux*.

Cette mise en accusation fit rougir le mari, mais la femme referma son poudrier d'un coup sec et déclara avec son affreux accent de l'East End :

— Il fait aussi froid dans cette chambre que dans le...

Heureusement pour elle, son mari la fit taire. Un coup de coude dans les côtes. Bien, puisqu'ils tenaient à faire les difficiles.

— La chambre doit être libérée à midi. Il est déjà une heure.

La grande horloge de l'entrée sonna l'heure fatale.

Comme en écho aux bruits du destin, l'immense heurtoir de fer se leva et s'abaissa dans un craquement sinistre. Cette fille Fleet. Aucun respect d'aucune sorte.

— Je suis certain que vous ne voulez pas payer une nuit d'hôtel sans avoir le privilège d'en profiter. Personne ne s'est jamais plaint du chauffage avant vous, dit-il d'un air las (en fait, quelques plaintes à ce sujet étaient déjà parvenues à ses oreilles). Je vais quand même demander à Midge de mettre un radiateur supplémentaire dans votre chambre. A présent, si vous voulez bien m'excuser.

Carrie Fleet se tenait sur le pas de la porte et fixait d'un air inexpressif les yeux durs comme du silex de Sebastian Grimsdale.

— Je rapporte le chat de la dame.

On s'agita à l'intérieur de la boîte.

Grimsdale les regarda tous les deux avec le même mépris.

— Laisse-le ici, c'est tout.

— Sur le seuil ?

— *Je* veillerai à ce qu'elle le récupère.

Carrie, qui éprouvait rarement la moindre émotion, s'accordait le luxe de haïr Sebastian Grimsdale, non seulement parce qu'elle le trouvait personnellement haïssable, mais encore parce qu'il était maître de meute et qu'il prenait grand plaisir à chasser (dans les limites de la légalité) volatiles de toute plume et quadrupèdes de tout poil, faisan, lapin, cerf, grouse. La seule occasion où elle l'eût jamais vu sourire, c'était quand il se baladait, le fusil à la main.

— Non, dit Carrie.

— Non ? Non quoi ?

— *Je* vais m'assurer qu'elle le récupère, fit-elle d'un ton simplement déterminé, que la plupart des gens auraient pris pour de l'insolence caractérisée.

La face de Grimsdale vira au rubicond.

— Puis-je entrer pour l'attendre ? Je m'assiérai dans la cuisine.

Pour peu qu'il lui permette d'entrer, elle savait où elle devrait s'asseoir.

Il la fusilla du regard, hocha brutalement la tête et lui dit de passer par-derrière, que la cuisinière lui ouvrirait.

Quand Polly Praed et Melrose Plant pénétrèrent dans la grande cuisine de *Gun Lodge*, Carrie Fleet buvait du thé et Barney, sorti de sa boîte, dormait paisiblement près de l'âtre. La cuisinière, Mrs. Linley, ne prêtait pas plus attention aux règles subtilement établies par Sebastian Grimsdale que quiconque à Ashdown Dean, que ce fût le marchand de fruits et légumes, le boucher ou le bibliothécaire.

Polly se précipita vers la cheminée et prit dans ses bras l'intraitable Barney, qui aurait préféré qu'on le laissât dormir. Barney n'avait jamais été une pâte molle dans les bras de sa maîtresse. Il se tortillait pour regagner la petite carpette en loques aux pieds de Carrie, où il était en train de rôtir gentiment.

Polly le posa un instant et se tourna vers Carrie :

— Où l'as-tu trouvé ?

— Sur la lande, fit-elle en haussant les épaules. Près de l'endroit où j'habite. Il s'est échappé de la voiture, j'imagine, et il s'est perdu.

— Comment puis-je te remercier... ?

A l'aide du mouchoir de Melrose, Polly sécha ses yeux et moucha un nez qui avait alors tout l'air d'avoir subi les morsures du gel. Elle fouilla dans son sac, sortit son porte-monnaie et lui tendit quelques billets pliés.

Carrie fronça légèrement les sourcils.

— Je n'accepte aucune récompense pour ce genre de choses. C'est contraire à mes principes.

Elle posa sa tasse et se leva.

Au moment où elle prononça ces mots, Melrose Plant était sur le point de sortir son portefeuille. L'ombre se dissipa soudain du front de la jeune fille, qui redevint lisse, avec son visage lunaire, un peu planant au-dessus des dures réalités de ce monde, aussi calme que celui d'une nonne, bien que Melrose eût décelé dans sa placidité quelque chose qui n'avait rien de monacal. Celui-ci dut reconnaître qu'il avait devant lui un être qui avait moins de trente ans et qui présentait néanmoins un certain intérêt. Il regarda son portefeuille et, quand il se retourna, il vit ses yeux bleu pâle se détourner de lui.

— C'est très gentil de ta part.

Barney, que la scène des grandes retrouvailles n'impressionnait guère, se débattait de nouveau comme un beau diable dans les bras de Polly.

— Il a une drôle d'odeur... du savon ou autre chose.

Polly renifla sa fourrure.

— C'est le savon du vétérinaire. Le Dr Fleming. Lui, vous pouvez le payer, si vous voulez.

— Un vétérinaire ? Etait-il blessé ?

Polly se mit à examiner Barney, qui émit un grognement des moins gracieux et parvint à se dégager pour regagner la carpette près de la cheminée.

— Non, répondit Carrie Fleet, apparemment pensive. Mais j'ignorais à qui il appartenait. Le foulard mis à part, il aurait pu s'agir d'un chat errant. Il n'a pas de plaque.

Elle avait prononcé ce dernier mot sur un ton de reproche évident.

— Je me suis dit qu'il valait mieux l'apporter chez le Dr Fleming.

La jeune fille se mordait la lèvre et, au regard de vif-argent qui passait de l'un à l'autre, Melrose comprit qu'elle ne disait pas tout. Mais passons.

— Enfin, c'était vraiment très gentil de ta part. Comment t'appelles-tu ?

— Carrie Fleet.

Elle balaya ses cheveux blonds sur son épaule et se dirigea vers la porte.

Polly Praed ne savait que faire pour elle.

— Où habites-tu ? A Ashdown ?

Alors Carrie Fleet se retourna.

— Oui. Chez la baronne.

Après leur avoir donné cette précision, elle franchit le seuil.

Tandis que Carrie remontait la rue principale d'Ashdown, elle comprit combien ce qu'elle venait de raconter était stupide et que cette femme allait se rendre chez le Dr Fleming et découvrir l'histoire de l'essence.

Si une étrangère allait voir l'inspecteur Pasco pour se plaindre, peut-être le convaincrait-elle enfin que Batty et Billy étaient de sales morveux qui terrorisaient tout ce qui ne pouvait pas se défendre. Peut-être que Batty ne pouvait pas s'en empêcher, vu son état, mais Billy méritait la maison de redressement.

Une famille de canards avançait en rang d'oignons vers le bord de la mare et, la voyant là, attendait sans doute son déjeuner. Mais aujourd'hui elle n'avait pas de pain. Elle retourna ses poches en une explication muette, mais les canards ne saisirent pas l'allusion et continuèrent à se dandiner devant elle en se poussant l'un l'autre, chacun cherchant à arriver le premier.

— Pas de croûtes de pain, dit Carrie. Je ne peux pas *toujours* en avoir, n'est-ce pas ?

Elle se souvint qu'un jour elle avait trouvé Batty là, qui jetait des morceaux de pain. Quand les canards se rapprochaient du bord, il essayait de les frapper avec un bâton jusqu'au moment où il avait aperçu Carrie et reculé. Elle avait saisi le bâton et lui en avait donné un petit coup sur le derrière, ce que sa tante aurait dû faire. Bien qu'elle ne l'eût pas frappé bien fort, cette agression lui avait valu de se retrouver une fois de plus en face de l'inspecteur Pasco et de se faire sermonner par Amanda Crowley.

— *Pauvre Batty, il voulait seulement jouer avec les canards et, toi, tu arrives...*

— C'est probablement Billy qui l'y a poussé, avait répondu Carrie.

La tante, qui s'était toujours considérée comme une martyre patentée, n'avait pas digéré cela.

Carrie détestait cette grande femme, mince, toujours sur la brèche. Elle était éternellement vêtue d'une tenue d'équitation. Pantalon moulant, bottes serrées et, ce jour-là, une veste fermée par des agrafes métalliques. Elle avait une bouche en pince, qu'elle entrouvrait à peine et qui semblait agitée de petits spasmes de colère quand elle parlait. Ses cheveux d'un gris de métal étaient coiffés à la mode, tirés et ramassés en un chignon compliqué à l'arrière d'un visage arrondi, légèrement jauni à force de passer et de repasser la coupe en fin de chasse, probablement. Elle lui rappelait un œuf poché. Amanda Crowley se trouvait très aristocratique, aimait chasser et, selon la rumeur, avait des visées sur Sebastian Grimsdale.

Quel merveilleux couple, avait pensé Carrie tout en écoutant la voix spasmodique de miss Crowley. Ces deux-là pourraient se méprendre sur les bruits de leurs pas respectifs et s'abattre mutuellement.

— *Il faudra mettre la baronne au courant.*

Certains villageois qui n'appréciaient guère le sacerdoce de Carrie Fleet allaient souvent trouver la baronne. Toujours sous le prétexte *qu'elle devait être mise au courant*, bien que nul ne songeât apparemment à tenir Amanda Crowley au courant des méfaits de ses deux garnements.

Ces visites à la baronne amusaient beaucoup Carrie intérieurement. Tantôt la baronne recevait les plaignants, tantôt elle les éconduisait. Quand elle leur accordait une audience, c'était dans son salon privé, où elle les privait rapidement de son attention.

Ainsi pendant qu'Amanda, Mr. Geeson ou le visiteur du jour lançait son ultimatum, l'esprit de la baronne vagabondait au loin, se promenant dans une allée de citronniers et de pruniers, les fruits mûrs tombant à ses pieds, l'ombre du soleil tournoyant lentement, sa main laiteuse posée sur le bras du baron. Tout cela, comme son regard lointain, n'était pas sans rapport avec le gin que contenait sa tasse de thé.

Carrie aimait à imaginer ce qu'imaginait la baronne. Peut-être l'embellissait-elle un peu, elle n'en savait rien. Mais elle avait vu tant de vieilles photos de ce qu'avait été « La Notre » — son pavillon d'été, ses colonnes grecques, ses pelouses et ses jardins totalement déplacés à Ashdown Dean.

Il y avait des jours où le bras de Carrie remplaçait celui du baron, alors qu'elle accompagnait la baronne dans son errance à travers ces jardins depuis longtemps montés en graine ou étouffés sous les plantes grimpantes, les pelouses tournées en mousse et les arbres envahis de lichens. Mais la baronne ne semblait voir dans cette esquisse d'Armaggedon végétal que la nécessité d'une intervention ponctuelle du jardinier. Devant les tiges froides des dahlias qu'elle désignait de sa canne, elle demandait à Carrie de dire à Randolph de s'en occuper. Randolph était gâteux et ne s'occupait de rien du tout. De temps à autre, Carrie l'avait aperçu appuyé sur un râteau ou sur une binette et s'affairant avec une efficacité égale à celle de la statue qui s'effritait dans son dos. Randolph avait lui aussi un regard lointain, mais dirigé vers le bookmaker de la ville de Selby où se tenait le marché. Avec sa bicyclette branlante, il faisait le long trajet qui menait à Selby en oscillant dangereusement.

Etant donné la forte tendance de la baronne à s'évader mentalement de la félicité que représentaient tous les Crowley de la terre, c'était à Carrie d'accepter sans broncher la dure monnaie de leurs récriminations. Telle une paroissienne faisant la quête, elle passait l'assiette de gâteaux. Et pendant tout ce temps elle s'émerveillait de ce qu'aucun des gens du village n'ait saisi que la baronne Regina de La Notre rêvait éveillée à moins qu'elle ne fût ivre morte.

Même si, bien entendu, quand elle tenait salon, Regina revenait du passé pour prendre l'air et rejoindre le présent.

Carrie en était là de ses réflexions, tandis qu'elle contemplait l'église de Sainte-Marie-de-Tous-les-Saints de l'autre côté de l'étendue d'eau brillante. Aux canards toujours pleins d'espoir s'étaient joints deux cygnes. Comme elle avait l'argent du gin de la baronne dans sa chaussure, elle achèterait un demi-pain et reviendrait.

Carrie partit en direction du magasin de la poste, tout en songeant à la dame et au monsieur de *Gun Lodge*.

Elle se laissa aller à une pensée vaine. Pour lesquels de ces yeux aurait-elle vendu son âme ? Ceux d'un beau violet ou ceux d'un vert scintillant ? Elle avait toujours détesté ses yeux, délavés comme sa robe de coton, ses cheveux, son teint pâle, tout son être. Il était honteux, peut-être, dans un monde de souffrance, de se vouloir jolie. Carrie aurait souhaité être d'une beauté renversante. C'était pire.

Du moins pouvait-elle acheter du pain, songeait-elle en approchant du magasin, et tout le monde ne pouvait pas en faire autant.

10

Aussi vastes que fussent les terres de La Notre, aussi acharnés ses efforts, Carrie ne parvenait pas à circonvenir la baronne Regina. A onze heures et demie, celle-ci aurait dû prendre son café et sa brioche sur la terrasse plantée de vignes vierges enchevêtrées qui donnait sur la mare aux canards.

La baronne était aussi imprévisible que son histoire. Son nom de jeune fille était Scroop, elle était originaire de Liverpool. Le baron Reginald de La Notre avait fait fortune dans les gants de cuir et c'était en fait derrière un comptoir de ganterie de Liverpool qu'il avait découvert Gigi Scroop. Et été ensorcelé par ses mains (si l'on en croyait la baronne). Carrie avait souvent eu le privilège de contempler ses doigts gracieux et couverts de bagues lorsqu'ils versaient un autre petit verre de gin ou qu'ils allumaient une autre cigarette.

Cela n'aurait pas surpris Carrie le moins du monde qu'ils se fussent mariés en raison de leurs noms, Regina et Reginald, pour pouvoir s'appeler mutuellement Reggie. Dans la famille Scroop, on avait opté pour le diminutif de Gigi. Carrie se demandait comment elle s'était débarrassée de l'accent de Liverpool. Elle parlait même français. Assez du moins pour faire croire qu'elle le connaissait.

La Notre. Quel nom idiot dans un village anglais, songeait Carrie en traversant le parc aux cerfs, tout en cherchant à dépister toute trace de braconnier (la seule personne autorisée à porter un fusil dans le domaine était Carrie, une autorisation qu'elle s'était accordée personnellement). Avant que le baron ne mît ses doigts potelés sur la propriété, la vieille demeure s'appelait « La Grange ». Le baron (mort depuis quinze ans) avait décelé (selon la baronne) les incroyables possibilités qu'offraient tant la maison que les terres, le « domaine » dont elle avait tant de fois passé l'histoire au tamis que Carrie se demandait s'il restait encore quelques grains de sable sur sa plage mentale. Le baron descendait du célèbre jardinier qui avait dessiné le parc de Versailles. Carrie avait eu la joie de contempler tant de tableaux de jardins fameux qu'elle avait envie de fouler aux pieds les lobélias.

Pourtant elle regrettait parfois que le baron se fût éteint, lui et sa longue lignée d'ancêtres empanachés, car il eût été amusant de voir un autre être aussi bête et aussi décidé que la baronne. De les regarder se promener côte à côte, sans doute bras dessus bras dessous, arpenter les allées, passer devant les statues romaines, tourner autour des bassins et des mares. Quelle fine équipe ils avaient dû faire ! Elle ne comprenait pas comment on avait pu transformer la maison simple que montrait la photo de La Grange *avant* en ce bâtiment de pierre gris et sombre, massif et laid, avec ses fenêtres qui saillaient malencontreusement sous les créneaux, une construction érigée sur un renflement de terre qui donnait sur les jolis prés d'Ashdown Dean, tel le roi des crapauds sur un parterre de muguet.

Carrie s'enfonça sous l'ombre des saules et des grands dahlias, invisible de la terrasse, quand un chapeau de soleil surgit soudain parmi les bégonias et les pieds-d'alouettes, et qu'on lui demanda d'où elle venait.

Carrie répondit par une question.

— Qu'est-ce que vous faites là à *jardiner* ?

De toute évidence, aucune des occupations de Carrie ne saurait égaler en idiotie le fait de tenir un sécateur entre des doigts couverts de bagues.

— Il faut bien faire un peu d'exercice de temps en temps, dit-elle comme si elle parlait d'une mauvaise grippe. *Une fois de plus*, Gillian ne s'est pas occupée des fleurs. (Un petit coup de sécateur.) Tu ne m'as pas répondu. Tu as encore fait des tiennes ? Viens là, et prends ça !

Elle tendit à Carrie une brassée de lupins flétris et grossièrement coupés.

— Vous croyez toujours que je « fais des miennes ».

— Mais c'est toujours vrai. Qu'y a-t-il dans cette boîte ? Non, ne me dis rien.

Le chapeau de soleil disparut, réapparut, avec à la main quelques roses roussies comme un toast brûlé.

— Il était perdu. Je l'ai trouvé dans les bois.

A l'ombre de son chapeau géant, Regina l'observa du coin de l'œil.

— J'ai l'impression que tu les attires comme les esprits des grandes profondeurs, dit-elle en brandissant le sécateur. Ce pourrait être de la poésie. L'ai-je inventé ? Comme c'est merveilleux !

Bien que Carrie l'eût vite reposé pour que la baronne ne le remarquât pas, le chaton miaulait.

— Voulez-vous que j'aille vous chercher des clopes au village ?

— N'emploie pas ce langage de charretier. C'est touchant.

— Qu'est-ce qui est touchant ?

— Tu le sais bien. Oh, peu importe.

L'une des cigarettes qu'elle plantait généralement dans son fume-cigarette en ivoire pendait au coin de sa bouche peinte en rouge vif. La baronne prit de l'argent dans la poche de sa combinaison de travail. Quand elle revêtait la tenue adéquate pour une activité quelconque, elle ne faisait pas les choses à moitié et, toujours, pour une raison inconnue, elle avait de l'argent sur elle. Il n'y avait que les boucles d'oreilles en diamants qui semblaient quelque peu déplacées.

— Est-ce que tu as rapporté le Tanqueray[1] ?

Carrie acquiesça.

— Mais j'ai dû me battre avec Ida. Elle me trouvait trop jeune pour en acheter.

— Et après ? C'est toujours toi qui gagnes.

La première chose que Carrie avait vue, deux ans plus tôt, chez la baronne de La Notre, c'était un soulier à boucle d'argent sur une jambe moulée dans un bas d'un blanc étincelant, suivi d'une robe mauve et gris-bleu et d'un chapeau assorti. Cette gravure de mode était descendue d'un taxi devant les Silver Vaults[2] de Londres. Le visage au-dessus de cette tenue n'avait pas tout à fait le même âge que les chaussures, la robe et le chapeau. Il était maquillé et poudré pour effacer la différence, une bonne vingtaine d'années. La baronne avait « pris soin d'elle » (et depuis deux ans elle recommandait à Carrie d'en faire autant). Il faut fuir le soleil, c'est important, disait-elle toujours. Une aversion similaire pour le gin et les cigarettes aurait sans doute produit le même effet, et le visage qui paraissait ses soixante ans aurait alors pu rivaliser avec un corps qui n'en affichait que quarante.

Tandis qu'elle s'extirpait du taxi et des mains de son chauffeur, Carrie fut aussi intriguée par son terrier Bedlington et sa laisse incrustée de strass, mauve comme la robe. Comme le Bedlington était bleu-gris, tout cela était parfaitement assorti : le chien, accessoire de l'ensemble.

Carrie, assise sur un tabouret de toile pliant, avait déjà pris en charge un berger allemand et un caniche. Autour de son cou il y avait une carte recouverte de plastique.

---

1. Marque de gin. *(N.d.T.)*
2. Etrange univers souterrain, situé dans le quartier de Holborn et où l'on trouve toutes sortes d'objets anciens en argent. *(N.d.T.)*

— Vous ne pouvez pas entrer avec votre chien, madame.

La redoutable femme la fixa du regard.

— Qui es-tu ?

— Je m'occupe des animaux.

Carrie Fleet jeta à Regina de La Notre un éclair très bref mais si puissant qu'il aurait pu faire fondre ses chaussures de cuir sur ses pieds.

— Pour une livre l'heure.

La baronne fit le point de la situation. Le berger allemand faisait la sieste dans une flaque de soleil. Le caniche faisait de même sous le pliant de la fille. Aucun des deux ne semblait se soucier du départ de son propriétaire. Pas plus que le terrier qui tirait sur sa laisse alors que la fille tendait la main vers lui.

Sûrement une sorcière, pensa la baronne. Il y en avait des assemblées entières dans toute l'Angleterre.

— C'est très étonnant et certainement illégal.

— Voilà un agent, vous n'avez qu'à le lui demander.

A pas lents, les mains derrière le dos, le policier se promenait et profitait avec bonheur d'une lumière printanière surnaturelle, comme s'il était sur le point de se pelotonner sur le trottoir et de s'endormir à son tour. Le regard de la baronne passa de l'officier de police à la fille.

— Simple question de bakchich. Tu veux être payée d'avance, j'imagine. Ou retiens-tu ces animaux jusqu'à ce qu'on te verse une rançon ?

— Non, madame, répondit la fille d'un air imperturbable. Comme je vous l'ai dit, c'est une livre l'heure.

Comme pour apporter de l'eau à son moulin, un beau couple gravit l'escalier qui sortait des caves et vint chercher son berger. Le monsieur tira deux billets d'une livre de sa pince. La fille les prit, ouvrit son petit porte-monnaie et lui rendit cinquante pence.

— Mon Dieu, ma chère enfant... fit-il, visiblement embarrassé.

Le visage de la chère enfant eut alors une expression qui plut à la baronne. Cela lui rappela la petite marchande de fleurs à qui l'on apprend à parler correctement.

— Vous n'avez été absent qu'un peu plus d'une heure.

Puis elle lui tendit la laisse du berger. Le chien avait l'air nerveux et ahuri. On avait perturbé son sommeil et, pire encore, il allait retrouver sa vieille routine, avec les mêmes vieux maîtres, qui allaient le traîner comme un chien. Il lança à sa gardienne provisoire un regard implorant. La fille le lui rendit mais, réaliste malgré tout, le laissa partir.

Le Bedlington s'apprêtait manifestement à prendre la place au soleil de son camarade.

Le regard brun tabac de Regina suivit le couple et son chien.

— Ça fait partie du scénario ?

Carrie Fleet lui jeta un sourire comme on jette une pièce.

— Si je puis me permettre, madame...
— Tu ne peux pas te permettre. Très bien. Voici Tabitha, et ce n'est pas la peine de faire la grimace. C'est un nom comme un autre.

Tabitha s'étendit aux pieds de Carrie et la baronne descendit l'escalier avant de se retourner, curieuse.

— Qu'est-ce que tu allais dire ?
— Apparemment vous ne faites pas confiance aux gens.
— Bien vu.
— Moi non plus, dit Carrie Fleet d'un ton glacial.

Immédiatement il se créa un lien entre elles. De curiosité mutuelle et de méfiance réciproque.

Pour la baronne, c'était la première chose intéressante depuis la mort du baron.

11

La négociation fixant le sort de Carrie Fleet eut lieu dans une rue délabrée des Docks d'East India, mais pas dans le quartier récemment devenu chic, où les entrepôts et les immeubles vétustes des quais avaient été rachetés par des gens qui habitaient d'habitude Kensington ou Chelsea et découvraient soudain que la proximité de Harrods n'apportait plus rien à leur statut social. Artistes, acteurs et généraux de brigade en retraite y avaient suivi les décorateurs.

Bien que l'ambiance qui se dégageait de la maison de Crutchley Street rappelât encore celle des entrepôts, avec ses caisses à oranges servant de tables, les Brindle, Joe et Flossie, n'étaient pas assez riches pour posséder l'une de ces propriétés que convoitaient les plus argentés. C'était l'un des immeubles de cette petite rue minable, où des Pakistanais et des Indiens avaient retapé les montants de portes et les moulures des fenêtres avec un goût des couleurs, bleu marine et rouille principalement, plus développé que celui des Brindle. Ceux-ci s'étaient dit que le mieux était l'ennemi du bien et avaient laissé les choses en l'état, une décision qui s'appliquait tant à leur maison qu'à eux-mêmes.

La baronne avait pris place sur une caisse à oranges recouverte d'un tissu à motifs indiens et buvait du thé couleur café dans une tasse indélébilement tachée.

Quelques paires d'yeux avaient observé par la fenêtre le taxi d'où Carrie et la baronne étaient descendues. Le dernier taxi qui s'était arrêté dans cette rue devait être un fiacre.

— Donc, dit Joe Brindle, dont le tricot de corps ondulait par-dessus une ceinture détachée, vous nous dites que vous pensez avoir trouvé du travail pour notre Carrie ?

Il donna à celle-ci une amicale tape sur les fesses qui mit la baronne, qui avait beaucoup voyagé et était habituée aux diverses coutumes de nombreux pays en matière d'éducation, quelque peu mal à l'aise.

Flossie, qui buvait une bouteille de Bass, une jambe maigre calée sous l'autre sur le canapé, répéta (pour la dixième fois) : « Eh bien, si je m'y attendais ! », sans cesser de tourner et de retourner une boucle de cheveux autour de son index.

— Pourquoi vous faites ça ?

Une question trottait dans la tête de la baronne depuis l'instant où elle avait sorti son soulier à boucle du taxi : à quoi diable songeaient-ils, *eux*, quand ils avaient pris cette jeune fille ? La pitié et la solidarité ne semblaient pas être les points forts des Brindle. Le sexe et l'avarice devaient avoir plusieurs longueurs d'avance.

Et puis il y avait les autres, les enfants, les chiens, les chats, ces deux dernières catégories ayant apparemment échu à Carrie en partage. La baronne espérait qu'ils étaient bien conscients de leur chance. Le chien Bingo, un ratier à qui il manquait la moitié d'une patte, s'était mis à japper et à exécuter une danse étrange sur ses pattes valides dès que Carrie était entrée dans la maison. C'était le genre de bestiole qui faisait frémir la baronne qui, de toute façon, ne s'intéressait guère aux animaux. Même le Bedlington ne lui appartenait pas à elle, mais à une amie d'Eaton Place. Elle le trouvait plutôt chic. Les autres chiens et chats étaient soit des clients réguliers soit des pensionnaires temporaires. Difficile à dire. Deux d'entre eux se disputaient un os sale en grognant. Ce qui leur valut un coup de botte dans les côtes de Brindle. Un chat qui n'avait qu'une oreille connut le même sort quand il s'approcha trop de son verre de whisky.

Une jeune fille somnolait sur une pile de vieilles couvertures sur un autre sofa dont les ressorts saillaient, tout comme ceux du canapé où se trouvait Flossie Brindle. Les deux faisaient la paire. La jeune fille, qui avait peut-être trois ou quatre ans de plus que Carrie, n'avait pas bougé, sauf pour écarter une mouche bourdonnante et pour s'essuyer le nez.

— Eh ben, Joe, j'en reste comme deux ronds de flan. (Et elle avala une gorgée de bière avant d'entortiller sa boucle autour de son doigt.) Je le savais bien que le jour où on l'a trouvée, celle-là, on n'avait pas perdu notre temps.

Elle parlait de Carrie comme d'un investissement en bourse.

— Où vous avez dit que vous habitez, déjà ?

— Dans le Hampshire, répondit la baronne d'un ton acerbe.

Elle n'avait qu'une envie : les payer pour se débarrasser d'eux et s'en aller.

Il se gratta un crâne rasé de près et se tira le lobe de l'oreille.

— Dans le Hampshire. Près de... Comment ça s'appelle, Floss ? Stonehenge, c'est ça.

— Stonehenge est dans le Wiltshire. La plaine de Salisbury. J'habite un village proche de la New Forest.

— New Forest. C'est là que vous vivez ?

— Pas dedans, non. Cela me semblerait assez incommode. Il y a plus de place dans cette forêt qu'il ne m'en faut.

Elle avala une gorgée de l'étrange liquide et, par-dessus sa tasse, elle vit la bouche de Carrie esquisser un petit sourire qui s'effaça aussitôt. Ce qui évoqua à la baronne un papillon aux ailes brisées.

Brindle cligna des yeux, puis éclata de rire.

— Tu entends ça, Floss ? tonna-t-il, comme si ladite Floss était sourde comme un pot. Plus de place... elle est bien bonne, celle-là. Bon. Alors vous voulez que Carrie travaille pour vous. Et en deux temps, trois mouvements ?

— En deux temps, trois mouvements, Mr. Brindle.

— Eh bien, j'en reste comme deux ronds de flan ! fit Flossie. Tu te rends compte ? Quand je pense qu'on l'a trouvée dans les bois de la lande de Hampstead, alors que vous la cherchiez pendant tout ce temps.

En effet, la baronne leur avait raconté que Carrie était cousine au troisième degré de sa sœur cadette.

— Le monde est petit, dit la baronne en prenant son étui à cigarettes en argent (et en notant qu'ils l'appréciaient), tandis que Carrie se tenait là, muette, ne lui opposant aucune contradiction.

Regardant passer le monde, songea Regina de La Notre. Celle-ci aurait pu dire aux Brindle que Carrie était la sœur du prince Rudolf de Ruritanie, Floss en serait simplement restée comme deux ronds de flan.

Evidemment, comme l'oiseau était riche, plus dure fut la chute quand les Brindle l'abattirent avec leurs chevrotines.

— On est donc un peu de la famille, fit Joe avec un clin d'œil.

— Je ne crois pas.

Il se laissa glisser dans son fauteuil, loucha vers le plafond, comme si le prix d'une Carrie Fleet était inscrit dans les fentes à araignées.

— Pour sûr, Carrie met du beurre dans les épinards. C'est une gentille fille, Carrie. Combien t'as fait aujourd'hui, ma p'tite ?

— Six liv'es. Livres, corrigea-t-elle d'elle-même.

La baronne Regina avait remarqué que l'accent de Carrie ne présentait aucune ressemblance avec ceux des Brindle, l'un de l'East End, l'autre vaguement du Nord.

— Bon Dieu, tu fais mieux que les gens du *Vieux Matelot*, dit Flossie en lampant sa bière.

L'imagination de la baronne ne descendit pas jusqu'au *Vieux Matelot* où Flossie devait descendre bien assez souvent, songeait-elle.

— Ça fera aussi une bouche de moins, rappela-t-elle à Joe et à Flossie.

— De quoi ? demanda-t-il, apparemment perplexe.

— Une bouche de moins à nourrir, Mr. Brindle.

Flossie cessa de tournicoter ses boucles teintes au henné et regarda la baronne d'un air plus âpre.

— Vous voulez quand même pas dire que vous allez nous emmener la fille sans *rémunération*, dit-elle en se penchant. Ecoutez, ça fait cinq ans, *cinq*, qu'on s'occupe de Carrie.

C'était le Royaume-Uni qui s'était occupé de Carrie. De toute évidence, ils étaient tous au chômage. La télévision couleur géante et le magnétoscope en attestaient. L'argent que leur avait rapporté la pauvre petite orpheline.

— Une rémunération, bien sûr. Loin de moi l'idée de vous ôter votre principal moyen d'existence.

Brindle était tellement obsédé par l'idée qu'il avait en tête qu'il ne saisit même pas l'insulte.

— Vous pensiez à combien, alors ? C'est pas qu'on voudrait perdre Carrie. On l'aime, Carrie.

— Mille livres, peut-être ?

Il fit mine de réfléchir. Regarda Flossie, dont le doigt s'arrêta net dans sa boucle. Tapa sur le bras de son fauteuil de crin et s'écria :

— Marché conclu !

Puis il ajouta, étouffé par des larmes qu'il ne verserait pas :

— Si tu es d'accord, Carrie, évidemment. Elle t'apportera beaucoup plus que nous.

Carrie jeta un regard à la ronde et, quand elle ouvrit la bouche, son souffle aurait glacé l'air d'avril.

— Peut-être.

Cette réponse éveilla des sentiments ambigus chez la baronne.

Le lendemain matin, les Brindle ne perdirent pas de temps pour lui céder Carric Fleet. Flossie se tamponnait les yeux et, comme cette activité ne lui occupait qu'une main, elle tenait une canette de bière de l'autre.

Joleen, la fille qui ronflait sur le canapé la veille, semblait triste ou simplement fâchée de voir Carrie s'en aller. Les autres enfants, deux, trois et quatre ans, rangés par ordre croissant, ne paraissaient pas comprendre toute la solennité de l'affaire et griffonnaient des graffitis à la craie sur le trottoir.

Seuls les animaux avaient l'air perturbés. Carrie dit au revoir à chacun d'eux.

— Vous auriez pu m'avoir pour moins, fit remarquer Carrie en traversant le pont de Waterloo, rompant son vœu de silence.

Il n'y avait pas la moindre émotion dans sa voix. Ni le moindre humour. C'était un simple constat.

La baronne enfonça une cigarette dans son fume-cigarette en ivoire sculpté.

— C'est sûr. Une caisse de whisky et quelques canettes de bière auraient probablement fait l'affaire.

Elle jeta un coup d'œil au carton à chapeaux brillant et cabossé que Carrie tenait sur ses genoux. Il y avait des trous dedans. Le calme régnait à l'intérieur.

— Le marché ne comprenait pas de sale cabot à trois pattes, cependant.

— Vous ne voudriez tout de même pas que j'abandonne Bingo ?

— Si.

— Au cas où cela vous intéresserait...

Carrie s'arrêta net, comme si c'était la conclusion d'une longue exégèse.

La baronne attendit. Rien d'autre ne vint.

— Eh bien ? Qu'est-ce qui devrait m'intéresser, ma chère petite ?

— La raison pour laquelle Bingo n'a plus que trois pattes. Il n'est pas né comme ça.

— Je le suppose. Ecrasé par une voiture, ou quelque chose comme ça ?

Elle tapota sa cigarette pour faire tomber la cendre par la fenêtre. Franchement, elle aurait préféré que le reste de l'animal eût connu le même sort que la quatrième patte.

Elles avaient franchi le pont de Waterloo, et elle songeait à l'ancien pont avec nostalgie et à la pauvre Vivien Leigh éperdue dans le brouillard. A moins que ce ne fût le pauvre Robert Taylor ? Les deux, sans doute...

A présent, elles se trouvaient à Southwark, sur l'autre rive de la Tamise, et se dirigeaient vers la gare de Waterloo.

Carrie attira l'attention de sa compagne sur une rixe à l'extérieur d'un bâtiment délabré. Des garçons jetaient des pierres à deux corniauds qui cherchaient leur petit déjeuner dans une poubelle retournée.

— J'ai trouvé Bingo dans une ruelle, derrière les docks. On lui avait presque arraché une patte avec les dents. En tout cas, ça en avait l'air.

— C'est répugnant. Epargne-moi les détails.

Mais les détails ne lui furent pas épargnés.

— On ne la lui avait pas arraché. On l'avait frappé avec une clef à écrous. Ou un truc de ce genre-là.

Carrie avait détourné la tête et observait la scène, alors que le taxi était arrêté à un feu rouge.

Puis elle regarda la baronne.

— J'imagine que vous ne voulez pas revenir en arrière ?

— En arrière ?

Carrie tendit le pouce derrière son épaule, avec sur le visage une expression aussi dure que la pierre qui frappait le chien.

— Là.

— Certainement *pas*.

Cette fille était relativement inquiétante. Mais elle se tut, se contentant de regarder droit devant elle. La baronne observa son profil. Qui était plutôt joli. Le nez droit, les pommettes hautes. Des cheveux blonds, clairs, magnifiques.

— Dès que nous t'aurons mis des vêtements décents, dit-elle en se délectant de sa cigarette du matin et en espérant qu'il y aurait un *vrai* wagon-restaurant dans le train, et que nous t'aurons récurée, tu seras tout à fait présentable.

— Je ne suis pas une pomme de terre, déclara Carrie Fleet.

La baronne décida d'ignorer cette remarque.

— Tu ne pourras pas emporter cet animal dans une voiture de première classe, tu sais. Il faudra le mettre en troisième.

Carrie Fleet regardait toujours derrière elle. Elle se retourna brusquement.

— Il suffirait que vous réserviez toutes les places du compartiment. Alors les autres ne risqueraient p'us, *plus*, se reprit-elle avec le regard fixe de ceux qui bégaient, de nous embêter.

— Seigneur ! Tu es l'être le plus entêté que je connaisse.

— Après vous, fit Carrie Fleet avec son sourire de papillon.

12

Les cottages blanchis à la chaux d'Ashdown Dean étaient disséminés comme des roses sur un treillage, montant et descendant la pente de la rue principale, et les rues sinueuses, étroites comme des tiges, bifurquaient dans toutes les directions, dont l'une était l'allée de Tante Nancy, où Una Quick avait habité jusque récemment.

Une fois l'étrange incident de sa mort dans la cabine publique expliqué, Ashdown Dean retrouva son train-train quotidien, Ida Dotrice l'ayant remplacée au magasin de la poste. Jury savait donc que l'inspecteur Pasco cédait simplement au caprice du commissaire. S'il tenait à perdre son temps dans le cottage encombré d'une vieille dame, Pasco s'en souciait comme d'une guigne.

Ce dernier, appuyé au manteau de la cheminée où traînaient des objets divers, mâchait du chewing-gum, tandis que Jury, les mains dans les poches, jetait un regard circulaire.

— Elle aimait les babioles, n'est-ce pas ?

Apparemment, pour Pasco, la réponse était évidente étant donné le nombre de coquillages, de petits oiseaux empaillés, d'animaux en verre soufflé, de souvenirs de Brighton, de l'île de Man et de Torquay, avec inscriptions en lettres dorées sur les bols à raser, les soucoupes et les tasses à liséré d'or. Le salon était encombré de souvenirs.

— Pas de famille ?

— Pas à ma connaissance, fit Pasco en continuant de mastiquer nonchalamment.

Jury sourit. A Ashdown Dean, les obligations de l'inspecteur se limitaient probablement à l'arrestation de motards dépassant les quarante-cinq kilomètres à l'heure et à vérifier le bon fonctionnement des serrures la nuit.

— Vous vous demandez sans doute pourquoi je fouine ici.

Jury contemplait une photo dans un cadre en argent. Un groupe en costume de bain, bras dessus bras dessous, riant au bord de la mer.

Pasco lui répondit par un sourire las.

— Exact. Mais si vous le faites, je suppose que vous avez une bonne raison.

Jury replaça la photo, s'assit et alluma une cigarette. Il lança le paquet à Pasco, qui en prit une et le lui renvoya. Sous son apparence léthargique, songea Jury, l'inspecteur n'était pas dupe. Paresse ou simple ennui, mais quand il ne jouait pas son numéro de somnolence, il avait des yeux bleus extrêmement vifs.

— Pensez-vous que la mort d'Una Quick ait eu quoi que ce soit d'étrange ?

Les yeux s'ouvrirent. La cigarette s'arrêta dans sa trajectoire vers la bouche de Pasco.

— Etrange, comment ça ?

— Cet orage hier soir, qui a abattu quelques lignes électriques et coupé le téléphone de miss Quick, selon toute vraisemblance. Personne d'autre n'a le téléphone près de chez elle ? Ida Dotrice ?

Pasco hocha la tête.

— Una ne pouvait pas vraiment se permettre d'en avoir un...

— Qui le peut ? Continuez...

— ... mais elle était tellement fêlée avec ses histoires de cœur qu'elle s'en est fait installer un. Au cas où il arriverait quelque chose. Et pour appeler Farnsworth...

— D'après vous, elle l'appelait tous les mardis à la clinique et lui rendait compte religieusement de son état, comme il le lui avait conseillé. Le Dr Farnsworth doit être un médecin très dévoué.

Pasco sourit.

— Si Farnsworth est dévoué à ses clients pris en charge par la Sécu, moi je suis divisionnaire.

— Pas d'argent avec eux.

— En revanche, beaucoup avec la clientèle privée. Mais d'après Una, c'était lui qui lui avait demandé de le faire.

— Mais elle était *vraiment* cardiaque ?

— Et comment ! Quand son chien est mort... Pepper, il s'appelait. Empoisonné par un herbicide quelconque, poursuivit Pasco en jetant son mégot dans l'âtre froid. Cela a failli la tuer.

— Où l'a-t-on trouvé ?

Pasco désigna la porte du fond d'un mouvement de tête.

— Dans la remise. Elle affirmait qu'elle était verrouillée, mais Una était assez distraite.

Jury réfléchit quelques instants.

— Ashdown Dean est situé à flanc de colline et la cabine téléphonique est tout en haut. La pente n'est peut-être pas très forte. Mais pour une cardiaque dont l'animal domestique vient de mourir... ? L'orage et la côte. L'auriez-vous fait, inspecteur ? Quelle ironie du sort, quand même ! C'est l'effort produit pour appeler votre médecin qui vous tue. Et puis il y a cette histoire de parapluie qu'a relevée miss Polly Praed. Pourquoi n'en a-t-on pas trouvé un dans la cabine ?

— L'orage a éclaté très brusquement. Elle avait dû partir avant.

— Alors c'est encore plus étrange.

Pasco fronça les sourcils.

— Etant donné l'heure de la mort mentionnée par le Dr Farnsworth, cela signifie qu'Una Quick est restée dans la cabine téléphonique pendant au moins une demi-heure.

L'inspecteur jeta un regard circulaire dans la maison, le front toujours plissé.

— L'orage a coupé les lignes du presbytère et de la poste. A présent, elles fonctionnent.

Pasco se dirigea à l'autre extrémité de la pièce et décrocha le combiné.

— Mais la sienne ne marche pas, dit Jury.

13

— Je n'ai pas insisté pour qu'elle m'appelle, commissaire, déclara le Dr Farnsworth, alors qu'ils étaient réunis dans son cabinet de Selby. Ce serait plutôt l'inverse.

Il fit rouler la cendre d'un cigare cubain, qui devait provenir de quelque réserve secrète. Il ne venait pas du tabac du coin. Et la clinique du médecin n'avait pas non plus été décorée par le service de santé public. Un Matisse au mur et une sculpture de marbre représentant un poisson sur le bureau, sur la surface polie duquel celui-ci aurait pu nager.

— Vous savez, poursuivit Farnsworth, comment sont souvent les cardiaques. Obsédés par leur cœur. Phobiques. Ce qui n'arrange rien. Elle m'appelait le mardi, c'est vrai, mais pas à ma demande. Et pas hier soir.

— Alors Una Quick mentait ?

Le Dr Farnsworth s'enfonça dans son fauteuil de cuir pivotant, encore un cadeau de l'un des patients de sa clientèle privée, que Jury imaginait très étendue. Après avoir montré sa carte à la secrétaire, dont le menton rentrant recula encore un peu plus, à la manière d'une tortue, Jury lui avait déclaré qu'il attendrait volontiers que les deux patientes présentes aient vu le médecin. Celle qui venait de quitter les lieux était couverte de renard argenté. Les deux qui restaient portaient des vêtements à la mode qui ne sortaient pas d'une friperie. C'étaient toutes les trois des femmes. Et tout en observant le Dr Farnsworth, Jury songeait que la plupart de ses clients étaient des clientes. Farnsworth, qui avait la soixantaine coquette, avait entouré de son bras la patiente d'âge moyen qu'il venait de raccompagner à la porte (il n'y avait pas de sonnette ici, apparemment), et lui avait tapoté l'épaule pour la rassurer.

Avec les hommes, avec Jury en tout cas, il avait des manières plus brusques, nettement moins onctueuses, et l'œil moins caressant. Jury ne mit pas cela sur le compte de sa qualité de policier. Il était prêt à parier que Farnsworth se comportait toujours ainsi avec les hommes. Toutes ses patientes étaient sans doute amoureuses de lui.

— Je voulais simplement dire que beaucoup de patients sont obsédés par leur maladie et se plaisent à croire que vous vous intéressez particulièrement à leur cas.

Jury ne prit pas la peine de souligner que l'histoire des coups de fil d'Una Quick était beaucoup trop singulière pour que l'on puisse l'expliquer de cette manière. Il laissa provisoirement tomber ce point-là.

— Pourquoi tout cela est-il si important, commissaire ? Et pourquoi Scotland Yard s'y intéresserait-il ? Mettez-vous mon diagnostic en doute ?

Sur le visage de Farnsworth ne se reflétait qu'une eau parfaitement calme, pas une ride. Si la visite de Jury l'inquiétait un tant soit peu, il cachait bien son jeu.

— C'est une de mes amies qui l'a trouvée, dit Jury.

— Ah, la femme de la cabine, fit le médecin en opinant du chef. Quand on visite un endroit et qu'il vous arrive une chose pareille, c'est vraiment épouvantable.

— Je suppose que c'est tout aussi épouvantable quand on habite dans le coin. Avez-vous été surpris, docteur ? Arrêt cardiaque après avoir gravi la côte, apparemment ?

Farnsworth continua de rouler son cigare dans sa bouche tout en portant un regard vague dans la pièce, une pièce dont il tirait manifestement une certaine fierté.

— Una aurait pu mourir à tout moment.

Bien que le médecin n'eût pas semblé prendre ombrage de la question de Jury, il répondit pour le moins laconiquement. Le commissaire aborda ce problème crucial sous un autre angle.

— Miss Quick devait avoir foi en votre patience pour vous appeler ainsi avec une régularité d'horloge. Et après les heures de bureau.

— Ce n'est pas grand-chose de répondre au téléphone, commissaire, dit chaleureusement le médecin. Ne feriez-vous pas de même dans votre métier pour quelqu'un qui craindrait pour sa vie ?

— Si. Je pourrais même insister pour que l'on m'appelle.

Farnsworth cessa de faire pivoter son cigare et son fauteuil.

— J'ai le sentiment que vous ne me croyez pas.

— Désolé, mais la seule personne qui aurait pu savoir la vérité est morte.

— Mais enfin, Mr. Jury, fit le médecin en fronçant les sourcils, pourquoi mentirais-je sur quelque chose d'aussi innocent qu'un coup de fil d'un de mes patients ?

Cela dépend de l'innocence du coup de fil en question, mon vieux, pensa Jury, qui se contenta de dire :

— Il est vrai qu'Una Quick aurait eu des raisons de broder... pour se donner de l'importance, peut-être. Quel genre de femme était-elle ?

Le Dr Farnsworth haussa les épaules et poussa le cendrier à côté de son stylo en or.

— Elle tenait le magasin de la poste, vivait seule. Pas de famille, à l'exception d'un ou deux cousins dans l'Essex ou le Sussex. Une vieille dame tout ce qu'il y avait de plus ordinaire avec des récriminations de vieille dame. Quelqu'un de très banal au demeurant.

Ce fut à cause de cette remarque, qui résumait tout le reste, que le Dr Farnsworth déplut à Jury.

On ne pouvait pas en dire autant du Dr Fleming, le vétérinaire, auquel Jury alla ensuite rendre visite.

Son cabinet était spartiate et ses patients d'un niveau social plus bas que ceux de Farnsworth. Du moins leur fourrure leur appartenait-elle.

Paul Fleming raclait une quantité massive de tartre des dents d'un gros chat noir tout en bavardant avec Jury.

— En fait, je ne connaissais Una qu'à travers son chien. C'est ainsi que je connais la plupart des habitants du village, je suppose. Je ne suis pas là depuis très longtemps. C'était terrible, ce... Je veux parler du chien. Je suppose que vous avez entendu parler des empoisonnements.

Paul Fleming secoua la tête. Le chat se tenait tranquille, anesthésié et plongé dans une nuit aussi noire que celle dont il était apparemment sorti. Fleming l'avait trouvé, disait-il, sur le seuil de sa porte, comme un client venant pour une visite.

Jury sortit un paquet de cigarettes, puis se souvint de l'endroit où il se trouvait et les rangea.

— Plus tard, fit le Dr Fleming. Quand j'en aurai terminé avec lui, nous fumerons et nous prendrons un verre. J'ai l'impression que je pourrais boire toute une bouteille, bon sang. Voilà, mon vieux, ajouta-t-il après avoir soulevé le chat de la table en porcelaine et l'avoir remis dans sa cage, quand tu te réveilleras, tu pourras de nouveau manger.

Ils se retrouvèrent dans le petit salon de Fleming, encombré de livres empilés çà et là, de magazines vétérinaires. Ils se repassaient la bouteille pour remplir leur verre.

— Vous travaillez beaucoup, docteur Fleming.

— Paul. Oui. Je suis aussi administrateur du laboratoire Rumford, à environ deux kilomètres du village.

— Expérimentation animale, je présume.

— J'aime la manière dont vous présentez les choses. On dirait un de ces fichus membres du Front pour la Liberté des Animaux. Il y a recherche et recherche. Beaucoup ne le comprennent pas.

Jury n'était pas tout à fait certain de bien le comprendre lui-même.

— Je suppose que les gens croient qu'ils peuvent se sauver eux-mêmes. Du cancer. Des méfaits de la thalidomide. Après tout, qu'est la vie d'un bébé en comparaison d'une dizaine de chats ?

— De plusieurs centaines, plus vraisemblablement, fit Jury en souriant.

Fleming le regarda sans rien dire. Et Jury changea de sujet.

— Si j'ai bien compris, il y a eu le chien d'Una, un chat et le loulou du propriétaire du magasin de cycles. Comment expliquez-vous cela ?

— Des accidents, c'est tout. Les sœurs Potter ont la réputation d'être un peu « bizarres », c'est le moins que l'on puisse dire. Leur chat est mort d'une dose trop forte d'aspirine.

— De l'aspirine ?

Fleming acquiesça.

— Je leur avais donné des cachets pour traiter une allergie. Plats et blancs. Elles s'engueulaient, chacune prétendant que l'autre — Sissy est à moitié aveugle — s'était trompée de pilules, fit-il en haussant les épaules. Il en aurait fallu plus d'une, ajouta-t-il d'un air dubitatif. On a donc dû commettre plusieurs fois la même erreur.

— Supposons qu'aucune de ces morts n'ait été un *accident*.

— Peu probable. Mais dans ce cas, il y a gros à parier que ce soient les petits Crowley, bien que ce soit un peu tiré par les cheveux, même pour eux. Et puis il aurait fallu qu'ils aient accès à la nourriture. Elles ont dit qu'elles donnaient à manger au chat sur le porche à l'arrière de la maison. Quelqu'un aurait pu l'empoisonner, je présume, quelqu'un qui déteste les animaux. Grimsdale, peut-être.

— Le propriétaire de *Gun Lodge* ?

Fleming hocha la tête.

— Maître de meute. Un vrai snob, d'autant plus méchant qu'il n'avait pas assez d'argent pour faire tourner la boutique sans ouvrir des chambres d'hôtes. Il a presque perdu la boule quand il a découvert le chien du vieux Saul Brown dans les rosiers.

Paul Fleming appuya la tête contre le cuir élimé de son fauteuil et réfléchit.

— Il n'y a vraiment pas tant de pistes que ça. Amanda Crowley, la tante de Billy et de Batty, peut-être. Elle adore les chevaux, mais ça s'arrête là. Elle a la phobie des chats. Ce serait plutôt un bon point pour elle, non ? Elle serait terrifiée à l'idée d'en approcher un. Ashdown, ce doit être l'enfer pour elle. Il y en a tellement. Je me souviens que Regina, la baronne... Avez-vous fait sa connaissance ?

— Je n'ai pas encore eu l'occasion de rencontrer grand monde, répondit Jury en hochant la tête.

— Vous allez vous régaler, dit Paul Fleming avec un petit rire, si vous avez l'intention de vous balader en posant des questions. De toute façon, la baronne de La Notre, comme elle se fait appeler, avait deux chats qui se promenaient lors de l'un de ses *salons*, au mépris de la phobie d'Amanda. Amanda a poussé un cri strident avant de tomber dans les bras de Grimsdale. C'était peut-être de la comédie. Comment peut-on être attiré par ce type ? Ça me dépasse.

Fleming, qui était en train de remplir leurs verres, arrêta soudain son bras.

— Bien entendu, on peut dire la même chose d'*elle*. Donc, si vous ne connaissez pas la baronne, vous n'avez pas non plus fait la connaissance de Carrie Fleet ?

— Je n'ai pas eu ce plaisir.

Paul Fleming éclata de rire.

14

    Neahle Meara avait tiré les couvertures sur son visage et, le corps droit et raide, jouait à Dracula. C'était difficile avec le chaton qui montait et descendait à chaque respiration. Comme il serait agréable de plonger de longs crocs dans le cou de Sally MacBride. Il faisait sombre. L'aube se levait à peine derrière la lucarne étouffée par les plantes grimpantes, mais pas un rai de lumière ne filtrait à travers les couvertures. Il faisait froid aussi. A cause de Sally, Neahle se demandait si la mort pouvait vraiment venir sous la forme d'une chauve-souris, vous prendre dans ses serres (celles de Sally étaient longues et vernies) et vous emporter.
    Mais elle devait vous laisser tomber dans un coffre de bois. C'était comme cela que l'on avait enterré son père. Etendue là, elle se demandait ce que l'on ressentait... mais il était impossible qu'il eût ressenti quoi que ce fût, n'est-ce pas ? Puisqu'il était mort ? Il y avait quatre ans de cela, mais elle se souvenait que l'on avait veillé, que l'on s'était couché tard, que l'on avait chanté, bu, et qu'elle avait trouvé cela très étrange que l'on fît la fête alors que son papa était mort. Ce n'est pas une fête, Neahle, lui avait expliqué sa grand-mère, mais la manière dont nous accompagnons ton cher père au Ciel. Sa mère était morte en la mettant au monde. Son papa, elle l'aimait parce qu'il était toujours de bonne humeur et qu'il lui disait qu'elle était jolie et que ses yeux lui rappelaient les lacs de Killarney.
    On pensait qu'elle avait beaucoup de chance d'avoir cet oncle anglais, qui possédait ce pub dans le

Hampshire et qui était si content de la recueillir sous son toit. Il lui ferait une vie tellement meilleure. Et la sortirait de Belfast. Neahle se rappelait vaguement Belfast comme un endroit plein de belles boutiques d'une part, de verre brisé et de planches clouées en travers des maisons d'autre part.

L'oncle John était propriétaire du *Saut du cerf*, et les choses s'étaient bien passées pendant quelques années, jusqu'à ce qu'il monte à Londres et en revienne avec une nouvelle femme qui n'aimait pas du tout Neahle Meara. Or Neahle était là avant Sally, dans le foyer de John MacBride. Pourquoi Sally MacBride croyait-elle qu'elle n'avait pas été aussi la première dans son cœur ?

Neahle soupira. L'oncle John avait beaucoup changé depuis que Sally était entrée en scène. Et sous les couvertures, pendant que Neahle soupirait, le chat montait et descendait. Il était tout petit et ne s'intéressait sans doute ni à ce qu'était un cercueil ni à la manière dont on s'y couchait, bien qu'il fît sombre au fond du lit. Carrie l'avait trouvé la veille et lui avait dit qu'elle le garderait de temps en temps avec ses protégés. En attendant, elle avait fait des trous dans le fond d'un vieux sac d'école pour qu'il puisse respirer et que Neahle puisse le faire entrer discrètement au *Saut du cerf* et le monter dans sa chambre. Carrie lui avait même apporté du Kit-e-Kat qu'elle avait mis dans le petit pavillon. Personne n'y allait jamais à l'exception de Neahle, et on ne pouvait le voir de la maison. C'était un endroit idéal pour jouer avec le chat.

Neahle n'avait pas la permission d'avoir des animaux. Seuls les poulets et les poules étaient admis.

— Comment peux-tu considérer un poulet comme un animal domestique ? avait protesté Neahle. On ne peut pas l'emmener au lit ou jouer avec lui ni quoi que ce soit.

C'était Sally qui avait édicté cette loi. Avec elle, c'était toujours : *Ça suffit comme ça, miss*. Et se tournant vers John MacBride : *Quel toupet !*

— Je pourrais peut-être avoir un poisson ou autre chose.

— Eh bien, avait dit l'oncle John, je n'y vois aucun inconvénient, et toi, mon amour ?

Ce *mon amour* adressé à l'une des personnes les moins aimables que Neahle connaisse.

Ils étaient assis autour de la table pour dîner, un repas que Neahle avait préparé elle-même, avec un tablier qui tombait presque à terre. Même à neuf ans, sa cuisine était à cent coudées au-dessus de celle de Sally MacBride (née Britt), car sa grand-mère lui avait appris à cuisiner dès l'âge de cinq ans. Il y avait du poisson, ce qui avait suscité cette idée chez Neahle.

Sally, qui avait des dents de cheval, chipotait avec un manque de distinction patent.

— Un poisson ? Un de ces poissons rouges en bocal, qui empestent l'atmosphère ? Non merci, miss.

Neahle avait fait le tour de la table pour desservir. Elle faisait aussi la vaisselle.

— Je pensais plutôt à un requin, avait-elle dit.

Puis elle avait quitté la pièce en courant et en faisant cliqueter les couteaux dans les assiettes pour le plaisir de voir Sally se retourner brusquement sur sa chaise et hurler :

— *Sale gosse !*

Ce matin-là, il fallait en plus nourrir le chaton. Elle devait donc se lever de son cercueil et affronter la lumière du jour avant que Sally la Chauve-Souris ne vienne frôler sa porte pour lui dire de se lever et de préparer le petit déjeuner.

Ensuite Sally retournerait au lit, laissant Neahle se débrouiller avec le porridge et les œufs. Et puis il y avait Maxine Torres, une serveuse renfrognée aux allures de gitane, qui arrivait vers huit heures et qui préviendrait tout le monde si jamais elle prenait Neahle sur le fait. Parfois elle travaillait aussi chez la baronne, mais Neahle aimait bien la baronne, car celle-ci était un peu folle et laissait Carrie faire tout ce que Sally MacBride ne lui permettrait jamais. Et aller dans des tas d'endroits où Neahle n'était pas censée mettre les pieds, mais cela lui était égal car, si elle s'était contentée des lieux autorisés, elle aurait passé son temps assise sur une chaise ou debout devant le four. Quand Neahle se rendait à La Notre, c'était différent, car Sally jugeait nécessaire de gagner la faveur de ceux qui pourraient se révéler utiles ou qui donnaient ce qu'elle appelait de la « classe » à Ashdown.

Neahle laissa le chaton prendre une bouffée d'air et glissa les pieds dans ses pantoufles de feutrine. La lumière perçait à travers les petits carreaux et projetait l'ombre de son doigt squelettique sur le sol sombre. Sur la porte de la garde-robe il y avait une glace dans laquelle Neahle se vit en chemise de nuit blanche, se regarda fixement et s'imagina glissant tel un fantôme le long du couloir, muette comme une tombe.

Melrose Plant s'éveilla dans la fraîcheur de l'aube et tira la couette jusqu'au menton. Comme elle était trop courte, ses pieds étaient à l'air. La chambre était froide et austère, mais sa brève rencontre avec le propriétaire de *Gun Lodge* avait suffi à le convaincre que tout était préférable au regard d'acier de Grimsdale sur son gruau matinal.

Du porridge et des toasts aussi durs et froids que des galets, telle était l'idée que se faisait Grimsdale d'un petit déjeuner anglais.

Melrose se demanda si son sort serait plus enviable au *Saut du cerf* et contempla ses pieds en se disant qu'ils ne lui plaisaient guère et en rêvant de fines tranches de bacon, d'œufs frais et de pain frit. Le dîner de la veille avait été tout à fait convenable. De la bonne cuisine anglaise. Quand il demanda aux MacBride de faire ses compliments à la cuisinière, la femme avait jugé bon de ricaner. Mais elle ricanait de tout et de rien en sirotant son verre de cognac.

La faim le tenaillant de plus en plus, il espéra que l'on servait le thé de bonne heure. Il avait généreusement proposé de laisser sa chambre à Jury, mais celui-ci n'avait pas la moindre appréhension du porridge de Mr. Grimsdale, au grand ravissement muet de Polly Praed. De toute façon, Jury et Wiggins avaient besoin de deux chambres, et Melrose doutait fort que le sergent Wiggins puisse survivre à ce séjour.

Melrose fronça les sourcils et poussa la couette sur ses pieds, les ayant observés assez longtemps pour être convaincu qu'ils ne lui plaisaient décidément pas. Pas plus que ne lui plaisait le voisinage de Polly Praed et du commissaire Jury. Les yeux violets qui regardaient Melrose comme une mouche sur un mur s'enflammaient dès qu'ils se posaient sur Jury. Heureusement, ce dernier n'était nullement ébloui par Polly. Son incapacité à construire des phrases cohérentes chaque fois qu'elle se trouvait en sa présence le laissait perplexe. Jury n'avait pas conscience de l'effet qu'il produisait sur la gent féminine, et Melrose s'en étonnait toujours. Si seulement cela pouvait déteindre un peu sur lui. Plant ferma les yeux et médita. A coup sûr, il était assez riche, sans doute assez intelligent et même assez beau. S'il n'avait pas jeté ses titres de comte de Caverness et de vicomte Ardry aux orties d'Ardry End, il serait noble, amplement. Il tenta de repousser ses oreillers à coups de poing, mais ils étaient trop fins. Cela avait énormément agacé Polly Praed qu'il eût renoncé à ses titres, elle qui détestait les aristocrates de son village de Littlebourne et qui aurait tant aimé leur parler de son *ami, le comte de Caverness*. Il tira de nouveau la couette sur son menton. Ses pieds étaient peut-être la cause de tout cela. Il soupira. Il avait une irrésistible envie de thé.

L'accueil qu'on lui avait réservé au *Saut du cerf* avait été beaucoup plus chaleureux que celui de *Gun Lodge*, où d'ailleurs il n'y en avait pas vraiment eu. Bien que Grimsdale mourût d'envie de louer sa chambre, il avait clairement fait comprendre qu'il préférait n'avoir personne chez lui.

Ici, toutefois, les hôtes étaient fort accueillants, surtout Mrs. MacBride, qui l'avait reçu comme un marin rentrant au port. A la regarder et à en juger à ses manières londoniennes (tout droit sorties, vraisemblablement, de Earl's Court[1]), Melrose en avait conclu qu'elle avait l'expérience des marins. Bien qu'elle ne fût pas ravissante, Sally MacBride avait une certaine tendance au ravissement. Bien qu'un peu plantureuse, elle était encore belle, à condition d'aimer ce genre de femme. Elle offrit à Melrose et à Jury un double cognac, une jupe serrée qui paraissait cimentée au-dessus du genou et l'histoire de sa vie. Du moins ses vingt premières années, quand son mari, John, patron de bistrot d'une grande douceur, de vingt ans plus âgé que son épouse, s'étant dit que Mr. Plant n'était pas biographe de son état, l'avait arrêtée. En riant toutefois de bon cœur de ses escapades et de ses frasques.

Quelles étoiles se croisant malencontreusement avaient réuni ces deux-là, Melrose ne l'imaginait que trop bien : Sally commençait à avoir les dents un peu longues et John MacBride possédait une gentille petite affaire, le seul pub d'un village agréable. Il ne semblait pas avoir un énorme appétit sexuel. Mais bon nombre d'hommes n'auraient pas dédaigné croquer un bout de cette femme, avec ses cheveux d'un blond de lin abondamment laqués et sa bouche rouge et boudeuse.

Alors qu'il méditait sur la mort d'Una Quick, Melrose entendit quelque chose qui se déplaçait dans le couloir. Il entreprit de faire sa petite enquête, se leva et noua la ceinture de sa robe de chambre. Tout plutôt que de rester dans un vieux lit de cuivre auquel il manquait quinze centimètres.

---

1. Quartier populaire. (*N.d.T.*)

Rien ne viendrait réchauffer l'air ambiant, pensait-il, quand il vit dans l'entrebâillement de la porte une petite silhouette blanche qui s'avançait dans le couloir, les bras tendus. Apparemment, elle l'avait entendu ouvrir la porte, car elle s'arrêta net. Les bras tombèrent et la petite fille se retourna et prit la fuite avec une mine horrifiée. Melrose la vit pousser un chaton noir comme du charbon dans la chambre à la droite de la sienne.

La fille en chemise de nuit blanche disparut à son tour.

Il s'attarda dans l'embrasure de la porte de sa chambre et réfléchit à ce petit scénario. Le monde de l'enfance était un monde qu'il préférait laisser aux enfants. En règle générale, il n'engageait pas la conversation, à moins qu'il n'y fût contraint, avec toute personne âgée de moins de vingt ans, et il n'aurait certainement jamais *pris l'initiative* d'une rencontre avec un enfant de huit ou neuf ans (c'est l'âge qu'il lui donnait). Mais dans ce cas précis, la curiosité l'emporta sur la tradition.

Il passa devant la chambre des MacBride, dont la porte était entrouverte et où brûlait une lampe de nuit. Sally avait une sainte terreur des lieux clos depuis qu'elle avait été enfermée dans un placard. Son mari s'était penché à l'oreille de Melrose en murmurant : *J'appelle cela de la claustrophobie*. Melrose entendit les ronflements de John MacBride. C'était dans la chambre voisine que l'enfant avait disparu. Il frappa. La porte était entrebâillée, comme si elle attendait sa visite, avec son capuchon et sa faux. Etant donné l'expression peinte sur son visage.

— Maintenant je suppose que vous allez le dire, fit-elle, la tête penchée vers le chaton posé sur ses genoux, dont le poil était d'un noir aussi brillant que les cheveux courts de la petite fille.

— Le dire ? Non seulement je ne saurais pas *quoi* dire, mais je ne saurais pas plus *à qui* le dire. Tu peux être tranquille.

Elle l'observa un instant, le dévisageant de ses yeux d'un bleu si vif qu'il semblait contenir de minuscules lames. Puis elle contempla la fenêtre dont les carreaux se couvraient d'une buée blanche et ôta le chat de ses genoux.

— D'accord. Maxine n'est probablement pas encore là, alors allons-y.

Les pantoufles passèrent devant lui en claquant et, comme il hésitait, elle lui fit signe de la suivre avec une impatience non dissimulée. Il se demanda s'il leur faudrait longer le couloir en glissant, bras tendus, avant de descendre à la crypte.

— Où ?

— A la cuisine, murmura-t-elle par-dessus son épaule en posant un doigt sur sa bouche.

La cuisine. Du thé. Il la suivit dans l'étroit escalier de service, où il sentit l'humidité qui montait presque comme des vrilles de brouillard.

— Qu'est-ce qu'on fait ici ?

Il jeta un coup d'œil pour voir s'il y avait une bouilloire sur le feu.

Elle était en train de passer la tête dans un grand réfrigérateur. Il y en avait deux dans la cuisine du pub, ainsi qu'un gros congélateur et un énorme plateau de boucher au centre de la pièce. Le sol de pierre était glacé. Elle sortit du lait, des morceaux de fromage et d'autres ingrédients qu'elle cala sur son bras.

— Il faut le nourrir. Vous pouvez m'aider à porter ça ?

— Je vois. Mais pourquoi marchais-tu les bras tendus ? demanda Melrose, joignant le geste à la parole pour l'imiter. Tu es somnambule ? Ou tu fais semblant ?

— Non. Tenez.

Elle lui tendit un couteau et une assiette à dessert.

— Coupez le fromage en petits morceaux. Merci, ajouta-t-elle comme après réflexion et sans même lui adresser un gentil sourire.

— Tu avais les bras en avant...

Melrose était bien décidé à ne pas en rester là.

— Il va falloir vous dépêcher, répliqua-t-elle d'un ton fâché, sinon Maxine ou quelqu'un d'autre va venir. Vous ne pouvez pas couper ce fromage plus vite ? Vous n'avez rien fait du tout. Moi, j'ai presque fini le mien. Est-ce que vous mangez du gibier ? fit-elle, le regard tourné vers le congélateur. C'est affreux de tuer des cerfs et de les manger. Vous devez être le client.

Elle n'attendit pas de confirmation et ne s'arrêta pas de parler assez longtemps pour s'étonner que l'unique client du *Saut du cerf* fût en train de s'acquitter de tâches d'arrière-cuisine à sept heures du matin.

— Pour ma peine, j'aimerais bien avoir une tasse de thé, dit-il en découpant le fromage.

— Nous n'avons pas le temps. Vous ne pouvez pas faire des morceaux plus petits ?

— Ce n'est pas une souris que nous avons à nourrir, mais un chat, répondit-il.

— Il n'a que huit semaines. Pendant que je vais chercher le lait, vous, vous allez courir jusqu'au pavillon et me rapporter le Kit-e-Kat, poursuivit-elle, la tête plongée dans le frigo.

Courir jusqu'au pavillon. Cela n'avait ni plus ni moins de sens que toutes les autres manœuvres de cette patrouille matinale.

— Je n'ai aucune envie de courir jusqu'au pavillon. (Comment des yeux aussi bleus, presque bleu marine, pouvaient-ils lui lancer un tel regard de verre pilé ?) Pour l'amour du ciel ! Je ne le ferai que si tu mets la bouilloire sur le feu. (Devait-il l'amadouer ?) Et *où* se trouve ce pavillon ?

Elle le regarda comme elle aurait regardé une serpillière, mais alla chercher la bouilloire en faisant claquer ses pantoufles sur la pierre.

— Au bout de l'allée, derrière les arbres. Et ne lambinez pas, s'il vous plaît.

Lambiner ? Dehors en robe de chambre ?

— Fais-moi bouillir cette eau, un point c'est tout ! ordonna-t-il.

Voilà ce qu'était ce fameux pavillon : un endroit minuscule où l'on s'attendait à trouver les sept nains. En tournant la poignée de la porte, il pensa à Blanche-Neige. N'avait-elle pas elle aussi des problèmes de lit ?

Il y faisait sombre et cela sentait le moisi. Son œil tomba sur une boîte de Ronron dans un coin.

Malheureusement, il dut enjamber le corps de Sally MacBride qui lui barrait le passage.

Melrose n'eut pas besoin qu'on lui dise de ne pas lambiner pour remonter l'allée. Le lutin s'était sans doute lassé d'attendre — il avait mis trente secondes à s'assurer que la femme était bien morte — et la bouilloire sifflait sa longue note stridente.

Il éteignit le brûleur et se mit en quête d'un téléphone.

15

Il y avait si peu de place dans la cabane qu'ils se heurtaient les uns les autres, du moins Wiggins et Pasco. Jury parvint à se ménager un espace. Pasco avait appelé le poste de Selby. Ils allaient tenter de joindre Farnsworth, un médecin que l'on appelait rarement pour faire office de légiste. Sinon lui, quelqu'un de l'hôpital local.

— Pas une seule marque, sauf sur les mains. (Jury se releva.) Ne la touchez pas jusqu'à l'arrivée du médecin légiste.

Puis il hocha la tête et jeta un regard circulaire dans l'unique pièce carrée. A peu près trois mètres cinquante sur trois mètres cinquante, évalua-t-il. Minuscule. Les quelques meubles qui se trouvaient là, de vieux débris, un fauteuil à bascule, un petit lit, une lampe, une table, provenaient manifestement des rebuts des éboueurs ou du pub.

— C'est l'antre de la petite fille de MacBride ? fit-il, apercevant un sac de nourriture pour chat dans un coin.

— Sa nièce, dit Pasco, qui regardait toujours pensivement Melrose Plant, qui portait alors un pardessus sur sa robe de chambre.

Plant commençait à prendre la mouche.

— Inspecteur Pasco, j'aimerais que vous cessiez de me regarder ainsi.

— C'est juste que je n'arrive pas à comprendre ce que *vous* faisiez là... Vous alliez chercher du Ronron, dites-vous ? fit Pasco avec un sourire impassible.

— La barbe ! répliqua Melrose.
— Arrêtez, tous les deux !
Jury n'était pas content. Plant non plus.
— Ecoutez, ce dont j'avais vraiment envie, c'était de *thé*. J'ai donc suivi cette enfant fantomatique à la cuisine...
— Neahle, dit Pasco.
— Comment ? Qu'est-ce que c'est que ce nom ?
Pasco, qui avait l'habitude de dormir jusqu'à neuf heures, s'était arraché à son lit avant huit heures et, avec ce nouveau cadavre sur les bras, il n'était pas ravi non plus.
— Neahle Meara. Irlandaise.
— Nail[1] ? Quel nom affreux pour quelqu'un d'aussi jeune.
— Ça s'écrit N-E-A-H-L-E.
— Alors, c'est plutôt joli.
Jury avait ramassé un bouton de porte en émail avec un mouchoir.
— Emballez-moi ça, Wiggins.
Le sergent Wiggins se tenait voûté dans l'embrasure de la porte. Il n'y avait pas de place pour un quatrième larron. Il prit un sac en plastique dans la réserve qu'il avait toujours sur lui, comme ses gouttes contre la toux.
— Ne devrions-nous pas attendre que ceux de Selby...
— Sans doute, mais je crains que trop de pieds ne barbouillent cette pièce. Nous avons vraisemblablement fait assez de dégâts comme ça.
— Mais enfin, je n'ai touché à rien, dit Plant.
Jury cessa d'examiner la tige métallique dont le bouton s'était détaché pour lui adresser un sourire.
— Je le sais.
Quand il se leva, sa tête frôla le plafond.
— Tu étais juste venu chercher le Ronron.

---

1. *Nail* en anglais signifie « clou » ou « ongle ». (*N.d.T.*)

Pasco sourit. Melrose lui rendit son sourire.

Pasco s'accroupit là où Jury venait de s'accroupir pour observer la porte en bois, côté intérieur.

— Affreux. On dirait qu'elle a essayé de sortir en la grattant avec ses ongles.

— Claustrophobe, fit Plant en fronçant les sourcils. Vous vous souvenez de ce qu'elle nous a raconté, qu'elle entrebâillait la porte de sa chambre la nuit.

Plant se pencha pour examiner les traces. Des éclats de bois et du sang.

De l'état de ses doigts, Jury déduisit d'où venaient les traces de sang sur le bois.

— La panique absolue, dit-il en plissant le front, avant de se tourner vers Pasco. De toute façon, pourquoi serait-elle venue ici, Pasco ? Vous la connaissiez bien ?

Bien que Pasco lui eût répondu *aussi bien que n'importe qui* d'un air détaché, Jury remarqua qu'il avait rougi de la base de son col ouvert jusqu'à la racine des cheveux.

— Je ne sais pas ce qu'elle faisait là.

Après que le pathologiste attaché à la police de Selby eut examiné le corps et l'eut enveloppé dans un sac de caoutchouc à fermeture Eclair, il attribua le décès à une défaillance cardiaque.

— Comme Una Quick.

— Provoquée par la frayeur, apparemment, ajouta le médecin. Si elle était, comme vous le dites, claustrophobe.

L'inspecteur Russell de la police judiciaire de Selby hocha la tête.

— C'est trop fort ! fit-il en regardant Jury d'un air mécontent, sans que l'on sût si c'était de la présence de Scotland Yard sur les lieux ou de ce second décès dans un si petit village. Que diable cette femme fichait-elle là ?

— Nous n'en savons rien. Vous voyez une objection à ma présence ici ? C'est l'une de mes amies qui a découvert le corps d'Una Quick.

Cela ne sembla pas passionner l'inspecteur Russell. En fait, il parut même soulagé. Si Scotland Yard voulait s'occuper des cadavres de Selby-Ashdown, grand bien lui fasse !

— Je vais voir ça avec le commissaire. Cette porte... ajouta-t-il en hochant de nouveau la tête. Le bouton vient de se détacher ?

— Peut-être.

Russell prit son mouchoir et tenta de tordre la tige. Elle était vieille et rouillée, et ne céda pas.

— Elle n'a pas pu le remettre.

Le bout de fer qui s'insérait dans la porcelaine était cassé, de sorte que le bouton de porte ne pouvait plus s'ajuster à la tige. C'était un bouton de porte très ancien.

— Si on allait en parler à MacBride ? Est-il au courant ?

— J'ai pris la liberté, dit Melrose, de l'informer qu'il s'était produit un accident. Bref, oui, il sait.

— Cela vous ennuierait-il que le sergent vous accompagne ? demanda Jury, dont le regard, qui errait d'un mur à l'autre dans ce lieu exigu, s'arrêta enfin sur la chaise et sur la lampe. Et Mr. Plant ?

— Le sergent, d'accord. Et Pasco, répondit-il. (Puis il jeta un regard en biais à Melrose Plant.) Mais je ne vois pas pourquoi...

— C'est lui qui a trouvé le corps, intervint Jury.

— Bon. Et vous ?

Pour laisser discrètement entendre que Scotland Yard laissait les basses besognes à la police du Hampshire.

— J'aimerais avoir une conversation avec la petite fille... Comment s'appelle-t-elle déjà ? demanda-t-il à Pasco.

— Neahle Meara.

— Demandez-lui de descendre ici.

Devant le regard de Plant, Jury se reprit :

— Non, je ne lui montrerai pas la porte. Je veux simplement lui parler, loin des autres. Et dites-lui d'apporter son chaton et un ouvre-boîte, ajouta Jury avec un grand sourire.

Elle se tenait dans l'embrasure de la porte, serrant son manteau de drap gris autour d'elle, avec à la main ce qui ressemblait à un cartable.

Ses cheveux noirs et ses grands yeux bleus, apeurés et embués de larmes à présent, étonnèrent Jury. Il ne l'avait pas vue au *Saut du cerf*. Bien qu'il sût que ce n'était pas sa fille, il s'attendait à lui trouver les mêmes couleurs pâlichonnes qu'à MacBride. Cette petite fille n'avait rien de pâlichon. Elle était belle.

— Bonjour, Neahle, dit-il. Le chaton est-il dans le sac d'école ?

Sans un mot, elle acquiesça et se mordit la lèvre. Puis elle franchit le seuil et déclara avec toute l'arrogance dont elle était capable :

— Vous ne pouvez pas l'embarquer. Il n'a rien fait.

— Mais bon sang, pourquoi veux-tu que je fasse une chose pareille ? Je m'étais juste dit que tu voudrais peut-être lui donner son petit déjeuner.

— Son déjeuner. Il a eu un peu de fromage au petit déjeuner, et du lait.

— Son déjeuner, alors.

Jury sourit. Ils auraient pu ne se trouver là que pour avoir confirmation des habitudes alimentaires du chat, qui sortit la tête du sac et cligna des yeux.

Neahle l'en extirpa complètement et le posa sur le sol, mais n'approcha pas des aliments.

— Je suis au courant pour Sally... tante Sally.

Il était évident qu'elle n'avait pas envie de l'appeler « tante ». Il était non moins évident qu'elle ne regrettait pas la mort de Mrs. MacBride.

Cela signifiait malheureusement que les soupçons pourraient lui tomber dessus, avec la brutalité, la rapidité et la dureté d'une brique.

Elle était assise sur une chaise de lutin et grattait la peinture bleue qui s'écaillait.

— C'est dommage.

Elle ne regardait pas Jury, car elle était incapable de verser des larmes de bon aloi, supposa ce dernier.

— Oui. J'ai pensé que tu pourrais m'aider.

Ce fut alors qu'elle leva les yeux avec intérêt.

— J'ai un ouvre-boîte, dit-elle, comme si le Ronron devait leur être d'un secours quelconque.

— Passe-le-moi.

Ce qu'elle fit. Jury prit une boîte dans le sac et l'ouvrit. Puis il la posa devant le chaton, que le fromage avait manifestement rassasié.

— Pourquoi portes-tu... Comment s'appelle-t-il ?

— Sam.

Jury désigna le sac d'école du menton.

— Il y a des trous pour qu'il puisse respirer.

— Je sais. C'est pour le faire entrer et sortir de la maison sans qu'on le voie. Sally (et elle inclina de nouveau la tête) m'interdisait d'avoir des animaux. Elle disait que ça cochonnait tout.

Cela cadrait plutôt avec le peu qu'il avait vu de Mrs. MacBride.

— Tu es très maligne.

— Oh, ce n'est pas moi qui en ai eu l'idée. C'est Carrie, ma meilleure amie. Elle a trouvé le chaton dans les bois et elle m'a arrangé ce sac. Hier.

C'était presque comme si l'apparition de Sam avait provoqué cette tragédie. Elle fouilla dans le sac et en sortit une pomme.

— Est-ce que vous la voulez pour le déjeuner ?

— Merci, répondit gravement Jury, tandis qu'elle la lui tendait.

C'était la première fois que Jury acceptait un pot-de-vin.

— Je ne connais pas Carrie. J'ai seulement entendu son nom. C'est une camarade d'école ?

Neahle rit et posa sa main sur sa bouche, qu'elle lissa comme on défroisse un manteau. Dans la maison de la mort, il n'était pas convenable de rire.

— Non, Carrie ne va pas à l'école. La secrétaire de la baronne lui donne des cours, ou quelque chose comme ça. Elle est beaucoup plus vieille que moi. Quinze ans. Je ne sais pas pourquoi elle m'aime.

Les meilleures amies, comme les chats et les tantes, disparaissent vite en ce bas monde, disait son regard inquiet.

— Je ne vois vraiment pas pourquoi elle ne t'aimerait pas. L'âge ne fait rien à l'affaire.

— Quel âge avez-vous, vous ?

— Vieux, fit solennellement Jury.

Pensant à Fiona Clingmore, il sourit et ajouta :

— Je n'aurai plus jamais quarante ans.

Elle écarquilla les yeux.

— Vous ne les faites *pas du tout*.

— Merci. Ecoute, Neahle, tu sais que l'on a retrouvé ta tante... Mrs. MacBride... ici.

Elle hocha gravement la tête tout en surveillant Sam qui jouait avec une pelote de laine qu'elle avait attachée au fil de la lampe.

— Sais-tu si elle était déjà venue ici ?

— Non. Il n'y a que moi qui y vienne, et quelquefois Carrie.

— D'accord. Quand es-tu venue pour la dernière fois ?

— Il y a deux jours.

— Est-ce que tu as fermé la porte ?

Cela parut la laisser perplexe.

— Je veux dire, n'y avait-il pas de bouton de porte à l'intérieur ? S'était-il détaché de sa tige ?

— J'imagine, fit-elle en fronçant les sourcils. Je n'ai pas remarqué. (Neahle se gratta l'oreille.) Il faisait sombre.

S'il y avait du vent, la porte aurait pu se refermer en claquant.

— Aurais-tu eu peur si tu t'étais retrouvée enfermée là-dedans ?

— Moi ? Non, fit-elle sans dissimuler sa surprise. J'aime venir lire ici et parfois je m'endors sur le lit.

Elle regardait son chaton qui avait saisi la laine entre ses griffes et oscillait avec le fil de la lampe, comme un métronome.

— On pourrait crier si on était enfermé là-dedans, mais c'est si loin de la maison...

Elle cessa de regarder le chat et mit la tête dans ses mains.

— Il y avait encore du vent hier soir. Neahle, on ne peut pas aimer tous ceux que l'on croit devoir aimer. Surtout quand on vous interdit d'avoir des animaux à la maison et que l'on vous fait faire la cuisine. Pourquoi le devrait-on ?

Elle leva les yeux vers lui, puis les baissa à nouveau.

— Vous n'avez pas mangé votre pomme.

— Est-ce que tu savais que Sally venait ici ?

Neahle fit non de la tête.

— Pourquoi elle serait venue ? Elle ne voulait même pas que moi je vienne.

— Peut-être, disons, pour retrouver un ami.

— Des hommes, par exemple ? fit Neahle pour montrer qu'elle avait l'expérience du monde.

Jury lui sourit.

— Des hommes, par exemple.

Neahle se gratta l'oreille.

— Eh bien, il y a ce Mr. Donaldson. Il est terrifiant. C'est ce que dit Carrie. Il travaille à *Gun Lodge*.

— Quelqu'un d'autre ?

Elle se mordit la lèvre en secouant la tête.

Elle n'aurait pas parlé de Pasco, même si elle l'avait su. Jury prit la pomme et la frotta contre son imperméable. Allez-vous faire un tour de magie ? demandaient les yeux de la petite fille.

Il mordit dans la pomme, se cala dans son fauteuil et regarda Sam se balancer. Le chat se laissa tomber de son perchoir et vint observer le nouveau venu.

Neahle se mit à pleurer.

— Ne t'en fais pas, Neahle.

Jury prit Sam et le déposa sur les genoux de Neahle, qui trempa de pleurs son poil brillant. Puis il reprit sa place et attendit simplement que le gros de la crise passe.

L'extrémité du fil où Sam s'était accroché menait à une prise de courant et à une lampe à abat-jour bleu.

— Tu es venue ici il y a deux jours, dis-tu. Etait-ce le soir ?

Neahle se mordilla à nouveau la lèvre.

— Je ne dirai rien, fit-il, puis il désigna les livres d'un signe de tête. Tu as lu ?

— Bien sûr, acquiesça-t-elle en montrant la pile. Celui que je préfère, c'est *Le Cochon Sam*. C'est pour cela que je l'ai appelé Sam. Je suppose que l'on peut donner à un chat le nom d'un cochon, ajouta-t-elle d'un air dubitatif. De toute façon, je suis sortie de mon lit en cachette.

Jury tourna la tête vers le dossier du fauteuil à bascule.

— A ton avis, qu'est devenue l'ampoule de cette lampe ?

Dans le bar, personne n'était très à l'aise pendant l'interrogatoire du mari, John MacBride moins encore que les autres.

Wiggins se pinça l'arête du nez et dit :

— Elle allait à Londres, n'est-ce pas ? Combien de temps, Mr. MacBride ?

— Quelques jours. Pour rendre visite à une cousine.

Wiggins nota le nom de Mary Leavy qui habitait « quelque part vers Earl's Court », selon les vagues déclarations de MacBride.

Melrose aurait pu bâtir une flopée de scénarios divers, s'inspirant de toutes les enquêtes policières qu'il avait subies pour les beaux yeux de Polly Praed. Cette histoire avait tout du cliché. Une femme qui part pour Londres, et « disparaît » mystérieusement. Amusant pour Dupont et Dupond. Mais apparemment pas pour MacBride, qui craquait comme l'énorme bûche qui jetait des étincelles dans l'âtre.

L'inspecteur Russell arborait un sourire pincé. Melrose pouvait presque lire dans ses pensées. C'était toujours une affaire de famille. L'épouse morte, cherchez le mari.

— Et comment devait-elle y aller ? demanda Pasco.
— Comment ?

Quand il retira la tête de ses mains, MacBride avait les yeux vitreux.

— Oui, vous disiez, John, qu'elle était partie pour Londres.

— Oh ! Ce matin, par le train de Selby.

Pasco l'incita doucement à poursuivre.

— Mais pour aller à Selby ?

MacBride passa les mains sur ses cheveux fins.

— Quelqu'un du *Lodge* devait l'y conduire. Donaldson, je crois.

Comme c'est gentil, pensa Melrose.

— Mrs. MacBride souffrait de claustrophobie, il me semble, dit Russell.

MacBride acquiesça. L'ombre d'une aile de corbeau passa sur son visage, comme si l'idée que Sally se fût fait piéger dans cette maison lui était insupportable.

— J'ai pensé, continua Russell, que quand cette porte s'est refermée et qu'elle ne pouvait plus... Bon, laissons tomber pour le moment.

Il avait dû voir lui aussi l'expression peinte sur les traits de MacBride.

Pasco s'exprima de manière plus détournée.

— On ne voit pas le pavillon du pub, derrière cet écran d'arbres. Et je suppose qu'on n'entend rien non plus... C'est un peu loin, là-bas au bord de la rivière.

MacBride se contenta d'opiner du chef.

— Et puis le vent faisait un bruit de tous les diables hier soir, intervint Melrose.

Wiggins était on ne peut plus d'accord, mais Russell regardait Plant comme si, à ses yeux, ce client du *Saut du cerf* était incapable d'avancer le moindre argument de poids. Le témoignage d'un homme qui, à sept heures du matin, se rendait dans un petit pavillon pour aller chercher de quoi nourrir un chat...

— Le bois est rayé, dit Russell, de longues traces, comme si elle avait essayé de...

Une fois de plus, un instinct un peu plus humain prit le dessus.

— Désolé, John, fit Pasco.

La lumière filtrant à travers les rideaux de chintz à fanfreluches faisait ressortir les joues creuses de Mac-Bride.

— Peut-être devriez-vous vous allonger, John. Nous reprendrons cette conversation plus tard.

— Où est Neahle ? demanda MacBride en jetant un coup d'œil affolé à la ronde.

— Elle dort, répondit Wiggins, qui referma son carnet d'un coup sec.

Wiggins était sans doute le plus sensé de tous.

16

Jury se demandait quand se terminerait cette allée menant à La Notre et qui avait conçu un chemin d'accès si tourmenté, avec ses nombreux méandres sur ce qui ne faisait pas plus de deux cents mètres, qu'on eût dit une attraction de Disneyland. Il s'attendait à voir surgir une chose ou une autre à chaque virage.

Il en était là de ses réflexions quand il dut faire un écart et freiner pour éviter un vieil homme dont le vélo donnait dangereusement de la bande dans l'un des tournants et qui ne semblait pas se soucier le moins du monde de frôler la mort. Il devait faire partie de la maison, devait avoir l'habitude, songea Jury en redémarrant.

Le paquet surprise qui l'attendait au bout de cette allée mortelle, semée de profondes ornières et jonchée de branchages, prenait la forme d'une immense demeure dont il avait aperçu les tours de la route d'Ashdown Dean, quelques mètres plus bas. C'était une architecture tout ce qu'il y avait de plus toc. Alors que ce qui restait de la maison d'origine était d'une grande netteté. Celle-ci avait joué avec innocence son rôle de vieux manoir ou de presbytère plein de courants d'air. Elle avait une jolie forme traditionnelle, avec des fenêtres à meneaux percées dans des blocs de pierre grise, couverts de lierre. Mais à cette maison-là avaient été ajoutés des tours, des fenêtres en encorbellement et des vitraux, ces derniers étant surmontés de bordures de pignon peintes, sorte de glaçage de gâteau, qui ne s'harmonisaient absolument pas avec le reste. Les styles anglais, italien, médiéval et religieux rivalisaient à qui mieux mieux.

Pour faire bonne mesure, il devait y avoir derrière la maison de vastes jardins à l'italienne, qu'il entrevit en sortant de sa Vauxhall. Jury aperçut une statue, un pont japonais et une colonne corinthienne à l'horizon.

Or toutes ces merveilles, qui lui donnèrent envie de rire en dépit des motifs de sa visite, avaient été laissées à l'abandon, la maison comme les terres, depuis des années sans doute. Le lierre envahissait tout, les pierres s'effritaient, les branches tombaient. Autour des fenêtres en encorbellement on décelait des failles, empreintes laissées à La Notre par les intempéries du cru.

Une domestique à la coiffe de travers, hâtivement épinglée pour l'occasion, déposa sa carte sur un plateau d'argent terni.

En attendant que la baronne lui accordât une audience, Jury jeta un regard circulaire dans la spacieuse entrée. Ici l'Angleterre, la Grèce et l'Italie se faisaient concurrence. Entre les poutres de bois sombre, des colonnes à la grecque servaient de support à des têtes sculptées (qui lui rappelèrent désagréablement celles que l'on avait jadis collées à la porte des Traîtres). Les moulures du plafond étaient délicieusement ornées de cupidons et de guirlandes. Le sol était en marbre vert, le grand escalier en acajou. La Notre avait gagné en luxe coûteux ce qu'elle avait perdu en goût.

On fit entrer Jury dans une pièce gigantesque à sa droite, qui ne s'harmonisait guère avec le hall, sorte de solarium frais et clair avec des plantes partout. Sur les murs de droite et de gauche deux trompe-l'œil identiques. Ils semblaient être le reflet non seulement l'un de l'autre, mais aussi de la scène réelle qui apparaissait entre les deux. De chaque côté d'une cheminée de marbre, des portes-fenêtres menaient à deux allées pavées qui conduisaient à leur tour à de vastes jardins. Jury cligna des yeux. C'était pire que de voir double.

— Impressionnant, n'est-ce pas ? dit la femme assise sur une chaise verte recouverte de soie moirée.

Son sourire était aussi trompeur que l'effet de miroir des fresques. Jury lui sourit à son tour.

— Vous êtes la baronne Regina de La Notre ?

— Non, je suis son double. Tout est en double. Bonne idée, non ?

— Peut-être. Moi, je suis seul de mon espèce, cependant.

— Dommage, dit-elle en l'observant de pied en cap.

Puis son regard glissa sur la carte qu'elle avait en main.

— Commissaire, s'il vous plaît !

En agitant sa carte, elle le pria de s'asseoir.

Sa robe ne correspondait pas à l'idée qu'il se faisait de la manière dont on s'habillait à onze heures du matin, pourpre et parsemée de paillettes, d'une couleur violente assortie à son rouge à lèvres et au carmin de ses joues. Elle avait les pommettes saillantes et aristocratiques.

— Un commissaire de Scotland Yard. Je suis très impressionnée ! lança-t-elle de sa chaise en velours (qui allait bien avec sa personne mais pas avec la pièce bourrée de plantes).

Qu'il en faille beaucoup pour l'impressionner, c'était évident au ton de la baronne.

Elle faisait partie du décor, tout comme la tortueuse allée qui menait au domaine, les murs qui s'effritaient, les images trompeuses des fresques murales. Son sourire était quelque peu déplaisant, non par mauvaise volonté, mais parce qu'elle avait de vilaines dents. Trop de cigarettes, présuma-t-il, comme il avait senti une bouffée de tabac en lui serrant la main, et trop de gin.

— Le baron, mon défunt mari, dit-elle en regardant le mur derrière lui, aimait particulièrement cette école de peinture française.

Et aussi, songea Jury, les Italiens, les Anglais, les Grecs...

Elle se pencha en avant, lui proposa une cigarette provenant d'un paquet banal et froissé et non d'une boîte en or.

— C'est au sujet d'Una Quick que vous êtes venu, j'imagine ? Ce n'était pas du tout son cœur, n'est-ce pas ? Assassinée, n'est-ce pas ? Pas surprenant, n'est-ce pas ? C'est parce qu'elle fouinait un peu trop dans le courrier, n'est-ce pas ?

Jury interrompit ce tir nourri de questions.

— Pourquoi pensez-vous que l'on ait assassiné Una Quick ?

— Parce que vous êtes là, évidemment !

Jury sourit de nouveau. Un sourire sans taches de tabac ni cynisme, ni quoi que ce fût qui pût éveiller la méfiance d'un témoin ou d'un suspect. Au contraire, on baissait la garde.

— Je suis venu à cause d'une amie.

Regina de La Notre perdit son air condescendant.

— Peut-être, fit-elle en le regardant dans les yeux, mais je ne suis pas cette amie et c'est pour d'autres raisons que vous furetez ici. Una Quick était une espèce de petite souris minaudante, qui tenait le magasin de la poste et s'amusait comme une folle avec le courrier des autres...

— Vous insinuez qu'elle lisait le courrier des habitants du village ?

— Non, je l'affirme.

— Comment le savez-vous ?

— Parce que je me suis envoyé à moi-même une lettre de Londres, que j'ai fait rédiger par quelqu'un d'autre, car j'étais certaine qu'Una Quick connaissait mon écriture, et j'ai mis la seconde page à l'envers. En la lisant, elle a naturellement dû la retourner et elle a oublié de la remettre dans l'autre sens. Ou même si dans un coin de son minuscule cerveau de rat d'égout elle l'a remarqué, elle n'a pas considéré que ce puisse être important.

— C'est très intéressant. Voilà une description de miss Quick très différente de ce que j'ai entendu jusqu'ici.

— C'est uniquement parce que les gens d'Ashdown Dean sont des imbéciles. Thé ?

Elle souleva une théière en argent, qui devait être froide à présent. Comme Jury refusa, elle tendit la main derrière elle.

— Gin ?

— Je préfère cela au thé, fit-il en souriant.

— C'est bien ce que je me disais. (Elle en versa dans une tasse à thé.) J'ai toujours su que cette histoire de policiers qui ne boivent jamais pendant le service, c'était du bidon. Sinon comment tiendriez-vous toute une journée avec ce que vous voyez ? Voilà.

Jury prit la tasse de gin que lui tendait sa main couverte de bagues. Il était plutôt surpris. Bien qu'il n'eût pas l'intention de la boire, du moins avait-elle été offerte avec un semblant de compassion, un sentiment dont il doutait qu'elle regorgeât. La baronne continua à vider son sac tout en enfonçant une cigarette dans un long fume-cigarette. Egalement émaillé de paillettes.

— Et maintenant il y a Mrs. MacBride.

La gorgée de gin que Jury avala lui brûla la gorge.

— Comment l'avez-vous appris au juste ? Il n'y a que quelques heures que l'on a découvert son corps.

Elle leva son gin et haussa les sourcils en même temps.

— Mon Dieu ! En quelques heures le scandale d'Ashdown Dean aurait le temps de faire l'aller et retour entre ici et Liverpool. C'est là que je suis née. Vous avez sans doute remarqué que je ne suis pas française.

L'éventualité que deux meurtres aient été commis ne semblait pas compter plus à ses yeux que sa ville natale.

— C'est Carrie Fleet qui me l'a dit.
— Carrie Fleet ?
— Elle est sous ma responsabilité. Plus ou moins. Neahle Meara a remonté l'allée en courant il y a une heure. Elle raconte tout à Carrie. Bien que je doute qu'elle comprenne tout ce qu'elle dit. Je me demande encore si cette MacBride couchait avec notre policier ou avec notre mielleux gardien, Donaldson. Ou bien avec les deux.

Elle leva la bouteille de gin pour lui en proposer.

Jury secoua la tête.

— Pourquoi ne pas me dire ce que vous savez ?

S'étant versé une autre rasade, elle vissa le bouchon sur la bouteille et leva les yeux vers le plafond à travers des volutes de fumée.

— Je vais essayer d'être concise. Sinon vous allez y passer la journée. Je vous ai parlé d'Una et de la poste. Quant à cette nénette, si quelqu'un l'a tuée, je suis tout à fait certaine que ce n'est pas John. A mon avis, il l'aimait vraiment, pas de chance pour lui. Je me suis moi-même mariée par amour. Depuis Reginald, le baron, aucun homme ne m'a intéressée. Si vous étiez venu il y a vingt ans, il en aurait peut-être été différemment. Vous êtes plein de charme, vous.

— Mais je viens seulement d'arriver, répondit Jury avec un sourire.

— Comme c'est agaçant ! soupira-t-elle. Le charme, comme les étoiles filantes, dure le temps d'un éclair.

— Merci. Continuez.

— Bien. Amanda Crowley poursuit de ses assiduités Sebastian Grimsdale, qui, à mon avis, préférerait coucher avec un cheval. J'espère que vous n'êtes pas allé vous imaginer que notre Pasco est idiot ou paresseux. C'est de la comédie. Farnsworth, en revanche, est les deux à la fois, ce qui ne signifie pas qu'il ne soit pas capable d'assassiner tout le village. Paul Fleming, notre vétérinaire, est extrêmement intelligent, beau, célibataire, et il se trouve que ma secrétaire en est amoureuse.

Elle s'appelle Gillian Kendall. Je suppose que vous avez déjà entendu les noms de tous ces gens-là, si vous ne les avez pas encore rencontrés. Quant à moi, je préfère rester ici derrière mes remparts, dans une splendeur royale, et laisser les autres se ridiculiser. De temps à autre, j'invite quelques-uns de ces imbéciles. Pour tenir ce que j'appelle un *salon*. Je ne sais pas ce que ça veut dire, mais Grimsdale et la Crowley semblent penser que je suis pleine... aux as, j'entends, ajouta-t-elle avec un sourire bref. Ce qui me confère une certaine autorité quand ils viennent se plaindre de Carrie. Section locale de la Société royale de protection des animaux. Elle a transformé le repaire du baron en une sorte de refuge. Je n'aime pas trop les animaux. C'est au milieu d'eux que je l'ai trouvée. Devant les Silver Vaults...

Interrompant cette énigmatique déclaration, Jury leva les yeux et vit soudain apparaître une femme et une jeune fille à chacune des portes-fenêtres, deux silhouettes de rêve. Il crut de nouveau voir double : elles auraient pu faire partie des fresques murales. Elles s'arrêtèrent net, le pied sur le seuil, quand elles aperçurent Jury.

Regina tourna la tête et les regarda l'une après l'autre comme des resquilleuses.

— Ah, c'est vous ! Gillian Kendall, le commissaire Jury.

La femme entra en lui tendant la main. Elle portait une gerbe d'asters.

— Comment allez-vous ?

— Toujours aussi originale, Gillian.

Gillian Kendall adressa un petit sourire à sa maîtresse. Habituée à ses brimades, sans doute. Jury ne put s'empêcher de la contempler fixement, bien que ce ne fût pas une beauté. Un nez grec mis à part, elle n'avait pas des traits exceptionnels, une bouche trop grande, des yeux trop petits. Mais ses cheveux et ses yeux étaient d'un brun magnifique, les cheveux tirant sur l'auburn, et la grande simplicité de sa robe grise et très comme il faut avec son col montant et ses manches longues ne faisait qu'attirer l'attention sur le corps qui se trouvait dessous. Il se demanda si elle en était consciente. Il la regarda arranger les fleurs, dont l'extrémité avait été brunie par le gel, et les mettre dans un vase. Pas une beauté, mais la femme la plus sensuelle que Jury eût rencontrée depuis un certain temps.

Quand il se retourna, il vit que la jeune fille le fixait. Elle était toujours dans l'embrasure de la porte-fenêtre et se tenait sur le seuil, avec la rigidité d'une statue.

— Ne sois donc pas toujours raide comme un manche à balai, Carrie, lança la baronne en lui faisant impatiemment signe d'entrer. Carrie Fleet, commissaire. (Puis elle se tourna vers Carrie.) Le commissaire Jury est de Scotland Yard.

Cette nouvelle n'entraîna pas l'ombre de surprise, de plaisir ni d'ébahissement sur le visage de Carrie. Mais elle entra. Non pas, songea Jury, à cause de l'ordre qu'elle avait reçu. Elle aurait très bien pu entrer ou sortir, selon son gré. Elle ne lui tendit pas la main. Quand elle pénétra dans la pièce, Jury sentit de l'électricité dans l'air, un changement subtil, une pause. Gillian cessa d'arranger son maigre bouquet. Regina serra son plaid contre elle. Pendant tout ce temps les yeux d'un bleu délavé n'avaient pas quitté Jury.

— Bon sang, ma fille, dis au moins bonjour.
— Bonjour.

Ce laconisme n'avait rien d'un affront délibéré. Peut-être était-ce sa manière de rassembler ses forces, avançant prudemment d'une tranchée à l'autre, gagnant un bout de terrain ici, un pouce là. Jury se demandait seulement où était la bataille. Elle se contenta de balayer ses longs cheveux en arrière. Ils étaient de ce blond platiné qui donnait l'impression de pouvoir virer, du jour au lendemain, à l'argent pur. Cette fille était la maîtrise de soi personnifiée. En fait, pendant ces quelques instants, elle avait exercé un véritable ascendant sur la pièce et ses occupants. Involontairement, Jury regarda l'horloge pour voir si elle s'était arrêtée.

Après avoir dit à la baronne qu'elle avait besoin d'argent pour acheter du grain pour les poules, elle fit volte-face et sortit par la porte-fenêtre.

Regina remplit à nouveau sa tasse à thé de gin et dit :
— Quelle épreuve !
Gillian sourit au vase.
— C'est la seule personne que vous aimiez, et vous le savez, fit-elle, puis elle s'excusa et disparut derrière la porte du salon.

— Seigneur ! dit Regina en vissant sa cigarette dans son fume-cigarette, vous imaginez la gaieté de la conversation à table.

— Elles ont toutes deux l'air plutôt timides.

Ce n'était sûrement pas le terme qui convenait pour qualifier Carrie Fleet. C'était bien l'avis de Regina.

— Elle a été convoquée une demi-douzaine de fois au poste de police du coin.

— Pourquoi ?

— Parce qu'elle *s'obstine* à faire la tournée du village pour voir quels sont les chiens et les chats qui reçoivent ce qu'elle considère comme une attention appropriée et ceux qui sont dans les affres de l'agonie. La manière dont Samuel Geeson attachait son corniaud dans la cour ne lui plaisait pas. Elle l'a donc détaché et emmené chez Paul Fleming à qui elle a demandé d'appeler la SPA. (Regina fit tomber la cendre de sa cigarette.) Je l'ai trouvée à Londres. Elle vivait chez un couple, les Brindle. Les Brindle l'avaient trouvée eux aussi, errant dans les bois de Hampstead. Amnésique, d'après eux. Les Brindle savaient de quel côté leur tartine était beurrée. Je leur ai donné mille livres et ils essaient encore de me taper. Pourquoi diable pensent-ils que je suis mûre pour leur petit chantage ? Je n'en ai pas la moindre idée. Bien sûr, je suppose qu'ils pourraient prétendre que je l'ai enlevée. (Regina haussa un sourcil.) A mon humble avis, *un* enlèvement, ça suffit largement pour un enfant, vous ne croyez pas ?

Elle tendit la main vers un pot en majolique et en tira une lettre.

— Jetez-y un coup d'œil. Vous pourrez peut-être faire quelque chose.

Sur les deux pages un peu grasses et frisant l'illettrisme se succédaient un ton gémissant puis un langage mielleux.

— Vous ne m'aviez pas dit qu'elle avait reçu un mauvais coup à la tête, fit Jury.

— Mon cher commissaire, je l'ignorais. Je crois qu'ils cherchent à me la jouer larmoyante. Vraisemblablement, cela explique son amnésie.

— C'est une lettre plutôt bizarre.

Jury retourna les pages. Rien au dos.

— Je peux vous assurer que ces Brindle sont assez bizarres dans leur genre.

« ... Nous avons donc pensé, si l'on tient compte du document ci-joint, que vous pourriez envisager de nous verser cinq cents livres de plus. Veuillez agréer, madame... » Et une signature tarabiscotée.

— Qu'est-ce que cela veut dire ?

Fort occupée à se verser du gin, la baronne le regarda puis lui dit :

— Qu'il veut cinq cents livres, commissaire. Même un cerveau imbibé comme le mien est capable de voir cela.

— Cela vous ennuie que je la garde ?

D'un geste elle éloigna la lettre.

— Je vous en prie. Pauvre Carrie ! Son nom n'est même pas le vrai. Elle est venue chez moi sans l'ombre d'un document, c'est ainsi.

— On dirait un chien de race, dont les antécédents seraient douteux.

— Rien ne ferait plus de plaisir à Carrie que cette comparaison ! s'écria-t-elle en riant.

— Et Gillian Kendall ? demanda-t-il avec un sourire.

— C'est une Londonienne. Elle prenait son café du matin dans le salon de thé local, quand elle a entendu dire que je cherchais une secrétaire. Je commençais à m'ennuyer, même si cela vous paraît difficile à croire, et quand elle a remonté l'allée pour me proposer ses services il y a six mois, j'ai dit oui sur-le-champ. Je n'aurais pas supporté de passer des annonces et de voir défiler la moitié du Hampshire à ma porte. Mais elle ne me plaît qu'à moitié. Je n'aime pas les gens qui marchent sur la pointe des pieds et qui ont toujours les mains pleines... de vases, de carafes, de fleurs. Qui sait si dessous il n'y a pas un couteau ou un revolver ?

17

Difficile de croire que Gillian Kendall dissimulait un couteau ou un revolver sous le cardigan qu'elle ne cessait d'ajuster en tirant dessus.

Ils marchaient entre les haies de troènes qui formaient le labyrinthe.

— Encore une farce du baron, dit-elle. Il a été construit avec le plus grand soin.

— N'est-ce pas le propre de tout labyrinthe ?

Jury se dit qu'en ce qui concernait Gillian Kendall, Regina était à côté de la plaque. Elle ne marchait pas sur la pointe des pieds et ne semblait nullement nerveuse. Au contraire, ce fut son sang-froid qui frappa Jury. Un flegme de composition. C'était le mot exact, comme l'eût décrit un artiste. Un petit coup de pinceau ici ou là, et ses joues trop pâles auraient pris des couleurs, et une étincelle lui aurait animé le regard, ce qui aurait encore accru l'effet qu'elle produisait.

— Il est très compliqué, poursuivit-elle. D'abord, il est circulaire. Ce qui donne l'impression de tourner en rond.

— Métaphoriquement parlant, c'est généralement ce que l'on fait.

Elle s'arrêta pour le regarder. Un instant, il crut qu'elle allait dire quelque chose de plus direct.

— Je m'y suis perdue à plusieurs reprises, fit-elle. Apparemment, le baron voulait s'assurer qu'une fois que sa femme y serait entrée, elle ne pourrait plus en sortir. Oh, sans malice. Aucune. Il aimait les jeux. Celui-ci était fait pour le batifolage amoureux, j'imagine. (Gillian détourna le regard.) C'est drôle. Elle parle de lui avec une dévotion étonnante. J'aurais pourtant juré qu'elle l'avait épousé pour son argent.

— Vous ne l'aimez pas beaucoup, si je comprends bien.

Un coup de vent lui balaya les cheveux, bien qu'elle fût abritée par les troènes.

— Sincèrement, je n'en sais rien, dit-elle en tirant sur son gilet, ce qui eut pour effet de dissimuler la rangée de boutons qui grimpaient sur sa robe austère. Elle ressemble à un vin qui aurait mal vieilli, ajouta-t-elle en riant. Un bordeaux soixante-cinq, par exemple.

— Mauvaise année ?

Pendant quelques secondes, elle tripota la haie en silence.

— Très mauvaise année.

Jury se dit qu'elle ne parlait pas du vin.

Gillian suivit du regard le chemin sinueux qu'ils avaient pris et qu'ils pouvaient continuer, à moins de tourner à droite.

— Nous avons trois possibilités, annonça Gillian. Continuer, revenir sur nos pas ou prendre à droite. A vous de décider. Qu'est-ce qu'on fait ?

Il y avait une ouverture arrondie dans la haie. Dans la trouée il en aperçut plusieurs autres, comme une série de voûtes le long d'un long couloir. Cela ressemblait à la fresque.

— Eh bien, à mon avis, cette perspective est un piège. Ça a tellement l'air d'une issue que ça doit mener tout droit au centre du labyrinthe. J'opterai donc pour la quatrième possibilité.

— Il n'y en a que trois. En arrière, devant ou sur le côté.

— Et aussi en bas.

Jury trouva le contact de son bras fort agréable quand il l'entraîna vers l'un des bancs devant lesquels ils étaient passés.

— Endroit stratégique. Asseyons-nous.

Elle s'assit en hochant la tête.

— C'est de la triche.

— Je ne suis pas d'accord. Si nous parlions de la manière de sortir d'ici ? Ou plutôt si j'en parlais ? Après tout, vous connaissez le chemin, et c'est vous qui nous guidiez.

Le regard qu'elle lui jeta était froid.

— Vous pensez que je vous ai volontairement entraîné dans un piège ?

— Absolument, fit Jury en souriant.

— Je ne comprends pas. Qu'ai-je dit ?

— C'est ce que vous n'avez pas dit. Vous vous êtes bien amusée à tournicoter là-dedans, à me parler du baron et de sa petite plaisanterie. Mais, sachant que j'appartiens à Scotland Yard, j'imagine que vous vous demandez pourquoi je suis là.

— Alors pourquoi ?

— Vous connaissiez sans doute Una Quick ?

Elle fronça les sourcils.

— Comme tout le monde. Mais vous n'êtes pas là à cause d'elle...

— Il y a quelques jours, on a empoisonné son chien, l'interrompit Jury.

— C'est vrai, fit-elle. (Elle frissonna et rajusta son cardigan.) Ç'a été terrible pour Una. De toute façon, elle était malade. Paul... le Dr Fleming... le vétérinaire du coin...

— J'ai fait sa connaissance. Eh bien ?

Etant donné son hésitation quand elle avait prononcé son nom, Jury se demanda si le beau Dr Fleming était lui aussi la cause d'une mauvaise année.

— Il a simplement dit qu'Una lui avait affirmé que la porte de la remise était fermée à clé.

— Mettez-vous cela sur le compte de la distraction de miss Quick ? Ou de quelqu'un qui déteste les animaux ?

— C'est assez impensable. Mais s'il fallait désigner un coupable, je pencherais pour les fils Crowley. Ils sont épouvantables. L'un est vraiment un attardé et l'autre se comporte comme s'il l'était. Je ne comprends pas pourquoi Amanda ne met pas Bert, qu'on appelle Batty, dans une institution, au lieu de l'envoyer dans cette « école spécialisée ».

— Ces institutions sont parfois des endroits sordides, dit Jury en regardant à travers les ouvertures successives.

Il se rappela les années passées à l'orphelinat où l'avaient placé les services sociaux après la mort de sa mère, lors du dernier bombardement de Londres. Il n'avait que six ans, mais il lui arrivait encore de longer mentalement les couloirs glacés, de s'asseoir sur la couverture marron du lit, d'avoir dans la bouche le goût des pommes de terre gorgées d'eau.

— Peut-être aime-t-elle trop ce garçon.
— Amanda n'aime qu'Amanda.

Au-dessus du col remonté sous le menton, son profil ressemblait à celui des statues.

— Cela lui permet de jouer les martyres. Cela lui permet aussi de profiter de quelques milliers de livres par an. Vingt, d'après Regina. Amanda est l'exécuteur testamentaire. Le père savait que le cadet, Batty, risquait de se retrouver dans une institution dès qu'il serait mort. Alors il a posé des conditions très strictes à ce propos.

Gillian se tourna vers Jury avec un sourire sardonique avant d'ajouter :

— Pour vingt mille livres par an, on peut fermer les yeux sur quelques mauvais tours, vous ne croyez pas ?

Gillian Kendall ne semblait pas particulièrement cynique. A cet instant elle avait un air éperdu, l'expression de quelqu'un qui a encaissé un peu trop de coups.

Jury changea de sujet.

— Qui va chercher le courrier ?
— Eh bien, cela dépend, fit-elle, perplexe. Tantôt moi, tantôt Mrs. Lambeth, notre cuisinière. Randolph,

qui est censé faire office de jardinier. Carrie Fleet. Le premier qui passe près de la poste.

— La baronne Regina vous a-t-elle déjà dit qu'elle soupçonnait Una Quick de lire les lettres des autres ?

— Oh, oui ! Et je suis certaine qu'elle a raison. J'ai envoyé un mot à Paul... le Dr Fleming... et il est sûr qu'on l'a ouvert. Il en a ri.

Elle avait le visage empourpré. Cela ne l'avait pas fait rire du tout, *elle*.

— Quelles relations entretenez-vous avec Paul Fleming ? demanda Jury à brûle-pourpoint.

Minute de silence.

— Aucune, répondit-elle en le regardant droit dans les yeux. Je ne pense pas qu'il y en ait jamais eu.

— J'ai du mal à le croire.

Elle détourna le regard.

— D'après la baronne, cela fait environ six mois que vous êtes là. Êtes-vous vraiment sa secrétaire ou bien une simple dame de compagnie ?

— Je suis vraiment sa secrétaire, fit Gillian en riant. Elle aime que je lui lise son courrier du matin. Comme cela, elle n'est obligée de lâcher ni sa cigarette ni son café, agrémenté d'une pointe de gin, comme vous l'avez constaté. Quant à la compagnie, je doute fort d'en être une pour quiconque.

— Je ne passe pas un mauvais moment.

Ce fut alors le premier vrai sourire qu'il lui vit.

— Et si vous resserrez encore ce gilet, je vais être contraint d'ôter mon manteau et de vous le mettre sur les épaules. Est-ce que vous avez vu cette lettre ?

Elle regarda les feuilles que Regina lui avait remises.

— Oh ! *ces gens-là*... Oui, je l'ai vue, dit Gillian, qui tressaillit soudain. *En fait*, ils ne pourraient rien faire à Carrie, n'est-ce pas ?

— Non. La police ne tient généralement pas l'extorsion de fonds en grande estime. Vous ne trouvez pas cela bizarre ? Brindle disant que « le document ci-joint » valait bien cinq cents livres de plus ? Quel était ce « document » ?

Gillian fronça les sourcils.

— Je ne sais pas. Il n'y avait rien. (Elle relut la lettre.) Il parlait du reste de sa lettre, je suppose. Tous les soucis qu'ils avaient endurés... la pauvre fille avait été agressée, apparemment. Les factures du médecin... poursuivit Gillian en haussant les épaules.

— Brindle ? A ce que je vois, c'est un escroc de petit calibre. Sans doute au chômage. Les services sociaux se seront occupés de tout cela. Enfin, peu importe.

Mais cela avait l'air de lui importer énormément, et Jury lui demanda si elle avait entendu parler de Sally MacBride.

Avec une amertume étonnante, elle répondit que non. Jury se demanda combien d'hommes Mrs. MacBride avait mis sur sa liste. Fleming, peut-être ?

Il lui en parla et Gillian Kendall changea aussitôt d'attitude.

— *Mon Dieu !* C'est abominable ! Je ne la connaissais pas bien. Je suis allée plusieurs fois au *Saut du cerf*, nous avons un peu bavardé, mais c'est tout.

Protégeant ses yeux de sa main, elle regarda le ciel bleu et froid.

— Qu'est-ce qui se passe dans ce village ?

— Bonne question, dit Jury en se levant. Je crois que je vais en toucher deux mots à Carrie Fleet.

— Deux mots, c'est à peu près tout ce que vous obtiendrez d'elle, répliqua-t-elle avec un sourire, et elle quitta le banc à son tour.

— J'espère que vous allez me tirer de ce dédale.

Elle le regarda comme pour dire qu'elle aimerait bien pouvoir le faire.

C'était une ancienne tonnelle, à présent murée de brique couverte de lierre et incrustée de mousse. Le maçon n'avait pas fait un travail soigné : il y avait des fentes, parfois emplies de chiffons pour que l'eau de pluie n'y pénétrât pas. Cependant, ce jour-là, il faisait beau, comme un retour de printemps.

C'était un long bâtiment et, au premier abord, il ne la vit pas, n'apercevant que des caisses en bois et des cages en métal. Certaines étaient vides, inutilisées peut-être ou provisoirement vidées de leurs locataires.

Celui qui s'en occupait devait être un virtuose. Des chats, des chiens, un coq qui grattait la poussière et, dans un compartiment plus large, ressemblant davantage à un box de cheval, il y avait un âne. Et, en traversant le domaine, il avait eu la surprise de voir un poney qui portait nettement la marque de New Forest. Il mâchait bruyamment de l'herbe dans un coin boisé, derrière une statue au bras cassé. Il l'avait regardé quelques instants, visiblement habitué à voir passer des bipèdes de temps à autre, puis s'était remis à brouter.

L'apparition de Jury dans l'embrasure de la porte la cueillit à froid. Elle jetait du foin à la fourche dans la stalle de l'âne. Il fit un effort pour se rappeler où il avait déjà vu cette expression. Elle aurait pu avoir été gravée dans du métal, et c'était bien là qu'il l'avait vue, sur toutes les pièces portant le profil de la reine.

Un terrier noir et blanc à trois pattes la suivait pas à pas, tandis qu'elle vaquait à ses occupations.

— Que fait un poney de New Forest dans les bois de La Notre ? demanda Jury en souriant.

Il fut surpris de la voir rougir avant de se tourner vers l'âne.

— Il a été renversé par une voiture. Un touriste, probablement, ajouta-t-elle sans rancœur.

— Mais comment l'as-tu amené jusqu'ici ?

— Avec la remorque.

Il s'appuya contre la porte de la sombre cabane et se contenta de hocher la tête. Si elle savait tirer, il n'y avait aucune raison qu'elle ne sût pas conduire.

— La Société forestière ne s'en occupe plus ? Ces poneys sont protégés.

— Rien n'est protégé, répondit-elle avec équanimité, puis elle recula et examina l'âne. Je l'ai eu par un romanichel. J'ai dû le lui payer vingt livres. Lui, sa caravane et tout ce qu'il y avait à l'intérieur ne valaient pas ça. Mais je n'avais pas de fusil.
— Tu es souvent armée ?
— Non. Surtout quand je vais dans les bois. A cause des braconniers, vous comprenez.
— La plupart des gens ne voient pas d'un bon œil que l'on se promène avec un fusil, tu sais.

Carrie ouvrit la porte d'une cage dans laquelle roucoulaient des colombes grises, y déposa des graines et se tourna vers Jury.

— Surtout les policiers.
— Surtout.

Il y eut alors un long silence. Elle se tenait très droite, raide comme un paratonnerre, dans sa robe bleue sous laquelle elle avait mis un pull. Jury songea que, là, elle était dans son élément. Et plus elle le regardait, plus elle rougissait. Elle détourna la tête et sortit un chat de sa cage. C'était un vilain matou, avec un œil fermé en permanence.

— Blackstone, dit Carrie, qui le posa à terre et s'accroupit à côté de lui. Allons, Blackstone.

Il y avait dans sa voix un mélange d'autorité et de douceur. Ce ton-là, il l'avait entendu chez les bons chefs. Le chat ne bougea pas. Il semblait avoir peur de se mouvoir. Elle éloigna un objet de lui. Une espèce de jouet en forme de souris. Il faisait sombre dans la tonnelle, dans laquelle on avait branché une ampoule. Le chat sauta. Carrie sourit.

— Je me suis dit qu'il fallait qu'il fasse quelque chose. Il commençait à s'ennuyer.

Avec ses pattes, Blackstone joua avec la souris sur le sol en terre battue. Le terrier l'observa d'abord, puis se joignit au jeu.

— Eh bien ? demanda Carrie. J'imagine que vous êtes venu ici pour me poser des questions.

— Si cela ne t'ennuie pas. Nous pourrions nous asseoir quelque part.

— J'ai trop à faire pour m'asseoir.

Elle fit bruyamment grincer la porte d'une cage en l'ouvrant, ce qui perturba le sommeil d'un blaireau.

Jury sentit de nouveau des turbulences dans l'air et se demanda si c'était sa présence qui la gênait. Il n'avait pas l'impression qu'elle eût envie, comme avec le romanichel, d'aller chercher son fusil.

— Entendu. Je ne veux pas te déranger si tu es occupée. Plus tard, peut-être.

Il tourna les talons.

— Non !

L'une des caisses se renversa et elle la remit aussitôt en place. Le renard gris qui se trouvait à l'intérieur tournait en rond. Elle glissa les mains sur sa robe, balaya ses cheveux sur ses épaules et croisa les bras fermement sur sa poitrine.

— Allez-y, questionnez-moi.

Jury sourit et Carrie détourna une fois de plus le regard.

— Merci, dit-il avec un semblant de cérémonie, respectant la distance entre eux.

Mais il ne savait pas trop comment s'y prendre avec elle. Avec son petit air triste qu'elle voulait faire passer pour de l'indifférence ou de la patience envers ces adultes qui ne comprenaient rien à rien.

— Tout d'abord, Carrie, tu as menacé les fils Crowley qui détenaient le chat de miss Praed avec un fusil. Tu ne le nies pas, n'est-ce pas ?

Carrie le regardait droit dans les yeux, et pas une ombre de dénégation ne passa sur ses traits. Elle avait le doigt posé sur une petite chaîne en or qu'elle portait autour du cou.

Jury se sentit stupide. C'était comme s'il se retrouvait à l'école de police et qu'il essayait d'acquérir la maîtrise des différentes manières d'interroger un témoin. Tout ce dont il se souvenait, c'était que l'on devait fixer son interlocuteur. Fixer les malfrats jusqu'à leur faire baisser les yeux. Ils finiraient par se mettre au pas.

Carrie le fixa à son tour.

— Tu as tiré sur eux.

Jury savait parfaitement qu'elle avait tiré au sol. Elle ne se donna pas la peine de rectifier.

Elle lui avait pourtant parlé de ses animaux. Il avait été idiot, s'y était mal pris.

— C'est vrai, personne ne m'a jamais allumé des allumettes sous le nez après m'avoir aspergé d'essence. (L'expression de Carrie s'altéra comme le sable sous le vent.) Qu'aurais-tu fait s'ils avaient continué, Carrie ?

— Je leur aurais tiré dans les genoux, fit-elle, raisonnablement.

— L'inspecteur Pasco t'aurait coffrée très vite.

— J'ai l'habitude.

Dans une vieille cage, un pinson à l'aile bandée poussa deux notes d'une voix faible. Il avait dû se dire que cela valait le coup de chanter.

— Comment s'appelle ce pinson ?

— Limerick. C'est là que Neahle est née. Avant que sa famille n'aille s'installer à Belfast. (Elle ouvrit la cage.) Tu peux sortir.

Mais l'oiseau ne bougea pas, se contentant de se balancer sur son perchoir. Elle referma la porte.

— Il n'aime pas les étrangers. Vous allez faire quelque chose pour cette histoire de fusil, je suppose ?

Jury sourit.

— Si la baronne veut un garde-chasse, elle en a le droit. De toute façon, ce n'est pas de mon ressort.

A cela elle répondit simplement :

— Je sais tirer. Le baron aimait chasser et s'entraînait au tir dans le parc. Il a dû démolir quelques bras de statue.

Elle remit Blackstone et la souris dans leur cage.

— Où as-tu appris à tirer ?

— Toute seule. La baronne adore aller voir les films de Clint Eastwood. J'aime la manière qu'il a de tenir son arme à deux mains. (Elle s'interrompit, pensive, mordillant le coin de sa bouche.) Il est beau, Clint Eastwood. (Elle rougit, puis haussa les épaules avec désinvolture.) Quand on aime ce genre d'hommes, évidemment. La baronne affirme que le baron lui ressemblait, ajouta-t-elle, se hâtant de faire oublier son compliment. Mais j'ai vu assez de photos du baron pour savoir que c'est vrai.

— Voudrais-tu me faire le plaisir de venir t'asseoir sur ce banc ?

Jury désigna l'entrée de la tonnelle.

— Quand j'aurai terminé, dit-elle d'un ton cassant.

Jury sourit intérieurement. Autant essayer de déplacer l'un des mégalithes de Stonehenge. Tandis qu'elle continuait à nourrir les animaux, il l'observa dans la lumière filtrée qui projetait d'étroites bandes vertes sur son visage, à travers les parois de la tonnelle. *Une fille verte dans une ombre verte*, songea Jury, paraphrasant un poème. Le poète aurait pu décrire ainsi Carrie Fleet, qui aurait sans doute détesté que l'on pensât à elle comme à une jolie silhouette dans une vieille romance.

18

Quand ils furent enfin assis sur le banc de pierre, le chien Bingo étendu en dessous, Jury prit ses cigarettes.

— Vous allez fumer ?
— Cela te gêne ?
— Ce ne sont pas mes poumons.

Pendant un long silence, Jury fuma et Carrie Fleet médita.

— Pour un policier, dit-elle enfin, vous ne parlez pas beaucoup.
— Toi non plus, pour une fille de quinze ans.
— Parler, c'est juste un tic nerveux, déclara-t-elle en haussant les épaules.
— Tu ne vois pas d'inconvénient à ce que je te pose quelques questions ? poursuivit-il avec un sourire.
— Non, j'ai l'habitude de la police.
— Si j'ai bien compris, tu as eu un ou deux entretiens avec l'inspecteur Pasco.

Elle baissa la tête et compta sur ses doigts.

— Huit. Même si, à l'entendre, on a l'impression que c'est plutôt cent huit.
— Tant d'ennuis que ça ?

A présent elle contemplait le ciel. C'était un ciel de lac gelé, d'un bleu de glace, comme ses yeux.

— Pas pour moi.
— Juste pour Pasco.

Apparemment, Carrie ne considérait pas qu'il fût nécessaire de répondre.

— Tu connaissais Una Quick et son chien. Il semble même que tu connaisses tous les chiens et chats du coin. A ton avis, que s'est-il passé ?

— Ce ne sont pas des accidents.

— Pourquoi ?

Elle traînait la pointe de sa basket dans la terre.

— Deux chiens et un chat. Et deux personnes. Ça fait beaucoup d'accidents en une semaine.

Bien entendu, elle plaçait les chiens et le chat avant les êtres humains.

— Tu as une idée ?

— Peut-être.

— Cela t'ennuierait de m'en parler ?

— Peut-être.

Jury baissa les yeux vers son mégot de cigarette avec un petit sourire.

— J'aimerais mieux interroger la reine.

Les yeux bleus s'écarquillèrent.

— Vous l'avez déjà interrogée ? Qu'a-t-elle fait ?

— Rien, dit-il en riant.

Son intérêt pour Scotland Yard s'étant évaporé comme les volutes de la cigarette de Jury, elle soupira et se détourna. Jury observa son profil... parfait, mais elle n'en était pas consciente. L'enfant qui s'était un bref instant découverte se terrait à nouveau.

— Etant donné ce qui est arrivé aux animaux, je suppose que tu as dû beaucoup y réfléchir. Parce que tu leur portes grand intérêt.

— Peut-être, répondit-elle en continuant de traîner les pieds sur le sol.

Mais cette fois, ce mot s'étrangla dans sa gorge, chaque syllabe entraînant l'autre. Puis elle se tourna vers lui.

— C'est quelqu'un du village.

Sous l'effet de la surprise, Jury cessa d'écraser sa cigarette.

— Pourquoi le penses-tu ?

— *Parce que*, fit-elle d'une voix pleine de dégoût, je ne crois pas qu'on viendrait de Londres pour empoisonner le chat des Potter ou le chien d'Una Quick. Et si je découvre qui...

Elle avait dit cela d'un ton morne.

— Je te conseille de prévenir la police.

Elle le regarda. D'un air impuissant.

— Tu as donc une liste de suspects ?

— Pas vous ?

Jury sortit son carnet.

— Je ne vis pas ici depuis aussi longtemps que toi. Je ne suis arrivé qu'hier après-midi. Cela t'ennuierait-il de me les donner ?

— Oui.

Se protégeant les yeux de sa main, elle contempla le ciel.

— Il va geler, et Mr. Grimsdale va être ravi. Il ne peut plus attendre de sortir les chiens. Il y a un rendez-vous de chasse dans quelques jours, soupira-t-elle. C'est tant de *travail*.

— Quel travail ?

Les yeux bleus lui jetèrent un regard glacé.

— Désobturer les terriers.

— Que fais-tu ? Tu suis le dénicheur dès qu'il sort ?

— Ce n'est pas la peine. Je sais où ils sont.

Elle désigna la tonnelle et le panneau de bois qui y était cloué et sur lequel était inscrit *Sanctuaire*.

— C'est son renard que j'ai là. Il est un peu malade. Je le laisserai filer dans quelques jours.

— Mon Dieu ! fit Jury en riant. J'ai du mal à imaginer Grimsdale te laissant jouer les infirmières.

— Je l'ai volé.

Comme Jury ouvrait la bouche, elle soupira.

— Et voilà ! Un sermon. C'est l'un de ces renards qu'il met en sac. Si vous trouvez que c'est bien de capturer ces pauvres bêtes pour les enfermer dans un chenil, allez-y, chapitrez-moi.

— Je ne te sermonnerai pas. Le sait-il ?

— Peut-être bien. Mais il ne peut pas pénétrer dans mon refuge. Ce serait comme traîner un voleur ou je ne sais qui hors d'une église.

— Si Grimsdale ne tente pas le coup, ce doit être plus par peur d'avoir les genoux brisés que par crainte de Dieu.

Elle esquissa un sourire qui s'effaça très vite. Jamais il n'avait vu un menton aussi déterminé ni un regard aussi dur. Elle avait de nouveau le doigt posé sur sa chaîne en or, dont les maillons étaient si fins qu'on eût dit du tulle. Jury n'aurait pas pensé que Carrie s'intéressât aux parures. Une partie de la chaîne était dissimulée sous son pull, qu'elle sortit. Une petite bague y était attachée, une améthyste. Celle-ci était trop petite pour qu'elle pût la glisser à son doigt.

— C'est très joli.

— J'aurais aimé avoir des yeux de cette couleur, fit-elle en hochant la tête.

Jury détourna le regard en souriant. De toute évidence, elle avait rencontré Polly Praed.

— Tu y tiens beaucoup ?

Carrie la lui tendit.

— Pouvez-vous lire ce qu'il y a à l'intérieur ? C'est écrit tellement petit que j'ai du mal à déchiffrer. Je crois que c'est ma mère qui me l'a donnée.

Jury examina le *C* et le minuscule *de la part de maman*. Elle ne cherchait qu'une confirmation, il en était conscient, ou à partager un savoir bien incertain.

— C'est ce qui est écrit, exactement. Tu te la rappelles ?

En secouant la tête, elle glissa l'anneau sous son pull.

Le sujet était clos.

Ils restèrent assis côte à côte et, au bout d'une minute, Jury dit :

— Il me serait très utile de savoir qui tue la population animale dans les parages.

— Et les gens, ajouta-t-elle avec calme. Una Quick et Mrs. MacBride. Cela ne me surprendrait pas que ça ne s'arrête pas là. Il va geler, conclut-elle, la face de nouveau tournée vers le ciel, comme si c'était là son plus gros souci.

19

Amanda Crowley portait un pantalon en whipcord et une veste de tweed. Jury se demanda si, comme Sebastian Grimsdale et les chiens, elle flairait toujours le froid et le gel qui annonçaient la chasse. Le cottage des Crowley lui rappelait un peu une sellerie sophistiquée. Il sentait le cirage et les chevaux.

Ce fut le premier sujet qu'elle aborda après des présentations on ne peut plus abruptes.

— La chasse commence bientôt, dommage que les garçons ne soient pas là.

Puis elle jeta un coup d'œil à la ronde, comme étonnée de leur absence.

— Dommage, oui. Ils sont retournés à l'école, je crois.

— Il y a tout juste deux jours. Ils étaient venus passer de brèves vacances... fit-elle d'une voix traînante.

On les avait renvoyés, vous voulez dire, pensa Jury.

— Je n'ai vraiment que très peu de temps à vous consacrer, commissaire. Je suis attendue à *Gun Lodge* dans quelques minutes. De toute façon, je ne vois pas ce que vous faites ici.

Il sourit de nouveau, cherchant à susciter chez Amanda une réaction qui lui déplairait sans l'ombre d'un doute. Elle tomba dans le panneau. Elle tira sur le pull qu'elle portait sous sa veste et glissa sa main comme un peigne dans ses cheveux tirés en arrière. Elle avait le corps mince et des cheveux argentés. Elle eût été encore séduisante sans ces plis autour de la bouche, qui révélaient un caractère grincheux.

— Je me demandais si vous connaissiez bien Sally MacBride.

Jury tendit son paquet de cigarettes. Elle en prit une, qu'elle roula quelques secondes entre ses doigts, puis elle accepta le feu de son allumette.

— A peine. C'est affreux ce qui lui est arrivé. Pauvre John !

Amanda croisa les jambes. Dans son pantalon moulant, de la cuisse à la cheville, elle était manifestement bien faite, mais tendue, comme le reste de son corps. Elle lui faisait un peu penser à la cravache qu'elle avait distraitement tirée de sous la table et qu'elle frottait contre sa jambe.

Très freudien, songea-t-il. Il se demanda comment elle s'entendait avec Grimsdale.

— Qu'est-ce que ça veut dire, « à peine », miss Crowley ? Que vous lui disiez simplement « bonjour » ou que vous alliez jusqu'à « il fait beau, ce matin » ?

— Bien entendu, je bavardais avec elle. Je vais souvent au *Saut du cerf*. Comme tout le monde, non ?

Jury haussa les épaules, posa le menton sur sa main.

— Je ne sais pas, moi, n'est-ce pas ?

Le ton était doux. Sans agressivité, à moins qu'elle n'y vît une allusion cachée.

— Je n'y comprends rien. Pourquoi vous intéressez-vous à Sally ?

— Et à Una Quick. *Elle*, vous la connaissiez assez bien.

Les petites rides qui lui cernaient la bouche semblaient gravées à l'acide.

— *Tout le monde* connaissait Una Quick. Et je *persiste* à vous demander à quoi tout cela rime.

D'un geste sec elle leva le poignet, consulta sa montre au fin bracelet de cuir, comme si elle lui accordait encore une demi-minute.

— Les commérages, fit Jury.

— Je ne suis pas une commère, commissaire, rétorqua-t-elle en plissant les yeux, j'ai mieux à faire.

— Je n'ai jamais dit cela. Mais j'imagine qu'Una Quick en était une, d'autant plus qu'elle tenait le magasin de la poste.

Jury jeta un regard circulaire dans la pièce. Des lambris, deux selles, dont l'une sur un cheval mannequin, des cravaches, des bottes, et même deux en cuivre, de chaque côté d'une petite cheminée. Il y avait des étriers gravés dans le verre dans lequel elle buvait.

— Deux accidents en trois jours. Sans parler des chiens et du chat. Une véritable hécatombe. Vous ne vous posez pas de questions ?

Ses yeux, aussi durs et gris que la pierre, le fixèrent.

— Non, je ne m'en pose pas. Una avait le cœur fragile. Sally a eu la malchance de se laisser enfermer dans le pavillon. (Elle eut alors la grâce de frissonner en se frottant les bras.) C'est sans doute le vent qui a claqué la porte d'un coup. Affreux d'être claustrophobe...

— Vous étiez au courant ?

— *Tout le monde* était au courant. Dans un train bloqué dans le métro, elle s'est évanouie. Fallait qu'elle dorme avec la lumière allumée, ce genre de trucs.

— Vous ne trouvez pas étrange que Mrs. MacBride aille la nuit dans le pavillon de Neahle ?

— Un rendez-vous, peut-être, commissaire ? fit-elle avec un sourire entendu.

Visiblement, elle ne plaignait guère le sort de la morte.

— Avec qui ?

— J'en ai un ou deux en tête. Donaldson, par exemple. Seulement, je pense qu'ils se retrouvaient généralement chez *lui*. Et puis il y a notre agent de police, n'est-ce pas ? Et peut-être même Paul Fleming. Dommage pour Gillian Kendall.

Jury serra les mâchoires. Puis sourit.

— Puisque vous n'êtes pas commère, miss Crowley, vous savez peut-être qui l'est.

— En fait, je déteste dire du mal des morts. Mais Sally MacBride avait l'air d'être comme cul et chemise avec Una Quick.

— Vous avez entendu des rumeurs selon lesquelles miss Quick mettait son nez dans le courrier ?

— Eh bien, Billy et Batty — Bertram — m'ont *bien* parlé...

Elle n'en dit pas plus sur Billy et Bertram, sujet que Jury s'empressa de relancer.

— Cet incident avec le chat de miss Praed...

Pour faire diversion, elle avait l'intention de lui dire qu'elle ignorait totalement qui était miss Praed.

— La dame qui séjourne à *Gun Lodge*. On a volé son chat dans sa voiture...

— Vous avez écouté Carrie Fleet, évidemment, l'interrompit Amanda. On ne peut vraiment pas la prendre au sérieux.

— Selon elle, vos neveux étaient sur le point de brûler le chat de miss Praed.

Amanda écrasa sa cigarette avec une force telle qu'on eût dit une balle éclatée.

— Je vais poursuivre cette fille pour calomnie.

— C'est la baronne que vous devrez attaquer en justice. Je ne pense pas que vous gagnerez. Le Dr Fleming a vu le chat.

— Cela *ne prouve pas* que les garçons...

Jury, qui perdait patience, dut faire un effort pour ne pas le montrer.

— Miss Crowley, je ne suis pas venu pour engager des poursuites pour cette histoire de chat. Je m'intéresse à la mort d'Una Quick et de Sally MacBride. Et au mobile de ces meurtres.

Elle le regarda fixement dans la pénombre du petit salon.

— *Ces meurtres ?* C'étaient des accidents.

— J'en doute.

— Le Dr Farnsworth a signé le certificat de décès d'Una.

— Elle était phobique, en fait.

— Je n'emploierais pas ce terme pour parler d'une faiblesse cardiaque, déclara Amanda en haussant les épaules.

— Moi si. Quand on a un comportement assez maladif pour se croire obligé d'appeler son médecin tous les mardis pour lui faire un rapport, ça tourne à la phobie.

— Je n'en sais rien, répondit-elle en haussant à nouveau les épaules.

Jury se leva.

— Vous ne vous posez pas de questions sur la vôtre, miss Crowley ?

Elle releva brusquement les yeux.

— Ma quoi ?

— Votre phobie. Les chats.

Jury sourit avant d'ajouter :

— Si j'étais vous, je me méfierais. Merci de m'avoir consacré tout ce temps.

Elle ne se donna pas la peine de se lever quand il ouvrit la porte. Elle avait encore la bouche ouverte.

20

Le *Saut du cerf* était fermé, sauf aux clients de l'auberge et à la police, bien que le teint sanguin de John MacBride eût été remplacé au bar par le faciès sanguinaire de Maxine Torres.

Quand Jury lui demanda un double whisky, il s'attendit presque à s'entendre répondre : *Je ne fais pas les vitres*. Quant au regard morne qu'elle avait lancé à Wiggins qui lui demandait un grog au beurre, il aurait suffi à faire reculer quelqu'un de moins déterminé à soigner sa grippe.

— La cuisine est fermée, dit-elle. Si vous voulez de la bière, du gin, du whisky, d'accord. Du xérès, d'accord. Mais rien qui se cuisine.

— Faire chauffer un peu d'eau et de beurre, on ne peut pas appeler ça de la cuisine, dit Wiggins.

— Ah ouais ? Pour moi, dès qu'il faut mettre quelque chose sur le feu, c'est de la cuisine.

La lourdeur de ses paupières ne l'empêcha pas de le toiser de ses yeux de gitane. Puis elle récita la litanie des boissons qu'elle acceptait d'aller chercher. Cette fois, elle ne mentionna pas le xérès. Il aurait fallu pour cela qu'elle traverse le bar. Les bouteilles à bec doseur étaient juste derrière elle.

Wiggins abandonna la partie.

— Cognac.

— Cognac, répéta-t-elle, puis elle glissa un verre ballon sous le bec et le posa brutalement sur le bar.

D'un seul geste. Elle aurait pu être danseuse de flamenco, pensa Jury.

Wiggins était persuadé qu'il couvait une maladie inconnue des annales de la médecine. En revenant du laboratoire de Fleming, il avait éternué à en mourir et demandé à Jury s'il y avait là une substance à laquelle il pût être allergique. Rien que des pellicules de chat ou de chien, lui assura Jury, sachant que Wiggins était capable de faire d'une simple allergie un mal mortel.

A présent, il était assis à côté de Jury, aussi décidé à croire qu'il avait attrapé quelque chose que Maxine Torres à ne pas l'aider à s'en débarrasser. A l'autre extrémité du bar, d'un doigt mouillé elle tournait lentement les pages d'une revue de mode, son entretien avec Russell n'ayant apparemment pas entamé sa suffisance et la mort de Sally MacBride ayant eu pour effet de susciter chez elle un intérêt pour une nouvelle garde-robe.

La porte s'ouvrit et Polly Praed entra, et avec elle un courant d'air qui fit frissonner Wiggins. Maxine leva les yeux, morose, et informa Polly que le *Saut du cerf* était fermé. Par respect pour la morte. A sa manière de regarder les trois autres, elle donnait l'impression qu'elle seule en avait.

— J'ai rendez-vous avec lord Ardry, dit Polly.

Jury entendit Maxine marmonner, mais ayant provisoirement pris la fonction de patron du bar, elle fut bien obligée de la servir.

Quand Polly demanda un xérès, Maxine lui jeta un regard qui aurait arrêté une carriole de romanichel et traversa le bar, tandis que Polly lui criait « Tio Pepe ».

— J'ai pas, fit-elle sans chercher parmi les diverses bouteilles, puis elle revint avec ce qu'il y avait de plus accessible, du Bristol Milk.

— Je n'aime pas le xérès doux.

Maxine haussa les épaules sans même daigner la regarder.

— Alors ne buvez pas.

— Quelle charmeuse ! lança Jury.

Polly osa lui jeter un coup d'œil dans la glace, tout en ajustant ses grosses lunettes.

— Oh, bonjour.

— Bonjour, Polly, répondit Jury.

Il demanda à Maxine un verre de la meilleure bière à la pression. Heureusement, la pompe était juste devant elle.

— Bonjour, sergent Wiggins.

Elle le salua d'un air radieux. Il lui rendit ses salutations.

— J'ai rendez-vous avec lord Ardry, répéta-t-elle à la glace, puis elle laissa errer son regard dans la salle éclairée par le feu de bois, sur les chevaux de cuivre au-dessus du bar et le tableau accroché au-dessus de la cheminée, partout sauf vers Jury.

— Polly, pourquoi ne cessez-vous pas de l'appeler « lord Ardry » ? Vous savez bien qu'il a renoncé à ses titres.

Il la regarda rougir, ouvrir son sac d'un coup sec et y fouiller avec agitation, comme si elle y cherchait la preuve de la noblesse de Plant.

— Je ne peux quand même pas l'appeler Melrose, fit-elle en contemplant son reflet dans le miroir, je le connais à peine. Ou pas.

Elle tripota maladroitement son verre de xérès.

— Bon sang, après tout le temps que vous avez passé avec lui à Littlebourne ?

Elle resta silencieuse.

— Vous vous rappelez *tout de même* votre propre village, Poll ? Le meurtre, les lettres...

— *Poll ?* On dirait un perroquet.

Jury sourit une fois de plus et hocha la tête.

— Vous êtes loin d'être aussi bavarde.

Ce fut à ce moment-là que Melrose descendit l'escalier. Il avait l'air maussade, mais son visage s'illumina quand il aperçut Polly.

— Bonjour, Polly. Prête pour le dîner ?

Maxine se redressa, sur le qui-vive.

— Oh, ne vous inquiétez pas. Je n'aurais pas le front de vous demander de faire bouillir de l'eau.

— Moi je l'ai eu, dit Wiggins.

— On se sent comme chez soi ici, non ?

Plant observait le décor du restaurant qu'on leur avait recommandé à Selby. La ville était charmante, le restaurant, ou *taverna*, ne l'était pas, du moins aux yeux de Melrose.

— Vous vous plaignez toujours, dit Polly d'un ton serein, tout en buvant son vin.

— Moi ? Je vous demande pardon. Je me plains rarement. Simplement je n'apprécie pas particulièrement la *spanakopita* décongelée. Cette retsina a un goût d'huile de poisson. (Il fit une grimace en reprenant une gorgée.) Et j'ai l'impression que les serveurs et la Mama Taverna appartiennent tous à la famille Torres. Ce sont des gitans grecs. (Melrose tripota une feuille de vigne farcie.) Cela me rappelle ce film d'horreur sur les déterreurs de cadavres...

— Ça suffit ! s'écria Jury. Tu es en train de me dégoûter de ce que j'ai dans mon assiette.

— Désolé. Je ne voulais pas me montrer grossier. Je veux juste retourner en Angleterre.

— Moi, je dois retourner à Londres. Bien que Racer ne sache sans doute pas encore que je suis parti. (Il regarda Polly.) Je m'étais bien dit qu'Una Quick n'aurait pas grimpé cette colline à pied à moins que ce ne soit fichtrement important...

Polly était décomposée.

— ...Mais le parapluie. Cela, je n'y avais pas pensé.

Les yeux violets de Polly se mirent à scintiller.

— On ne peut quand même pas vous demander de *tout* remarquer. J'écris des romans policiers. J'ai donc un esprit d'observation très aguerri.

— Alors que Scotland Yard, non, déclara Plant en faisant signe à un serveur aux yeux noirs, qui s'irrita que des clients interrompent sa conversation avec ses trois collègues.

Polly l'ignora, mâchant un bout de pain croustillant.

— Elle était sortie avant l'orage, fit-elle en fronçant les sourcils.

Jury attendit la fin de ses déductions. Mais elle se contenta de hausser les épaules.

— Ce n'est pas l'orage qui a arraché le fil du téléphone, déclara Plant. Ce qui signifie donc que quelqu'un y a touché...

— Ce que vous êtes malin, fit Polly avec irritation. C'est exactement ce que j'allais dire.

— Bien. Alors vous en aurez aussi déduit que quelqu'un savait qu'Una Quick aurait un coup de fil à donner et a cherché à la forcer à gravir cette côte à pied.

— En tout cas, c'est un moyen bien hasardeux de tuer quelqu'un, déclara Polly.

— Comme le chien.

— Quoi ?

Polly contempla son assiette d'houmous d'un air soupçonneux.

— Le chien, répéta Plant avant de demander la carte des vins.

La retsina, c'était une idée de Polly.

— Vous n'êtes pas d'accord ? s'enquit Plant au-dessus de la tête de Polly.

— Qu'est-ce que c'est que ce truc ? Cela ressemble à ce que je donne à Barney.

— Les chats et les chiens, dit Jury. La mort de ce terrier, étant donné le très mauvais état du cœur de miss Quick, *aurait pu* provoquer une crise fatale. Mais ce ne fut pas le cas. Ensuite, juste après l'enterrement, on force la vieille dame à grimper cette côte en soufflant comme un bœuf pour rejoindre cette cabine.

— Toujours hasardeux. Polly, voulez-vous cesser de lorgner mon chiche-kebab. Mangez votre pâtée pour chat.

— Pas s'il y avait quelqu'un à l'autre bout du fil, dit Jury.

Polly avança sa fourchette avec célérité et la planta dans l'un des succulents morceaux d'agneau que contenait l'assiette de Melrose.

— Vous voulez dire qu'Una Quick a vraiment téléphoné ?

— Je dirais qu'on lui a conseillé d'appeler quelqu'un à telle ou telle heure.

— Farnsworth, fit Plant. En ville, tout le monde savait qu'elle l'appelait le mardi soir.

— Mais cela ne signifie pas qu'elle appelait Farnsworth.

Polly, qui avait avalé la moitié de l'assiette de Melrose, cessa de mâcher et se cala dans son fauteuil.

— Vous êtes en train de nous dire qu'elle n'est pas morte parce qu'on venait de la rassurer sur son état ?

— On a plutôt dû lui tenir des propos venimeux, répliqua Jury en opinant. Mortels. Une menace, peut-être.

— C'est moi qui ai tué votre chien et il va vous arriver la même chose, Una, lança Plant. Cela aurait dû suffire.

— Tout à fait. On aurait pu en arriver là même avec son propre téléphone. Mais en la forçant à s'épuiser physiquement auparavant, on était beaucoup plus sûr du résultat, vous ne croyez pas ?

Polly, qui avait peu ou prou liquidé le dîner de Melrose, était bien calée dans son fauteuil et, ayant rechaussé ses lunettes, fixait le plafond.

— Quelle merveilleuse façon de tuer...

— Vraiment, dit Melrose en consultant la carte des vins. Une bouteille de sang pour vous, Polly ? Ça ne doit pas être plus mauvais que l'huile de poisson.

— Non, mais je suis sincère...

— Je le sais. Voilà votre moussaka. Je prendrai juste...

Elle lui donna une tape sur la main pour l'éloigner de son assiette. Melrose commanda une bouteille de châteauneuf-du-pape et le serveur, qui avait vraiment un air de famille avec Maxine, le regarda comme s'il était fou.

— Nous avons de la retsina, de la cuvée maison, du...

Il en nomma ainsi deux ou trois autres.

— Alors pourquoi y a-t-il du châteauneuf-du-pape sur la carte ?

— Qui sait ? Prenez la cuvée maison.

Il s'éloigna.

— C'est ingénieux, poursuivit Polly. Le meurtrier déguise sa voix, ne s'approche pas de la victime. Comme ça, même si ça ne marche pas, le pire qui puisse arriver, c'est qu'Una Quick dise qu'on l'a menacée. L'orage n'est plus alors qu'un heureux hasard pour l'assassin. On a l'impression que c'est ça qui a arraché la ligne téléphonique d'Una, alors qu'elle était déjà coupée. Et Sally MacBride ? demanda-t-elle, le nez dans sa moussaka.

— Je crois que je vais prendre un peu de chiche-kebab, dit Melrose.

— Vous venez d'en prendre, fit-elle en le fixant.

— C'est exactement la même chose, dit Jury, tandis que Plant faisait signe au garçon, le tirant une fois de plus de l'interminable conversation qui se déroulait au fond de la taverne.

— Pas mal de gens étaient sans doute au courant de cette phobie, de sa peur du métro, du fait qu'elle dormait avec de la lumière et la porte ouverte...

Le garçon arriva d'un pas tranquille, bâilla et regarda Plant fixement.

— Un autre chiche-kebab, s'il vous plaît.

— Vous venez d'en prendre un, fit le serveur, furibond.

— C'est ce que je lui ai dit, intervint Polly, les yeux rivés sur la carte des desserts.

— Je le sais bien, déclara Melrose. Remplacez votre brochette...

Il se retourna, saisit sa canne à pommeau d'argent, appuya sur un bouton et une épée apparut.

— ... par la mienne.

Le garçon contempla, ébahi, la canne-épée et recula. Il marmonna deux ou trois mots de grec et s'éloigna à grands pas.

— C'est illégal, dit Polly à Jury.

— Hum ! Puis-je continuer ? Beaucoup de gens savaient... Sally était très bavarde. Cancanière serait plus approprié.

— Elle a parlé du métro, poursuivit Plant. Vous ne m'y feriez pas descendre pour tout l'or du monde, disait-elle. Une fois, la rame était restée bloquée et elle avait failli s'évanouir. Il lui était arrivé la même chose dans un ascenseur.

Le chiche-kebab apparut si soudainement que Jury soupçonna que Plant avait raison. Tout devait être préparé d'avance. Le serveur apportait sur une assiette la brochette flambante. Il éteignit les flammes, posa l'assiette et déguerpit.

— Le service s'est amélioré.

Plant piqua un cube d'agneau, qu'il examina en fronçant les sourcils.

— Maintenant, le pavillon. Il est très improbable que Sally ait eu un intérêt quelconque à s'y rendre.

— On l'en a peut-être persuadée, intervint Polly.

— Exact. Ou ça a pu être bien plus facile. Prenons, ce n'est qu'un exemple, le maître du chenil de Grimsdale. Ou même Pasco. N'est-il pas plus ou moins de notoriété publique que Sally MacBride avait une liaison avec plus d'un homme à Ashdown ? Le mari étant le dernier informé. Pourquoi pas un petit rendez-vous galant à minuit, juste avant de partir ?

— A moins, dit Jury, qu'on lui ait envoyé un mot de la part de l'un d'eux. On entre comme dans un moulin dans cette petite maison. Qu'on ne voit pas du pub. Il y avait des dizaines de moyens d'y attirer Mrs. MacBride.

— Mais pourquoi y serait-elle entrée ? Et si elle ne l'avait pas fait, cela n'aurait pas eu l'air d'un accident.

— Si on lui avait fait croire que la personne qu'elle allait retrouver était déjà là, ou y serait à une heure donnée, elle y serait entrée. Trop tard.

— Vous voulez dire que le tueur attend, qu'il ferme aussitôt la porte. Et s'en va.

— Probablement. Après avoir ôté la poignée intérieure et l'ampoule de la lampe.

Polly frémit.

— Intelligent mais, Seigneur, quelle idée ! Baklava, ajouta-t-elle.

— Pardon ?

— Comme dessert. Et un café. Le fait est, poursuivit-elle sans s'arrêter, que ces deux morts tablaient sur le point faible de la victime. Le cœur. Les lieux clos. L'assassin n'a pas eu à *toucher* une arme. Il y a donc peu de traces, à l'exception des empreintes de pas sur la terre, ou un truc comme ça.

— Vous lisez trop vos propres romans. Je doute que la personne en question ait eu la bêtise de laisser ce genre de traces, dit Plant.

Polly écumait de rage.

— Je ne laisse *jamais* d'empreintes sur le sol.

— Et les autres animaux... le chat des sœurs Potter et ce chien ? demanda Plant.

— Pour brouiller les pistes, je suppose. Pour détourner l'attention du chien d'Una Quick. Cela ne me surprendrait pas que l'assassin ait pensé que la mort de son terrier l'achèverait.

— C'est drôle. Si je cherchais des animaux à tout prix, j'irais d'abord au refuge de Carrie Fleet.

— Le refuge de Carrie Fleet est bien le *dernier* endroit où je m'aventurerais, déclara Jury en souriant, puis il tira la lettre de Brindle de sa poche. Qu'en dites-vous ?

Ils la lurent tous deux. Polly hocha la tête.

— Encore de l'argent ?

— A quoi fait-il référence quand il parle du « document ci-joint » ? demanda Plant en regardant par-dessus ses lunettes à monture d'or.

— Je me pose la même question.

— Il manque quelque chose, dit Plant.

— Subtilisé, vous ne croyez pas ?

Jury remit la lettre dans sa poche.

— Demain, je monte à Londres. Tu prendras ma chambre au *Lodge*, n'est-ce pas ? demanda-t-il à Melrose.

— Ta chambre ? Pourquoi ?

— Parce que je veux que tu aies Sebastian Grimsdale, Donaldson, Crowley et les autres à l'œil. Wiggins y sera, mais j'aimerais autant que vous y soyez tous les deux. Je veux dire tous les trois, rectifia-t-il devant la mine abattue de Polly. Parle donc à Grimsdale de l'époque où tu chassais le cerf.

— *Chasser* le cerf. Je n'en ai jamais vu un seul.

Polly dit en finissant sa baklava :

— Mentez donc. Vous êtes très doué pour ça.

— De chasse au renard, alors. Tu montais à cheval à Rackmoor. Tu t'en souviens ?

— Très bien. Les toasts froids et le gruau ont toujours été mon lot dans la vie.

Ce ne fut pas la servante qui ouvrit la porte de La Notre, mais Gillian Kendall.

— Oh ! s'écria-t-elle en reculant brusquement.

— Excusez-moi. Je sais qu'il est tard.

Gillian sourit.

— Pas pour nous. Nous sommes plutôt couche-tard. Mais la baronne est partie.

— A cette heure-ci ? Où est-elle allée ? Au cinéma à Selby ?

— Je plaisante. Je voulais dire complètement partie, beurrée comme un Petit Lu. Désolée.

— Pourquoi ? De toute façon, c'est vous que je suis venu voir. Pour une fois, j'ai de la chance.

Non sans quelque nervosité, elle posa la main sur la rangée de boutons de la robe qu'elle portait dans l'après-midi. Quand elle vit que Jury observait ses doigts, elle laissa retomber sa main et rougit.

— Je ne suis pas venu pour vous envoyer en taule. Vous avez l'air réellement soulagée. Quand personne ne le poursuit, le coupable s'enfuit. Qu'avez-vous fait ?

— Entrez, je vais vous le dire, fit-elle avec un sourire.

— Je préférerais marcher un peu, dit Jury, qui était resté debout dans l'entrée gréco-anglo-italienne. La soirée est belle, et je pars pour Londres, tôt dans la matinée.

— Avec joie. Vous ne songez tout de même pas à aller dans ce labyrinthe infernal ?

— Si, répondit-il avec un grand sourire. Il est vraisemblablement plus intéressant de nuit que de jour. Je n'arriverai peut-être jamais jusqu'à Londres.

— Je doute que quoi que ce soit puisse vous détourner de votre travail, répliqua-t-elle en décrochant une étole de laine.

Le baron avait fait disposer des petites lampes, bien dissimulées, à différents endroits de son labyrinthe circulaire, lesquelles crachaient une lueur pâle et irréelle sur le visage de la jeune femme, chaque fois que Jury et elle passaient devant l'une d'elles avant de plonger à nouveau dans l'obscurité.

— Alors dites-moi. Toutes les confessions m'intéressent.

Elle serra l'étole autour d'elle, comme elle s'était enveloppée dans son cardigan. Il lui entoura l'épaule de son bras.

— Pourquoi diable ne mettez-vous pas des vêtements plus chauds ?

— Pour que l'on soit tenté de passer son bras autour de mon épaule.

— Oh ! Très bien ! Asseyons-nous. (Ils étaient arrivés à l'un des bancs en fer forgé.) Allez-y.

— Où ?

— Paul Fleming. Je voulais juste savoir avant de me rendre à Londres, voilà tout.

La tête basse, elle tripota les franges de son étole.

— Pourquoi ? Qui y a-t-il à Londres ?

Dans l'obscurité, Jury sourit en pensant à Carole-Anne Palutski, qui faisait de son mieux pour jouer son rôle de coureuse professionnelle.

— La plus jolie fille du monde.

Ce fut au tour de Gillian de dire *Oh*. C'était un *Oh* très triste.

Le bras toujours sur son épaule, il la secoua gentiment.

— Pour l'amour du ciel, Gillian, vous savez bien que je plaisante. Il y a effectivement une belle fille. Elle a dix-neuf ans et elle me considère comme son père. (Jury s'interrompit.) Plus ou moins.

— Sans doute plus que moins, fit Gillian, qui enfouit son visage dans son étole en riant.

— Plutôt moins que plus. Vous pensez que je profiterais d'une jeune fille de dix-neuf ans ?

Elle le regarda droit dans les yeux.

— Non. Et d'une fille de trente-cinq ?

Ils s'observèrent quelques instants, jusqu'à ce que Jury rompe le silence :

— Je pourrais tenter ma chance.

Le banc était froid et dur. Jury n'était ni l'un ni l'autre.

Quand il eut soigneusement reboutonné chaque bouton, elle lui dit :

— C'était moi, n'est-ce pas, qui étais censée vous délivrer du labyrinthe ?

Ce qui lui parut très étrange.

— Comme Thésée ? Je n'ai pas été capturé par le Minotaure. Alors comment savez-vous que vous ne m'avez pas sauvé ?

Elle rit, et ce fut la première fois qu'elle laissa éclater une joie véritable.

— Oh, pour cela il faudrait une vraie Ariane. Pas moi.

Jury lui prit le menton.

— Alors qui est la vraie ?

— Carrie Fleet, répondit-elle après mûre réflexion. Elle pourrait vous tirer de là.

Jury eut l'étrange impression que Carrie Fleet, qu'il revit dans l'embrasure de la porte-fenêtre, Gillian en pendant, était peut-être, après tout, une Ariane.

Cela le dérangeait. Et cela le dérangeait pour une raison qu'il ignorait.

— J'aime les femmes plus âgées, se contenta-t-il de dire. Même celles qui sont attachées à un autre homme, d'une façon ou d'une autre. Je peux attendre.

Il l'embrassa avant de la quitter.

QUATRIEME PARTIE

Vous — aussi — vous avez l'esprit plein
De Toiles d'araignée

21

La maison délabrée des Brindle de Crutchley Street n'était pas située près de la Tamise, la zone résidentielle. Les intempéries, les piétinements des enfants et le manque d'entretien avaient rapidement esquinté tout ce que Flossie avait entrepris pour l'enjoliver.

Jury avait du mal à imaginer Carrie Fleet dans ce milieu. C'était comme une photo dans laquelle on aurait découpé un personnage.

Joe Brindle n'était pas ravi d'avoir la police sur le dos, *a fortiori* Scotland Yard.

— Ce ne sera pas long, Mr. Brindle.

C'était la vérité.

Jury n'aurait pas pris de siège, même si on l'en avait prié. Les Brindle lui jetèrent des regards noirs du fond de leurs deux grands fauteuils capitonnés, mais personne ne lui proposa de s'asseoir. Etant donné qu'une fille plus âgée ronflait sur le canapé assorti aux fauteuils, il n'en avait de toute façon pas la possibilité.

— Je voulais juste vous poser quelques questions au sujet de Carrie Fleet. Cette lettre que vous avez écrite à la baronne...

D'une main tremblante, Brindle posa sa bière sur le sol et regarda l'enveloppe.

— Eh bien ? On s'en est occupés pendant des années, non ? *C'est nous* qu'on l'a trouvée, perdue dans les bois.

Flossie Brindle avait aussi son mot à dire. Elle faillit se lever, mais cela lui parut trop fatigant et elle se renfonça dans son fauteuil, plongeuse jetant un nouveau coup d'œil à l'océan de bière qui couvrait le sol.

— Un cas difficile, cette Carrie. Elle disait jamais rien, s'occupait jamais des gosses, que des animaux.

Puis comme prise d'une soudaine bouffée de nostalgie, elle donna un coup dans le bras de son mari et lui demanda :

— Comment c'était, ce vieux terrier qui lui plaisait tant ? (Elle regarda Jury.) Il avait trois pattes. Vous vous rendez compte ? Elle se souciait pas trop de la beauté, hein ?

Flossie fit bouffer ses boucles permanentées et donna à Jury une nouvelle occasion de contempler ses genoux.

Pas trop de la beauté, songea Jury.

— Et cette lettre, Mr. Brindle ?

Brindle contempla l'enveloppe, haussa les épaules et la lui rendit. Puis il se leva, un brin chancelant, plus sur la défensive qu'enclin à la menace.

— Ecoutez, cette fille était un fardeau. Il y a aucune raison qu'on demande pas plus à la vieille dame.

Brindle commit une erreur en pensant que Jury en savait autant que lui.

— Mille livres, ce n'était pas assez, Mr. Brindle ?

Tout le corps de Joe Brindle se souleva, son ventre saillant sur son pantalon sans ceinture.

— *Non !* s'écria-t-il, plastronnant. Vous venez nous parler de cette petite salope...

Jury avait beau maîtriser généralement ses réflexes, il était conscient que, si Flossie Brindle n'avait pas bondi de son fauteuil pour jeter le fond de sa bière à la figure de son mari, il l'aurait frappé lui-même.

— *Tu lui courais après, sale menteur !* Et il croyait que je n'en savais rien, dit-elle à Jury.

Jury s'en doutait bien un peu, mais il était quand même écœuré. Il attendit. Flossie avait l'intention de se venger.

Brindle s'épongeait le visage, marmonnait qu'il n'était jamais arrivé à rien. Carrie était trop vive pour lui.

Il y avait au moins cela de réconfortant.

— Cette lettre, Mrs. Brindle...

— Elle se faisait appeler « baronne », l'interrompit Flossie. Il y a de quoi se marrer. Elle sortait plutôt de Manchester ou de Liverpool. On n'en revenait pas, tous les deux. Qui voudrait de Carrie Fleet ?

Elle haussa les épaules, se cala à nouveau dans son fauteuil bleu marine et poursuivit :

— Alors Joe, que vous avez devant vous, s'est dit, pourquoi pas profiter un peu plus de cette bonne fortune ?

Elle décapsula une autre bouteille.

— Pourquoi tu ne fermes pas ta gueule, Floss ?

Il avait les yeux vitreux ; Jury avait peine à croire que ce fût de remords... ou d'une émotion quelconque.

— On n'en a rien tiré, dit-il en haussant les épaules.

Puis il jeta un regard circulaire dans la pièce, sur la pile de linge sale dont un chat maigre faisait ses choux gras, sur la fille qui ronflait sur le canapé, le tableau peint sur velours représentant un cerf, comme si rien n'avait donné grand-chose.

Du moins pouvait-on compter sur Flossie pour la nostalgie, même si celle-ci était gorgée de bière. Elle avait sorti la lettre de son enveloppe grasse, noircie d'une écriture d'enfant.

— Elle a gardé le cliché, j'imagine.

Elle lampa au goulot.

Jury se contracta.

— Je vais vous dire une bonne chose, dit Joe Brindle. Flossie a un sale caractère, mais c'est pas une idiote. (Il esquissa presque un sourire.) Cet uniforme, elle l'a tout de suite reconnu.

Et il lui donna une tape amicale sur le bras.

Jury s'assit, sourit.

— Puis-je en avoir une, Flossie ? demanda-t-il en désignant une bouteille de bière.

Rien ne pouvait lui faire plus de plaisir que d'avoir l'occasion de servir le commissaire. Cela lui permit d'arranger ses jambes, sa ceinture de cuir noir au milieu des bourrelets de chair, et de jouer les hôtesses. Elle lui apporta même un verre.

— Merci. Je suppose que vous en avez gardé une copie ?

Brindle était assez malin pour ne pas se défaire de l'original sans en avoir un double. Ou pour garder l'original et envoyer la copie.

— Cela vous ennuie si j'y jette un coup d'œil ? fit-il sans détacher ses yeux rieurs de Flossie, après avoir vidé son verre à moitié.

— La fille ? Ouais, pourquoi pas ?

Flossie quitta la pièce et revint avec une photo. Celle-ci était gondolée sur les bords, pas très nette, apparemment prise un jour de pluie. Il y avait une jeune femme, vêtue d'une robe et d'une cape qui pouvaient bien être un « uniforme ». Celle-ci tentait de retenir un berger allemand flou qui semblait s'intéresser plus au réverbère tout proche qu'à elle. La tête inclinée en arrière, elle riait de cette épreuve.

— Amy Lister, déclara Flossie.

— Vous la connaissiez ?

Flossie secoua la tête.

— C'est écrit au dos.

Jury retourna la photo. Le nom était imprimé au dos.

— Elle est pas bête, Flossie, répéta Brindle.

— Pourquoi Carrie n'a-t-elle pas emporté cette photo avec elle ?

— Sais pas, fit Flossie en haussant les épaules. Peut-être qu'après toutes ces années elle avait oublié que c'était là. La doublure du sac était déchirée et le cliché était derrière.

Elle alluma une cigarette, lança vaguement l'allumette en direction d'un cendrier et dit à travers la spirale de fumée :

— Vous voyez ce réverbère ? Celui sur lequel le chien essaie de pisser ? Eh bien, je sais où c'était. C'est un des derniers réverbères à gaz en Angleterre. A deux pas des quais. Alors j'ai réfléchi.

Puis elle se tut, sans doute pour montrer qu'elle savait exercer ce talent.

— Vous voyez, je travaillais à l'hôtel *Regency*, poursuivit-elle, les yeux embués. Les pourboires qu'on se faisait ! Ah ! le *Regency* ! Il fallait presque être aussi riche que la reine. (Elle pointa sa cigarette sur la photo.) Je la connaissais pas, mais cette Amy Lister porte l'uniforme des femmes de chambre du *Regency*. Quand on avait du fric, on pouvait demander à l'une d'elles ou au portier d'aller promener le chien. Alors, j'me suis dit : que fait cette Carrie Fleet avec cette photo ?

— Et vous avez essayé de retrouver Amy Lister ?

Elle donna une bonne tape à son mari.

— C'est Joe. Pas de veine.

— Vous êtes allé au *Regency* ?

Jury contemplait la jeune femme qui riait. Sympathique, songea-t-il. Là, sur le trottoir luisant de pluie, elle se faisait tremper... Bien, si Flossie avait raison, cela valait peut-être la peine.

— Vous ne l'avez pas trouvée ?

Pour la première fois, Joe parut revenir à la réalité.

— Vous y connaissez que dalle, commissaire. Et vous êtes de Scotland Yard, ajouta-t-il en se penchant vers Jury, son haleine emplissant d'effluves de bière la distance qui les séparait. J'ai pris de l'argent, pas beaucoup... enfin, on est au chômage, hein...

Jury regarda le magnétoscope.

— Certainement.

— ... Et j'ai filé vingt livres... *vingt*... au vieux crétin qui bossait à la réception, gants blancs et cravate noire, on avait l'impression que tout le personnel allait au bal, bon Dieu. Bref, je lui ai donné de l'argent pour qu'il me rancarde sur la femme de chambre de la photo.

Visiblement, Brindle prenait un malin plaisir à tenir Jury en haleine, car il prit le temps de décapsuler une autre bouteille, d'allumer un autre cigare et de faire un rond de fumée.

— En fait, il se souvenait pas qu'elle s'appelait Lister, mais il se rappelait son visage. Pour autant qu'il sache, elle s'était fait embaucher comme domestique à Chelsea, alors j'y suis allé. Pas mal comme petite enquête, hein ?

— Ça dépend. Qu'avez-vous découvert ?

Brindle esquiva cette question d'un rond de fumée en forme de huit.

— Rien encore. Elle était partie sans laisser d'adresse. (Des sillons creusés par une fausse concentration lui barrèrent le front.) Mais je suis pas stupide. Je la retrouverai.

— J'aimerais bien voir ça !

Une voix presque éthérée, comme si elle n'habitait aucune forme humaine, sortit du canapé. Jury n'avait pas remarqué que les ronflements avaient cessé.

La fille des Brindle s'était tournée vers eux. A travers le halo de lumière noyé de fumée, elle regardait Jury les yeux dans les yeux.

— Elle donnait à manger au chat, ça oui. Et elle demandait jamais rien, et elle essayait jamais de s'interposer entre eux et moi. C'est pas qu'il y ait grand-chose entre nous. Mais Carrie l'a jamais fait.

La fille — il ne connaissait pas son nom — était toujours allongée. Mais appuyée sur un coude. Un changement s'était produit dans la pièce, comme si un tombeau s'était ouvert, la voix d'un être mort depuis longtemps venant effrayer les vivants. C'était Jury qu'elle fixait et, à son grand étonnement, il constata qu'elle était jolie. Enfouie comme elle l'était sous les courtepointes et les couvertures, il s'était imaginé un enfant aux cheveux gras, terne et incapable de s'exprimer de façon intelligible.

— Ça fait longtemps que j'y pense à ce cliché, dit-elle en le désignant d'un signe de tête. *Lui* — et avec un hochement de tête désapprobateur, elle désigna Brindle —, il a jamais rien trouvé. Quand il est revenu de Chelsea, non, personne se souvenait d'une Amy qui avait travaillé là-bas.

Brindle baissa la tête.

Le regard que jeta la fille à Jury était presque suppliant.

— Comment ils s'en seraient souvenus ? Ce n'était pas la femme de chambre. Amy, c'était le chien.

La fille se rallongea, mit son bras sur ses yeux et ne dit plus un mot.

22

Par la porte ouverte du bureau du commissaire principal, Jury entr'aperçut Cyril, le chat, ou plutôt sa tête, puisqu'il était assis dans le fauteuil de cuir de Racer, où il se léchait méticuleusement la patte. Les habituelles brumes et bruines d'octobre avaient cédé la place à un après-midi ensoleillé, dont la lumière rayonnait à travers la fenêtre du chef et pailletait le poil cuivre de Cyril.

Cyril, contrairement à sa gardienne, son sauveur, quel que soit le nom que l'on donne à la secrétaire de Racer, semblait penser que seule la propreté, non la beauté, lui ouvrirait les portes du Paradis. Fiona Clingmore, quant à elle, était plutôt persuadée que l'art du vernis à ongles était une priorité du Ciel. C'est en examinant ses ongles qu'elle dit :

— Il est sorti.

Jury désigna la porte de Racer d'un signe de tête.

— De toute évidence. La police métropolitaine est entre de meilleures pattes que celles de Racer. Quand sera-t-il de retour ?

La police métropolitaine ignorait totalement si Racer reviendrait un jour. Au moins deux fois par an circulaient des rumeurs quant au départ imminent du chef, qui n'étaient jamais avérées. Il y avait même des rumeurs encore plus alarmantes, selon lesquelles il serait propulsé au grade d'assistant du préfet de police. Heureusement pour la sécurité du grand Londres, il n'y atterrissait jamais.

— Il est à son club. Il est parti depuis onze heures, alors je ne sais pas.

Elle inspecta son index avec un regard si fixe qu'elle en louchait. Un défaut. Avec soin elle effleura l'ongle avec la minuscule brosse. Enfin satisfaite, elle reboucha le flacon et agita ses doigts pour les sécher. A présent elle pouvait se préoccuper de sourire à Jury.

— Vous maniez la brosse avec maestria, Fiona. Matisse n'aurait pas fait le poids.

— Vous avez déjeuné ?

C'était une question rituelle. Jury avait toujours une bonne excuse. Non qu'il n'aimât pas Fiona. Au contraire, elle le fascinait de bien des manières. Pour l'instant, les coudes plantés sur son bureau, elle laissait pendre ses doigts, avec des ongles d'un noir pourpre comme des serres. Elle portait un rouge à lèvres assorti, qui ternissait son teint déjà pâle. Les mèches argentées de ses cheveux blonds n'avaient rien de naturel. Les ongles secs, elle se leva, ce qui lui permit de montrer un bas filé, qu'elle fit pivoter pour le présenter à Jury.

— Dire que je viens de les acheter.

Sa posture en demi-torsion, main sur la hanche, mettait également en valeur la courbe de sa jupe noire moulante et de son chemisier froissé, aussi noir que le bas légèrement abîmé. Rien qu'une maille à la cheville qu'elle leva au cas où sa vue se serait détériorée depuis trois jours. Jury adorait cet air de demi-mondaine que se donnait Fiona sans parvenir à autre chose qu'à paraître vieux jeu. Il l'imaginait lavant soigneusement ses dessous le soir, avant de relever ses cheveux pour se crémer le visage. Il se sentit soudain triste.

Il n'avait pas le temps de déjeuner, lui dit-il. Comme toujours, elle accepta ce prétexte de bonne grâce.

— Il est d'excellente humeur, fit-elle en secouant ses boucles blondes en direction du bureau de Racer. Et s'il trouve ce chat ici, il ne le restera pas longtemps. *Cyril !*

Si Racer trouvait Cyril trônant sur son royal perchoir, ça allait barder.

— Il dit qu'il va l'étrangler.

Cyril ne prêta attention ni aux ordres ni aux menaces planant sur celle de ses vies dont il était en train de jouir avec bonheur. Un jour, Racer avait failli lui régler son compte avec un coupe-papier.

— Cyril sait ce qu'il fait. La police du Hampshire a-t-elle appelé ?

— Ils ne se sont pas *plaints*. J'ai écouté sur le second poste. Bien entendu, il vous dira que si.

Fiona glissa une feuille blanche dans sa machine à écrire et appela de nouveau Cyril, qui continuait à faire sa toilette. Elle consulta sa fine montre ornée de pierres précieuses.

— Maintenant ça fait deux heures qu'il est à ce club...

L'individu dont il était question entra juste à ce moment, la face striée de petites rides rougies, un peu comme les mailles du bas filé, le rouge virant au bleu aux abords du nez. Jury paria pour six doubles scotches. Et un cognac dans la foulée. Habillé et pocheté à Savile Row[1], Racer aurait été plus à sa place dans une vitrine de Burberry's que dans l'embrasure d'une porte de Scotland Yard.

— Voilà le commissaire Jury ! Bon, je n'ai pas interrompu vos petites vacances dans le Hampshire, n'est-ce pas ?

Impassible, Fiona cognait sur son clavier avec ses ongles fraîchement vernis.

— Vous avez terminé ces lettres, miss Clingmore ? demanda-t-il d'un ton doucereux.

— Presque, répondit Fiona du même ton doucereux. Il n'y a plus qu'à mettre la dernière touche ici ou là.

---

1. Rue de Londres où l'on trouve de nombreux magasins de vêtements pour hommes. *(N.d.T.)*

— Apportez-moi donc ce ici ou là et vite, dans mon bureau, ma fille ! déclara-t-il sèchement en détachant chaque syllabe, comme s'il tirait avec des élastiques. Venez, Jury !

Le chat s'était laissé glisser du fauteuil en douceur et attendait dans un coin, sous le bureau.

Dès que Racer eut posé les pieds par terre, Cyril contourna le pantalon au pli impeccable, puis fila à toute vitesse vers la porte que Jury avait pris soin de laisser entrouverte de quelques centimètres.

Un presse-papiers et quelques jurons suivirent Cyril dans sa course.

— *Miss Clingmore ! Jetez-moi cet animal de malheur par la fenêtre !*

Le rituel du félin se terminait toujours sur cette note.

Le rituel de Jury se terminait à peu près de la même façon, bien qu'on ne lui jetât ni presse-papiers ni coupe-papier à la tête. Il n'y avait pas pour lui de sort assez terrible. Le chef aurait sans doute aimé le voir rôtir sur une broche, d'autant plus qu'il pensait que Jury avait plus de chances que Cyril de se retrouver un beau jour assis dans son fauteuil de cuir.

Que Jury pût préférer s'asseoir au bord d'un trottoir au beau milieu d'une tempête de neige aveuglante ne l'effleurait pas. Il était naturel que quelqu'un ayant le rang de Jury cherchât à prendre la place de son supérieur.

— La police du Hampshire fait un foin de tous les diables, Jury. Comment avez-vous réussi à me rouler ?

Il n'attendit pas de réponse, mais déroula la bande magnétique mentale où il avait enregistré en détail toutes les erreurs insignes de Jury et ses manquements dans le service au fil des ans.

— En fait, ma présence a été plutôt bien accueillie... monsieur.

Racer nota la pause infinitésimale et lui jeta un regard noir.

— Vous allez batifoler dans le Hampshire pour enquêter sur quelques décès accidentels...

— Peut-être.

— *Peut-être ?* Même Wiggins est capable de distinguer un accident d'un meurtre, croyez-moi.

— J'aimerais disposer de vingt-quatre heures. C'est tout. Vous pouvez sans doute vous passer de moi pendant vingt-quatre heures.

Là il serait coincé, songeait Jury. Racer aimait à lui rappeler que la police métropolitaine pourrait fort bien se passer définitivement de lui. Jury s'engouffra dans le bref silence où Racer se débattait avec ce problème.

— Je me demandais si vous pourriez me rendre un service. Après tout, vous êtes *influent*.

La petite marchande de fleurs sur les marches de Saint-Paul n'aurait pas mieux vanté sa marchandise.

— Certainement. En serais-je où je suis... ? Quel genre de service ? enchaîna aussitôt Racer, voyant le charançon dans les fleurs de coton de sa carrière.

— Vous déjeunez assez souvent au *Regency*... ?

Plutôt rarement, Jury le savait.

Mais cela suffit pour que le divisionnaire esquisse son sourire fin comme la tranche d'une pièce d'un penny. Il donna un petit coup sur le revers de sa veste, comme si une miette de quelque repas fastueux et de ses divers à-côtés était restée collée à ses vêtements.

— Quand j'en ai le temps. Pourquoi ?

— Connaissez-vous quelqu'un du nom de Lister ?

Pour dissimuler son ignorance manifeste, Racer demanda à Jury ce qui l'amenait à penser que ce Lister avait ses entrées au *Regency*.

— Vous connaissez l'endroit. L'argent n'est pas un sésame suffisant. Le privilège, il n'y a que cela qui compte. Quant à tirer des renseignements de la direction, ce n'est pas la peine d'y penser. Le directeur décrocherait son téléphone pour appeler le préfet de police, à moins que dix de ses clients n'aient été poignardés au moment de leur Rémy Martin. Ou leur armagnac.

S'il y avait une chose que Racer connaissait, c'était bien le cognac.

S'il y avait une chose que Jury ne connaissait pas, c'était le nom du directeur. C'était ce qu'il voulait apprendre. Jury se fichait pas mal que le directeur appelât le préfet. Il n'avait simplement pas envie qu'il ou elle appelât Lister. Etant donné le plan qu'il avait en tête, il espérait de tout cœur que ce serait un homme. La tradition était trop forte au *Regency*, il en était sûr, pour qu'il y eût une femme à ce poste.

— C'est l'un des meilleurs de Londres, avança Jury, espérant que Racer mordrait à l'hameçon.

Il mordit.

— Vous voulez parler de Dupres ?

— Hum.

— Comment le connaissez-vous au juste ? Vous êtes allé y fouiner ? Non. Vous venez de me le dire.

— J'ai dû entendre son nom quelque part.

— Georges ne s'occupe pas des gens.

Merci pour le prénom, pensa Jury.

— Il a un assistant pour ça.

— J'imagine. A propos de ces vingt-quatre heures...

Racer agita la main.

— Vous pouvez vous consacrer au Hampshire. J'ai du travail.

Jury s'en alla. Quand il sortit, le chat se glissa sans bruit dans la pièce et se fit presque invisible sur la moquette couleur cuivre.

Il s'arrêta d'abord chez un costumier dans une rue adjacente de St. Martin's Lane, fournisseur habituel des gens de théâtre et des riches qui se déguisaient en Marie-Antoinette et en arlequin pour se soûler dans les bals costumés.

— *Bonjour*, mon chou, fit une voix flûtée.

Quand Jury se retourna, il s'aperçut qu'une jeune personne aux boucles incendiaires, les yeux soulignés de noir, le lorgnait. Elle avait elle-même l'air de s'être apprêtée pour l'une de ces fêtes. Elle portait un bandeau de velours corail autour du cou, paré d'un camée, mais entre celui-ci et la taille, il n'y avait pas grand-chose. Cette année, la mode devait être aux coupes radicales, songea-t-il.

— Je voudrais louer un costume.

Elle le déshabilla du regard.

— Vous êtes à la bonne adresse. Quel genre ?

— En fait, juste deux ou trois vêtements féminins...

Le sourire de la fille s'altéra.

— On ne fait pas ce genre-là, mon cher. Ni fouets ni chaînes non plus. C'est incroyable que quelqu'un comme vous... ajouta-t-elle en gloussant.

Jury interrompit tout net ce panégyrique, mais toujours avec le sourire.

— Je ne connais rien à la mode. Auriez-vous quelque chose qui, selon vous, aurait l'air particulièrement français ?

— Qu'on se met à l'intérieur ou à l'extérieur, mon chou ?

Sa langue, corail comme son bandeau, passa sur ses lèvres.

— Très malin. Une robe, je veux dire. Digne mais sexy...

Elle était penchée sur le comptoir, les doigts entrecroisés, le menton par-dessus. La vitrine contenait des masques pailletés et Jury se demanda si elle n'avait pas froid aux seins, puisqu'il n'y avait pour les soutenir que le dessus de verre. Elle le regarda comme si c'était la chose la plus extraordinaire qu'on lui eût jamais demandée.

— C'est pas évident, mon chou.

Il commençait à s'impatienter. Il était parfois lassant de passer par toute la gamme des fantaisies féminines.

Mais il se contenta de la gratifier d'un sourire encore plus désarmant.

— Pour vous, si, je parie. Comme taille, disons... (Il la jaugea d'un coup d'œil, juste pour lui faire plaisir.) Non, un peu plus grand.

Elle se pencha davantage.

— Comment ?

— A peu près comme quand vous êtes penchée, ma chère.

Elle gloussa de nouveau.

— Vous êtes un sacré phénomène !

Jury, qui n'était pas de cet avis, aurait souhaité en finir. Il ne lui restait plus à régler que le problème de la robe et du chapeau. Il avait déjà repéré une cape de zibeline courte qui lui convenait. Pour une journée de location, cela allait sans doute lui coûter un mois de salaire.

Il la suivit entre les cintres et dut convenir qu'elle connaissait son affaire. Elle jugea qu'il faudrait un trente-huit.

— Le buste, ça va ? demanda-t-elle en plaquant la robe contre le sien.

— Certainement.

De minuscules dents blanches scintillèrent entre les lèvres de corail. C'était une robe de crêpe de Chine d'un vert soyeux, taille basse... En fait, il était difficile de distinguer la taille.

— Parfait.

Finalement, on se passerait de chapeau. Pourquoi cacher les cheveux ?

— Il y a une cape de zibeline, courte, là-bas. Combien ?

— Pour combien de temps ?

— Une demi-journée environ.

Elle était en train de glisser la robe enveloppée d'un papier de soie dans un sac.

— On ne loue qu'à la journée. Pour vous, cent livres.

— Mon Dieu ! dit-il en prenant son chéquier.

— Oh, vous en récupérerez une partie. La caution, vous voyez. Nous ne tenons pas à ce qu'on nous embarque *cet* article-là.

Il prit le paquet et lui demanda son nom.

— Doreen, répondit-elle d'un air encourageant.

— Vous connaissez votre métier, mon chou, dit Jury en sortant sa carte d'officier de police. Moi aussi. Vous n'avez pas à vous inquiéter pour votre zibeline.

Elle le fixa d'un œil ébahi.

— Mince alors !

23

A peine Jury eut-il posé le pied sur le perron de pierre de la maison d'Islington qu'une fenêtre se souleva brusquement au second étage et que l'on tira un verrou dans l'appartement du sous-sol.

— *Commissaire !* cria Carole-Anne Palutski, et il leva les yeux.

— *Pssst, Mr. Jury !* chuchota Mrs. Wasserman, et il baissa les yeux.

Carole-Anne n'avait pas le téléphone, de sorte qu'il avait appelé Mrs. Wasserman, pour qui c'était un instrument de survie, tant elle sortait peu, pour s'assurer que Carole-Anne était là. Jury était déjà persuadé qu'il y avait quatre-vingt-dix chances sur cent qu'elle y fût. Pour Carole-Anne la journée commençait à midi.

Elles avaient toutes deux attendu son retour avec impatience. Il cria à Carole-Anne, habillée ou déshabillée d'une nuisette ultra-légère, de rentrer. Il monterait dans une minute. Puis, avec son paquet et ses fleurs, il descendit les quelques marches qui menaient à l'appartement de Mrs. Wasserman.

La place forte, aurait-il fallu dire. Les verrous tirés, la chaîne détachée, il ne lui restait plus qu'à abaisser le pont-levis, métaphoriquement parlant, pour le laisser entrer. *Être en sûreté* était une expression qui avait peu de sens pour Mrs. Wasserman, pour qui la sécurité était un état passager, un sentiment qui s'évanouissait vite, dès qu'elle s'était accoutumée au dernier verrou ou dispositif de protection des fenêtres que lui avait installé Jury. Il y avait toujours un autre moyen de pénétrer chez elle pour un intrus qui ne venait jamais (et ne viendrait jamais, Jury en était certain). Mais elle entendait des PAS derrière elle, elle en était convaincue, dès qu'elle sortait et ce depuis la Grande Guerre.

De son corps robuste, soigné, aujourd'hui vêtu de batiste bleu marine, jaillit le récit essoufflé des événements des derniers jours. Une main grassouillette pressée contre sa poitrine animée d'un mouvement de soufflet, elle semblait vraiment avoir parcouru des kilomètres de rues en courant pour fuir un poursuivant fantôme. Patiemment Jury attendit, adossé au mur, hochant la tête à n'en plus finir.

— ... On ferait mieux de l'avoir à l'œil, *celle-là*. Ce n'est qu'une enfant, tellement innocente, vous voyez ce que je veux dire, dehors à toute heure et, bien entendu, vous savez que je ne sors pas le soir. Je vous demande pardon, mais je ne peux pas la suivre pour m'assurer qu'elle ne s'attire pas d'ennuis...

— Je ne vous en demande pas tant, Mrs. Wasserman, dit-il à cette femme flic manquée qui ne parvenait pas à surveiller sa proie et qui, les bras tendus, arborait une mine désolée. En fait, je ne crois pas que Carole-Anne fasse des bêtises.

— Ah ! s'écria Mrs. Wasserman en fermant les yeux de douleur. Ai-je rien laissé entendre de tel ?

Non, mais ce ne serait pas une idée saugrenue. Il réprima un sourire.

— Quant à ses amis, elle prétend que ce sont des cousins. A-t-on jamais vu une famille aussi grande ? Vingt-quatre ans, elle dit qu'elle a...

Carole-Anne avait vieilli de deux ans en trois jours. Fichtre.

— ... Mais elle n'en paraît que dix-huit ou dix-neuf. Et cette manière de s'habiller, Mr. Jury, enchaîna Mrs. Wasserman en secouant tristement la tête. Que voulez-vous faire avec quelqu'un qui porte des pulls qui lui tombent jusque-là et des pantalons *aussi* moulants ? C'est comme une seconde peau.

Il y aurait plein de choses à faire, songea Jury.

— C'est pour cela que je voulais que vous lui offriez une tasse de thé, que vous bavardiez avec elle de temps en temps, fit Jury en haussant les épaules.

Les petits yeux noirs de Mrs. Wasserman se durcirent. Même ses cheveux sévèrement tirés en arrière avaient un air déterminé, comme si elle avait failli se les arracher à force de penser à Carole-Anne Palutski.

— Je l'ai invitée à prendre le thé ou le café. Et elle m'a gentiment rendu la politesse, bien que j'aie du mal à monter trois étages. Je n'ai rien contre cette enfant. La gentillesse même. C'est juste que... Comment dire ? Elle prétend qu'elle va au cinéma. Tous les *soirs*, Mr. Jury ? Il n'y a pas tant de films que ça à Islington. Vous ne pensez pas qu'elle prend le métro pour se rendre dans le West End... ?

Et le flot se déversa, qui ne s'interrompit que lorsque Jury lui tendit le bouquet de roses qu'il avait acheté devant la station de métro d'Angel.

— Vous faites du bon travail, Mrs. Wasserman.

Elle était bouleversée.

— Pour *moi* ? Des roses...

Comme si elle n'en avait jamais vu de sa vie. Et elle débitait des remerciements en tchèque ou en lituanien... Jury se souvint alors qu'elle parlait quatre ou cinq langues.

Le français. Jury sourit.

— Pourriez-vous me rendre encore un service ?

— C'est à *moi* que *vous* demandez ça ? Après tout ce que vous avez fait pour moi ! Tout ce que vous voudrez, ajouta-t-elle avec un ton tranchant d'agent secret.

— Vous parlez français.

Ses sourcils dessinèrent deux accents circonflexes.

— Comme tout le monde, non ?

— Le peu que j'aie jamais su est très rouillé, dit-il, la main sur la porte. Cela vous ennuierait-il de rester chez vous pendant une demi-heure ou une heure ? Je vous amène Carole-Anne.

S'il lui avait demandé si cela l'ennuyait, c'était uniquement pour lui donner l'assurance fallacieuse qu'elle était libre comme l'air, ou comme l'oiseau qui survole à son gré Islington, Londres, n'importe quel endroit.

— Cela ne m'ennuie pas le moins du monde, Mr. Jury. Mais pourquoi le français ?

— Vous verrez, dit-il en souriant. Je parie que vous n'allez pas la reconnaître.

Jury, lui, la reconnut. Il n'y avait pratiquement eu que de la peau nue qui s'était penchée par la fenêtre et, bien que celle-ci fût couverte à présent, on ne voyait pas une grande différence. Ce corps aurait transformé une armure en vitre. Il n'y avait tout simplement pas moyen de cacher Carole-Anne.

Elle se jeta sur lui, comme s'il était l'un de ses nombreux pères, frères, cousins depuis longtemps disparus et qui avaient défilé sur son palier ces dernières semaines.

— Commissaire ! Un baiser ?

— Bien sûr, répondit Jury en baisant ses douces lèvres. Oh ! ça suffit, Carole-Anne.

Et il la souleva de terre pour l'arracher à une pâmoison on ne peut plus simulée.

— Là, j'ai failli m'évanouir. Si on essayait encore une fois ?

Avant qu'il puisse l'en empêcher, elle avait jeté ses bras comme deux écharpes d'acier autour de son cou et s'était arrangée pour se couler dans chaque creux de son corps.

Il retira brusquement ses bras.

— C'est comme ça que vous embrassez votre papa ?

Elle leva vers lui des yeux attendris.

— Je n'en ai pas. Je n'ai que vous. Papa.

Et elle fit une autre tentative.

Il la repoussa.

— Qui sont tous ces hommes qui montent et descendent l'escalier, telle une bande de requins ?

Les joues déjà roses de Carole-Anne devinrent toutes rouges, comme si elle venait de se maquiller.

— *Elle* vous a tout rapporté, c'est ça ? fit-elle en désignant le plancher. Merde alors. Jamais je...

— Mrs. Wasserman m'a seulement raconté que vous aviez un frère et un père. Elle a trouvé cela charmant. S'est dit qu'on s'occupait de vous.

Le feu qui flambait s'éteignit.

— Oh ! Il fallait bien que je lui dise *quelque chose*, n'est-ce pas ? C'est qu'elle est sacrément innocente ! Sympa, la vieille carcasse, mais elle est collée comme de la glu dans cet appartement. J'ai fait comme vous aviez dit et je l'ai invitée à venir prendre une tasse de thé et des biscuits.

Carole-Anne fit la moue. Le thé n'était pas sa boisson de prédilection.

— Comme elle ne pouvait pas monter jusqu'ici, c'est moi qui suis descendue chez elle. J'ai bien essayé de l'emmener avec moi au pub d'Angel, mais autant essayer de faire marcher un réverbère...

Jury éclata de rire. Mrs. Wasserman allant au pub.

Carole-Anne était fâchée. Le bon boulot qu'elle avait fait méritait mieux qu'un rire.

— Vous avez très bien fait, mon chou. Elle aime votre compagnie. Elle dit que ça met de la vie dans ce vieux tas de briques.

— Bien, répondit Carole-Anne, qui s'assit à côté de lui. On s'en grille une, commissaire ? Je suis morte.

Quoi qu'elle dise, cela ressemblait à une invitation. Il sortit son paquet de John Player, en alluma une pour chacun d'eux et dit :

— J'ai du travail pour vous, Carole-Anne.

— Qu'est-ce que je dois enlever ? Je m'arrête à...

— Je ne veux pas savoir où vous vous arrêtez. En fait, il s'agit plutôt de *mettre* des vêtements.

Il avait défait ses paquets et, quand elle aperçut la zibeline, elle bondit du sofa.

— Et cela vous rapportera un petit quelque chose, Carole-Anne.

— Il y a certaines positions que je refuse de faire, dit-elle, les yeux rivés sur la zibeline, et ni cordes ni liens...

— La ferme !

Il savait parfaitement qu'elle disait cela pour le provoquer. Carole-Anne Palutski n'avait sans doute que rarement déclenché des réactions qui ne fussent pas tarifées. Cette pensée lui causa un petit choc. Pendant un bref instant, l'ordre qu'il venait de lui donner traversa le masque de Glo Dee Vine, et il vit ce qu'avait vu Mrs. Wasserman, si brumeuse cette vision fût-elle. Carole-Anne paraissait innocente.

Il pensa à Carrie Fleet et son sang se glaça dans ses veines.

— Au boulot, mon chou.

Une demi-heure plus tard, il frappait quelques coups codés à la porte de Mrs. Wasserman. Il n'aurait pas reconnu lui-même Carole-Anne Palutski, il fallait bien l'admettre.

Bien sûr, elle était superbe, comme il s'y attendait. Bien que drapée, sa robe était légèrement resserrée autour du buste, tandis que le reste tombait en ondulations douces, qui ne dévoilaient pas trop le corps qui se trouvait dessous. Jury songea à Gillian Kendall et s'efforça de chasser cette pensée. Le maquillage était une pure merveille. Rien de trop voyant. Elle s'était servie de sa trousse de maquillage avec un œil de chirurgien. Un trait au scalpel d'eye-liner, une incision de crayon à lèvres. Juste assez de blush. Absolument parfait. Pour couronner le tout, elle paraissait dix ans de plus que l'âge qu'elle s'accordait.

— En français ? hurla-t-elle d'une voix suraiguë. Vous êtes dingue ?

Mais des yeux et des mains elle caressait sa cape de zibeline.

— Mr. Jury ! Quelle surprise !

Mrs. Wasserman lorgnait Carole-Anne en plissant les paupières, ses pupilles tentant de s'adapter à un éclairage totalement différent.

— Comment allez... ?

— Salut, mon chou, dit Carole-Anne en mâchonnant inexorablement le chewing-gum que Jury lui avait demandé de coller sous un banc ou derrière son oreille.

— Carole-*Anne* ?

Cette dernière fut ravie du choc que provoqua cette constatation.

— En personne, fit-elle. Je viens pour la leçon. En français je ne sais dire que *bonjour*.

Mrs. Wasserman sourit.

— Si vous le prononcez comme ça, ma chère, on vous prendra pour une Japonaise.

— Vous êtes drôle, quelquefois, gloussa Carole-Anne.

Puis de toute sa hauteur, royale (heureusement, elle avait des chaussures appropriées), elle daigna regarder Jury.

— *Il* est persuadé que je peux apprendre à parler comme une grenouille[1] en dix minutes.

— En ce moment, vous parlez comme une grenouille, ma chère. Mais ça ne ressemble pas à du français.

Carole-Anne ricana à nouveau. Elles avaient dû s'entendre comme larrons en foire.

— *Bonjour, monsieur. Il y a longtemps, Georges*, lança Mrs. Wasserman d'une voix flûtée.

Bras croisés, elle regardait fixement Carole-Anne.

— Répétez, s'il vous plaît.

---

1. Les Anglais surnomment les Français *frogs*, ce qui signifie « grenouilles ». (*N.d.T.*)

Carole-Anne avait rangé son chewing-gum. Elle répéta.
— Encore.
Encore.
— *Il faut que je m'en aille*. Répétez !
Carole-Anne s'exécuta.
— Encore. Trois fois.

Au bout de quelques expressions toutes faites et quelques répétitions, la leçon prit fin.

— Merci, Mrs. W. ! cria Carole-Anne, tandis que le verrou se refermait derrière eux dans l'appartement du sous-sol.

Jury avait compté une bonne heure. Une phrase par-ci, une phrase par-là. Cela n'avait pris qu'un quart d'heure.

Pas étonnant que Carole-Anne voulût être actrice.

24

Jury avait garé illégalement la voiture de police près de la station de Charing Cross, et Carole-Anne lui rappela qu'il allait avoir une contravention. Il lui tendit une carte.

— Une baronne, putain ! Où avez-vous eu ça ? C'est moi, alors ?

— Pour l'heure qui vient. Ensuite le carrosse redeviendra citrouille.

— Vous appelez ça un carrosse, commy ?

Il l'aida à sortir de la Ford et observa, en descendant le long des deux pâtés de maisons qui bordaient l'étroite rue, les regards des hommes. Et des femmes. Mais seuls les hommes avaient tendance à s'arrêter net. Certains portaient un chapeau melon.

Carole-Anne aurait fait stopper un camion de bière au beau milieu de la M1. Elle ne semblait même pas avoir conscience de l'effet qu'elle produisait. Jury remarqua que ses lèvres remuaient. Sans doute le son guttural muet des *R* que Mrs. Wasserman avait si aisément tirés de sa gorge.

Dans le hall de marbre du *Regency*, qui se trouvait dans un immeuble étroit et sans prétention, où seule une plaque de laiton témoignait de son nom, un nom qui se distinguait par une clientèle select, dont Racer ne faisait certainement pas partie, mais un miracle pouvait toujours arriver. Sur le mur d'en face il y avait une petite plaque bleue qui indiquait qu'un écrivain célèbre avait écrit son roman classique en ces lieux (une page, peut-être, songea Jury).

Dans le hall on apercevait l'une de ces anciennes chaises à porteurs, dans laquelle somnolait le portier. Mais il revint à lui promptement quand la porte se referma derrière eux avec un bruit feutré.

— Ça me rappelle une saloperie de morgue, murmura Carole-Anne.

— Silence, dit Jury en se demandant si cela pouvait marcher.

Il éprouva presque des remords d'avoir sous-estimé les pouvoirs de persuasion de Carole-Anne. Certes il n'avait pas sous-estimé l'effet qu'elle produisait sur le jeune homme ganté de blanc qui se trouvait derrière le bureau en bois de rose. A son *bonjour, monsieur* et devant le sourire dont il était accompagné, le crayon avec lequel il notait quelques mots dans son agenda resta en suspens.

— Heu, mon anglais n'est pas, vous savez, *parfait*.

Alors avec un petit haussement d'épaules dédaigneux, elle lui tendit sa carte.

Il la salua au point de poser la tête sur le comptoir.

— Madame.

Il fondit littéralement quand il plongea le regard dans ses yeux saphir.

— Si je puis vous rendre le moindre service.

C'était comme si Jury avait été changé en feuille de palmier ou en statue de marbre. Si l'on posait des questions, il se présenterait comme son oncle.

— *Mon ami*, je souhaiterais parler à mon vieil, ah, ami, Georges Dupres. Il est, comment dites-vous déjà, directeur.

Le jeune homme, jeune du moins, songea Jury, pour occuper les puissantes fonctions de directeur adjoint du *Regency*, semblait désemparé.

— Madame, veuillez m'excuser, mais...

Puis il se jeta à corps perdu dans un torrent de français, tandis que Carole-Anne arrangeait son décolleté coquin au-dessus du comptoir et prenait une mine attristée.

Ce que ce type avait bien pu raconter, Jury n'en savait rien et craignait bien que cela ne fît capoter son plan...

Non. Carole-Anne lui posa la main sur le bras, en un geste qui se voulait sans doute miséricordieux. Jury était persuadé que ses yeux scintillaient de larmes, étant donné la manière dont la regardait le directeur adjoint. Elle hocha la tête, soupira et déclara en se tournant vers Jury :

— *Mon oncle.*

Après s'être assise sur une estrade damassée, elle tira un mouchoir de dentelle de son petit sac.

Mon oncle se dirigea vers elle avec un sourire angélique et lui tapota l'épaule en disant :

— Mais enfin, qu'est-ce que vous faites ?

On ne pouvait pas l'entendre, bien que Dieu sait qu'à sa façon de lorgner la nouvelle baronne Regina de La Notre on eût dit que le directeur adjoint avait des antennes.

— Pourquoi se soucier de ce satané Georges Dupres ? Quand on pense qu'il se boucle...

Elle se leva, fit volte-face, agita tristement la main et, au grand étonnement de Jury, se dirigea vers la porte.

Si le directeur adjoint avait eu des chaussures électriques, il n'aurait pas bondi plus vite de son bureau pour la saisir par le bras. Puis il laissa retomber sa main, conscient qu'il aurait pu contaminer un client du *Regency*.

— Si je puis vous être de quelque secours, madame ?

Oh, cet air plein d'espoir !

— Comme c'est gentil à vous, fit la baronne d'une voix de gorge... *Il fait un temps...* marmonna-t-elle ensuite.

Carole-Anne, qui se demandait sans doute comment ne pas épuiser sa faible réserve de phrases toutes faites, hocha la tête.

— Tout ce que vous voudrez, madame.

Comme mue par une inspiration soudaine, elle claqua dans ses doigts gantés de cuir et tira de son sac la photo de la servante et du chien. Il y avait peu de chances, se disait Jury, que l'*adjoint* ait été là huit ans auparavant, mais tant pis.

L'homme eut le plus grand mal à détacher son regard assez longtemps de Carole-Anne pour jeter un coup d'œil au cliché. Il secoua la tête et dit qu'il était désolé, mais...

— Ah, est-ce que c'est, comment dit-on, la livrée du *Regency* ? L'uniforme. Elle était femme de chambre ? serveuse ? *Non ?*

Carole-Anne retourna la photo d'un coup sec. *Amy Lister.*

A l'ébahissement de Jury, cela fit tilt. Ce fut de la gratitude plus que de la surprise qu'exprima alors le visage du directeur adjoint. Il se souvenait. Il s'autorisa même un petit rire.

— Bien sûr. Les Lister.

Puis il eut l'air d'une poule qui a trouvé un couteau. Il se souvenait bien des Lister, mais...

— Ce n'était pas la femme de chambre qui vous intéressait ? Vous avez raison, il s'agit bien de notre livrée, mais je ne l'ai jamais vue, cette femme. Seulement le chien, le berger allemand. Il était toujours avec les Lister. C'est pour cela que je m'en souviens.

Carole-Anne lui jeta un regard si charmeur en secouant son ravissant minois et son chignon qu'il se mit à jacasser. Le bavardage cessa quand il vit Carole-Anne laisser tomber sa tête dans ses mains.

Pour l'amour du ciel ! aurait voulu crier Jury. Il est en train de dire ce que je veux savoir. Que fabriquez-vous ?

De nouveau, Carole-Anne posa sa douce menotte sur son bras.

— Ah, *mon ami*...

Elle allait encore débiter cette phrase stupide. Il mourait d'envie de lui arracher la langue, mais il resta planté là, l'oncle, le sourire aux lèvres.

— ... C'est le baron Lister que je cherche...

Enfer et damnation ! Cette petite sotte prenait son rôle tellement à cœur qu'elle ne savait même plus pourquoi elle se trouvait là.

Le directeur adjoint parut perplexe, triste, mécontent de se révéler incapable de lui amener le baron Lister.

— Je suis absolument navré mais, autant que je sache, il n'y a jamais eu de *baron* Lister. Lord Lister, cela vous irait ?

Lord Lister. L'adresse, Carole-Anne.

Elle esquissa un petit sourire triste et déclara en levant au ciel son ravissant visage :

— *Si*.

Si ? Merveilleux.

— *Oui*, rectifia-t-elle en rougissant. C'est que, *mon ami*, je voyage tant. Il m'arrive d'oublier dans quel pays je me trouve.

Cet aveu fut accompagné d'un battement de ses cils épais.

Jury imagina une côte espagnole. L'océan. Y pousser la baronne Carole-Anne. Intérieurement, il se moqua de lui-même. Ce dont il avait vraiment envie, c'était de voir Carole-Anne en bikini. Que diable était-elle en train de faire ?

Elle avait tendu un minuscule carnet d'adresses au directeur adjoint. Il y inscrivait quelque chose, en jetant des regards furtifs aux pierres précieuses de ses yeux. Il claqua presque les talons en le lui rendant.

— M'dame !

Jury eut l'impression que, s'il ne s'était pas assis, il serait tombé raide devant des adieux aussi époustouflants. Comment avait-elle appris son nom ?

— Henri, *mon ami*...
Mieux vaudrait en parler à Racer.
— ...*Vous serez toujours dans mon souvenir*.
Henri oscilla et, tandis qu'elle appelait *oncle Ricardo* d'une voix flûtée, Jury imagina à nouveau la Costa del Sol. Mais l'oncle Ricardo, qui n'avait rien fait du tout, se contenta de sourire et dit, faisant écho à la baronne :
— *Bonjour, mon ami*.

A force de rêver au soleil espagnol, il avait attrapé une insolation, c'était évident. Dans la voiture elle continuait de baragouiner, balançait sa jolie jambe gainée d'un bas et lui donnait des coups dans les côtes.
— Alors comment étais-je, commy ? Nous avons eu ce que nous voulions, n'est-ce pas ?
— Oui, *mon amie*.

Mrs. Wasserman guettait derrière ses lourds rideaux. Jury n'aurait pas été surpris qu'elle fût restée à son poste d'observation depuis leur départ.
Carole-Anne descendit en trombe de la voiture et l'escalier qui menait à l'appartement du sous-sol, entraînant Jury à sa suite.
— *Bonjour, madame*, dit Carole-Anne en ouvrant sa cape de zibeline avec le doigté d'un toréro avant de la jeter sur un fauteuil qui avait le bonheur de se trouver là. *Hello*, Mrs. W. ! Vous me permettez d'enlever ces satanés talons. J'ai les pieds en compote.
Mrs. Wasserman joignit les mains en regardant sa vedette d'élève.
— Vous vous êtes bien débrouillée, Carole-Anne ?
— *Perfectamente*. Hein, commissaire ?
— *Perfectamente*.
— Mais je croyais qu'il fallait que vous rapportiez ce truc au magasin de déguisements, dit Carole-Anne, déchaussée, et qui aurait manifestement retiré sa robe, si Jury ne l'en avait empêchée.

Elle s'arrêta net au milieu de la fermeture Eclair.

— Plus tard, Carole-Anne. Pour l'instant je dois obtenir les bonnes grâces de lord Lister et retourner dans le Hampshire.

— Vous deviez m'emmener dîner quelque part, commy, dit-elle avec une moue.

Mrs. Wasserman lui jeta un regard qui eût été cinglant si elle ne l'avait vite détourné.

— Je vous emmènerai dîner quand je reviendrai. Gardez votre attirail... (Jury écrivait au dos de l'une de ses cartes.) Et demain, ma belle, allez voir ce type. *Adios, señora, señorita.*

En montant l'escalier, il entendit la cacophonie des voix.

— ... Qu'est-ce qu'il est théâtral, celui-là. Mais enfin, Mrs. Wasserman, il se paie ma tête ou quoi ?

— Mr. Jury ne ferait jamais une chose pareille... mais il aimerait peut-être bien...

On entendait encore leurs rires quand Jury monta dans sa voiture, souriant. C'était la première fois que Mrs. Wasserman retrouvait son rire de jeune fille. *Vous êtes bien bonne, mon amie*, pensa Jury en démarrant.

Avant de se rendre à Woburn Place, il appela Scotland Yard et obtint quelques tuyaux sur lord Lister : Aubrey Lister, qui avait obtenu la pairie à vie en 1970, avait été président du conseil d'administration de l'un des quotidiens londoniens les plus puissants jusqu'à ce qu'il prît sa retraite, il y avait dix ans de cela.

Et Jury attendit au feu rouge, le moteur au ralenti, et se dit que son cerveau l'était aussi quand il leva les yeux vers la plaque de la rue posée à l'angle d'un immeuble.

Fleet Street.

Dans un recoin de sa conscience, Carrie avait déterré ce lambeau de mémoire, comme on débouche le terrier d'un renard. Bien qu'elle n'eût sans doute pas la moindre idée de la raison pour laquelle elle avait choisi un nom qui, à Londres, était lié au monde de la presse écrite.

Jury posa la tête sur ses mains, elles-mêmes appuyées au volant, tandis que la Mercedes derrière lui commençait à s'impatienter.

25

La maison de Woburn Place était, semblait-il, restée la même depuis des décennies de Lister, avec ses accessoires d'origine en cuivre, son imposte en verre coloré, son escalier à pilastre, sa table en bois de rose dans l'entrée, sur un tapis belge si soyeux qu'il reflétait la pâle lumière. La seule concession de la pièce à la modernité était l'éclairage à l'électricité des lampes à abat-jour tulipes en verre dépoli.

La domestique qui introduisit Jury était vêtue de gris perle amidonné et d'une coiffe de dentelle. Ce fut à elle qu'il montra sa carte, simple routine, bien entendu, lui dit-il. Il aimerait dire deux mots à lord Lister. La domestique avait été bien dressée à ne manifester aucune surprise. Vagabond, ministre, Scotland Yard, tous ceux qui se présentaient sur le seuil de Woburn Place étaient reçus avec le même calme. Cela dit, en levant les yeux vers Jury, elle dut rajuster à la fois son expression et sa coiffe victorienne.

— Avez-vous une carte personnelle, monsieur ?
Elle sourit.
— Excusez-moi. Bien sûr.
Jury déposa une de ses cartes sur le plateau qui se trouvait sur la table de marbre.

Quelles que fussent les origines de la domestique, les marais du Norfolk, le Nord, Manchester ou Brighton, toute trace d'accent avait été balayée par le West

End[1]. Elle ouvrit une porte à double battant sur la gauche, qu'elle prit soin de refermer derrière elle.

Un instant plus tard, elle réapparut. Ce fut presque un sourire de soulagement qu'elle lui adressa tout en l'informant que lord Lister allait le recevoir.

S'il était d'une noblesse récente et qui devait s'éteindre avec lui, à voir le comportement et le maintien de lord Lister nul ne l'aurait deviné. Peu importait qu'il fût de petite taille, mince, septuagénaire, ni qu'il eût les traits tirés, son assurance rayonnait comme le halo de lumière qui filtrait à travers les hautes croisées derrière lui. Et, comme tous les puissants, il donnait l'impression d'être un homme simple.

— Comme c'est intéressant, commissaire. Je n'ai pas la moindre idée du motif de votre visite, mais cela me change de ma routine. Thé ?

Il n'attendit pas que Jury acquiesce. Lord Lister pressa un bouton sur le côté de la cheminée de marbre.

— Merci, très volontiers.

Il doutait que lord Lister fût homme à perdre son temps en bavardages.

— C'est au sujet de cette photo, sir. (Jury tira la photo froissée de sa poche et la lui tendit.) Rien qui soit du ressort de la police, sans doute. Simplement, je m'y intéresse.

Lord Lister, qui s'était assis sur un sofa recouvert de soie moirée, prit son étui à lunettes.

— Rien qui soit du ressort de la police, répéta-t-il en souriant par-dessus ses lunettes. Et pourtant vous êtes ici, commissaire.

Jury sourit à son tour.

— Nous menons plusieurs vies, lord Lister.

Jury observa la réaction du vieil homme à peine celui-ci eut-il jeté un coup d'œil au cliché.

---

1. Quartier résidentiel à l'ouest de Londres. *(N.d.T.)*

— Alors nous ne devrions pas le faire pendant le service, n'est-ce pas ? dit-il, d'un ton doux néanmoins.

Sa bouche se tordit à la commissure des lèvres.

Jury était content de le voir s'amuser ainsi. Il ne tenait pas à bouleverser cet homme, seul comme il l'était, pour peu que l'on fît abstraction de la pléthore de domestiques qui se trouvaient en bas. Et il ne voulait surtout pas que la mission pour laquelle il était venu le contrarie.

— Pardonnez-moi, mais je ne reconnais pas cette photo. Je devrais ?

— Pas forcément. Je l'espérais.

Jury tendit la main pour reprendre le cliché, persuadé que l'on allait le lui retirer. Et que lord Lister y regarderait de plus près.

— Retournez-la, dit Jury.

Lord Lister ajusta ses lunettes comme si cela devait lui éclaircir les idées.

— Amy Lister.

Il leva les yeux, jeta un regard circulaire dans la pièce sans voir Jury, s'arrêta sur la cheminée et sur la petite collection de photos dans leurs cadres dorés. Puis il regarda Jury.

— Vous avez retrouvé *Carolyn* ?

— Pardon, sir ?

Il ne restait plus à Jury qu'à faire l'innocent.

— Ma petite-fille, Carolyn. Amy, c'était son chien. Le berger allemand de Carolyn. Quant à cette femme, fit-il en haussant les épaules, une domestique quelconque. Que savez-vous de Carolyn ?

— Je ne suis pas certain de savoir grand-chose.

Lord Lister tapota la photo.

— Alors comment êtes-vous tombé là-dessus ?

Le thé fut servi par la domestique, aimable en dépit d'une certaine raideur. Elle le versa en demandant à Jury combien il désirait de sucres.

— Un couple dénommé Brindle a trouvé une petite fille il y a quelques années, dans les bois près de la lande de Hampstead, hébétée. Ils y étaient allés pique-niquer. Apparemment elle ignorait comment elle était arrivée là et qui elle était. Tout ce qu'elle possédait, c'était un petit sac contenant quelques pièces de monnaie et cette photo. Et une très vilaine blessure à la tête.

Lord Lister était visiblement sous le choc.

— Nous pensions qu'elle avait été enlevée. Vous voulez dire que l'on a essayé de la tuer ?

— Je n'en sais rien.

Lister contempla à nouveau la photo.

— Je me demande pourquoi la personne qui a fait ça n'a pas pris cette photo.

— Elle s'était glissée dans la doublure du sac. Les Brindle ne l'ont trouvée que récemment. (Jury posa sa tasse.) Quand avez-vous vu Carolyn pour la dernière fois ?

— Quand sa nurse l'a emmenée au zoo, dit-il, le menton sur ses mains posées sur le pommeau d'ivoire de sa canne. A Regent's Park, ajouta-t-il en observant Jury de son regard perçant. La nurse est revenue les mains vides.

Remarque plutôt cynique face à la disparition d'un enfant.

— Vous n'en avez pas parlé à Scotland Yard et vous l'avez caché à la presse. Comment... ?

Devant le petit sourire de lord Lister, la mémoire lui revint. Il était très facile au vieil homme d'expliquer comment. Il était président du conseil d'administration d'un journal et très influent auprès des autres.

— Vous avez saisi, commissaire ? Comment pensez-vous que j'aie obtenu la pairie ? Apparemment, la reine a considéré que j'avais rendu service en dissimulant au public bon nombre de crimes particulièrement macabres, les projets de certains dealers, *et caetera*. J'ai une certaine... influence, fit-il avec un fin sourire. Mon fils, Aubrey junior, était vexé que le titre ne dure que le temps que *je* serai en vie. Je lui ai rétorqué que, s'il tenait tant à avoir un titre, il n'avait qu'à se démener pour en obtenir un.

— Vous pensiez qu'en clamant la disparition de Carolyn dans tous les journaux, vous compromettriez les chances de la retrouver... On n'a donc pas proposé de récompense.

— Evidemment, c'était ce que je pensais. Et c'est pour la même raison que je n'ai pas voulu contacter la police. Les ravisseurs sont plutôt... pointilleux sur ce point. Ce fut d'ailleurs tout à fait clair quand, quelques jours plus tard, nous avons reçu la demande de rançon. Les ravisseurs ne se montraient pas particulièrement gourmands. Ils ne nous demandaient que vingt-cinq mille livres. Que j'ai personnellement déposées à la consigne de la gare de Waterloo, bien enfouies dans une valise pleine de vêtements. Et le ticket, je l'ai laissé dans un roman policier chez un libraire. En haut d'une pile. J'étais convaincu que j'étais surveillé en permanence.

— Mais on ne vous a pas rendu Carolyn.

— Non, dit-il, puis il se pinça l'arête du nez et hocha la tête. Et on n'est jamais non plus venu chercher l'argent. J'ai immédiatement engagé deux excellents détectives privés. Cela n'a rien donné. Apparemment, les ravisseurs ne voulaient pas prendre le risque de se montrer. Peut-être Carolyn était-elle déjà morte. Il avait pu arriver... fit lord Lister en haussant les épaules... n'importe quoi.

— Et la domestique, ou la nurse ? Qu'a-t-elle raconté ?

— Elle était allée leur chercher une boisson rafraîchissante. Il ne lui avait fallu que quelques minutes mais, quand elle est revenue, Carolyn n'était plus là. A mesure qu'elle la cherchait, elle était de plus en plus paniquée. Carolyn ne s'éloignait jamais, et la domestique était sûre qu'elle avait été enlevée. Elle est rentrée directement à la maison.

Jury avait sorti son carnet, et lord Lister dit :

— Oh ! Ce n'est pas la peine. La nurse est morte. Elle ne vous sera d'aucun secours. Bien évidemment, nous l'avons renvoyée sur-le-champ.

— Les parents de Carolyn ont-ils approuvé votre position ?

— *L'unique* parent. Carolyn était une enfant illégitime. Le père est mort. Ma fille Ada également. Quand Carolyn avait trois ou quatre ans. J'ai pensé qu'il fallait lui donner un nom.

— Ça aide à trouver son identité.

Lister regarda Jury avec intérêt. Il n'avait pas touché au thé. Les mains sur sa canne, il se tourna vers la croisée et parla comme un homme qui a presque épuisé toute émotion.

— Ils sont tous partis, les enfants. Ils ne trouvaient pas la maison très... salubre. Ruth et Aubrey. Ma sœur Miriam a fini par s'en aller, elle aussi.

— Partis où, lord Lister ?

— Ils ne sont pas restés en rapport avec moi. La dernière fois que j'ai reçu des nouvelles de Ruth, elle était...

Son regard erra dans la pièce, puis se posa sur le motif du tapis d'Orient.

— ... En Inde, je crois. Miriam. J'aimerais revoir Miriam, dit-il en levant les yeux d'un air pensif. Nous étions proches, bien qu'elle ait quinze ans de moins que moi.

— Avez-vous des photos d'eux ? demanda Jury en désignant la cheminée d'un signe de tête.

Il haussa les épaules.

— Voyez vous-même. Celles-ci sont très anciennes.

Vieilles, jaunies et assez floues. Il y en avait pourtant une qui ressemblait à Carrie.

— Sa mère ?

— Ada. Oui.

Lord Lister n'était pas enclin à s'appesantir sur le passé. Il regarda Jury.

— Vous considérez que j'étais un tyran, que je les ai fait fuir ? soupira-t-il. Cher Mr. Jury, ils attendent tout simplement que je meure, déclara-t-il en pinçant les lèvres. L'argent, commissaire, l'argent.

— Les gens de la sorte restent généralement en contact, au contraire. Pour que vous sachiez où l'envoyer.

Lord Lister rit sincèrement.

— Oh, voyez-vous ça ! Non. Ils savent bien qu'ils l'auront. Ce qui les tracasse, c'est que Carolyn ait la part du lion.

Jury en fut surpris.

— Vous l'aimiez bien.

Ce propos semblait devoir, comme une note à un conseil d'administration, être dûment considéré et approuvé. Lord Lister réfléchit longuement.

— Oui, je l'aimais bien. Voyez-vous, je suis un peu comme le roi Lear. Non que j'aie l'intention de porter un miroir à ses lèvres pour voir si elle est encore en vie.

Ses yeux, qui fixaient Jury, avaient l'aspect de l'argent fourbi. Ils étaient brillants de larmes.

— Carolyn, contrairement aux autres, n'a jamais rien *attendu* de moi. Aubrey et Ruth sont égoïstes, superficiels et opportunistes. En fait, Carolyn tient de moi. Miriam aussi, peut-être. Résolue. Peu démonstrative. Stoïque, vraiment. Sa mère était comme ça.

Il se pencha vers Jury, comme s'il était important que le commissaire le comprît bien :

— C'est une chose à laquelle je n'ai jamais pu m'habituer. L'avidité était la principale composante du caractère des autres enfants.

— Puis-je vous demander de quelle somme il s'agit ?

— Vous pouvez. Pour Carolyn, un million.

Jury écarquilla les yeux.

— Pour les autres, cent mille chacun. Si Carolyn *est* morte... poursuivit-il en détournant le regard, alors sa part d'héritage leur reviendra. Divisée en parts égales. Mais il faudra une preuve de sa mort. Si on la déclare simplement légalement morte, son héritage ira à diverses œuvres de bienfaisance.

Les autres attendaient donc non seulement le décès du vieil homme, mais encore celui de Carolyn Lister.

— J'imagine que votre fils et votre fille ne doivent pas porter Carolyn dans leur cœur. Ni votre sœur.

Esquisse d'un sourire.

— Pas précisément.

— Mais Carolyn a disparu il y a plus de sept ans. Est-ce que cela ne signifie pas qu'elle est morte ?

— Si. Si ce n'est que vous êtes venu avec cette photo, n'est-ce pas ? La petite fille qui l'avait en sa possession *pourrait* être Carolyn. Ce que vous m'avez raconté, cette histoire de famille qui l'a trouvée, cadrerait assez bien avec les faits.

— Vous avez d'autres photos... de la famille ?

Lord Lister hocha la tête.

— De ma femme, quelques-unes. Et des enfants quand ils étaient tout petits, répondit-il en levant les yeux au plafond. Un album, peut-être, quelque part dans le grenier. Je n'aime pas trop les greniers, commissaire. Comme l'esprit, ils sont le plus souvent sombres et pleins de toiles d'araignée. Je ne suis pas un sentimental.

Il s'interrompit.

— La fille dont vous m'avez parlé est-elle heureuse ?

— C'est difficile à dire, répondit Jury après un instant de réflexion. Mais je doute que l'on puisse être heureux quand on n'a aucun souvenir de son enfance.

— Ah ! Ne manque-t-elle de rien ?

— Non.

— Bien, fit-il en haussant les épaules. Malheureusement, il n'y a aucune preuve...

Il regarda Jury, puis les luxueuses tentures de velours, les meubles georgiens, moins resplendissants maintenant que la lumière déclinait. Il sourit de ce sourire si fin, non qu'il manquât de sincérité, mais qui venait d'années de confrontations.

— A vous de voir, commissaire.

— Elle porte une bague, une petite améthyste. Cela vous dit-il quelque chose ?

Lord Lister posa le menton sur ses mains et réfléchit.

— Une améthyste. Je ne serai pas formel, mais sa mère a bien pu lui en donner une, il me semble. A sa naissance. Oui, cela pourrait constituer une preuve, à mon sens.

Une preuve ?

— Qu'elle est vivante ?

— Ou morte.

Jury fut soudain parcouru d'un frémissement.

— Et si cette fille est Carolyn, si, par hasard, quelque chose devait lui arriver...

Lord Lister haussa les sourcils.

— Très improbable. Elle doit être encore très jeune.

— Elle était très jeune quand on l'a laissée pour morte sur la lande, dit Jury d'un ton amer.

Le vieil homme ne broncha pas.

— Pourquoi une part de cette fortune ne reviendrait-elle pas à la personne qui s'est occupée d'elle... Pas les Brindle. Je veux parler de celle chez qui elle vit en ce moment.

— Ce serait envisageable, répondit lord Lister, apparemment perplexe.

Jury attendit qu'on lui pose des questions. *Qui s'occupe d'elle ? Où ?* Mais il n'y eut pas de questions. Jury rangea son carnet de notes et remercia lord Lister du temps qu'il lui avait consacré.

Le vieil homme se leva à l'aide de sa canne.

— Du temps, Mr. Jury, j'en ai en abondance.

— Alors si jamais elle venait ici, fit Jury en souriant, cela vous raviverait peut-être la mémoire. Ou la sienne. Vivant seul comme vous le faites, j'imagine que vous seriez heureux de son retour.

— Vous ne comprenez pas, commissaire. Je n'aime pas les greniers. Je ne veux pas que le passé revienne. Je ne veux pas de Carolyn.

Après que l'accorte domestique l'eut raccompagné, Jury s'attarda quelques secondes sur l'escalier de pierre. Tout cela pour rien. Il n'avait rien fait pour aider Carrie qui, en un sens, n'avait pas de passé. Il aurait pu aller au grenier, prendre tous les souvenirs qu'il y aurait trouvés, l'aider peut-être à mettre bout à bout les pièces du puzzle.

Mais pourquoi se donner tant de mal quand, au bout du compte, personne ne veut de vous ?

Il descendit l'escalier et, en se retournant, vit retomber un rideau de velours.

Qui se refermait définitivement.

CINQUIEME PARTIE

La Nuit est tombée —
Sur le Nid et sur le Chenil —

26

Melrose, redevenu comte de Caverness pour l'occasion, leva les yeux vers la photo de Grimsdale, apparaissant au premier plan, entouré de quelques-uns de ses chiens préférés. A l'arrière-plan on apercevait un cerf aux abois, que l'on était sur le point de capturer. En dessous de ce cliché et au-dessus du manteau de cheminée pendait un cor de chasse.

Melrose éprouvait la plus grande difficulté à la regarder, et certainement pas avec admiration. Mais le boulot, c'est le boulot, se disait-il.

— Il n'y a vraiment rien de tel, dit Sebastian Grimsdale, qui se tenait à côté de Melrose Plant dans la salle des trophées du *Lodge*. (Il soupira de plaisir.) Le prince de Galles a tué un cerf en remontant le couteau à travers la bête. Au lieu de se contenter de lui trancher la gorge.

— Quelle leçon dans l'art de la vénerie, Mr. Grimsdale ! Ce devait être un spectacle merveilleux.

Grimsdale sursauta, se donna une claque sur la cuisse et rit.

— Eh bien, je ne suis quand même pas vieux *à ce point-là*, monsieur.

Puis il reprit son sérieux et ajouta comme à contrecœur :

— Même si j'avais été présent, je ne me serais pas approché du cerf. Trop dangereux, voyez-vous.

— Oh ! J'ai l'impression que cela ressemble à une corrida.

— Mon Dieu, lord Ardry ! Ce n'est pas du *sport*.

Melrose alluma un cigare, en proposa un à Grimsdale, qui était tellement absorbé par la photo qu'il se contenta de hocher distraitement la tête.

— Alors vous n'avez jamais chassé le cerf ?

Melrose fit non de la tête.

— Rien de tel, répéta-t-il. Je me souviens qu'un jour il y en a un qui a surgi de la lande juste sous les naseaux de mon cheval. Eh bien...

Il s'interrompit momentanément pour laisser éclore sa nostalgie.

— A Exmoor, la saison de la chasse au cerf est close à présent. Mais si vous revenez au printemps...

— J'en doute, dit Melrose en esquissant un sourire.

Quand il contempla le cerf aux abois, son sourire lui parut déplacé.

Grimsdale remarqua la pâleur de ce sourire-là.

— Oh ! Oh ! Vous vous êtes laissé prendre à toutes ces âneries sentimentales, à ces stupides tableaux romantiques, à ces histoires de *roi de la vallée*. C'est une sale bête, le cerf. Savez-vous, un cerf qui a été pourchassé se fait éjecter par celui qui veut prendre sa place.

— Vraiment ?

— Absolument.

Grimsdale avait la ferme intention de le convaincre que l'animal n'avait pas le sens de la famille.

— Il pousse l'autre et s'étend juste à la place qu'il occupait sur la lande. Ou il se mêle aux biches. Pas de scrupules.

— Aucun.

— Aucun, répéta Grimsdale avec satisfaction. Dommage que vous n'ayez pas chassé le cerf. Les collines, les longues courses, les affreux torrents, le mauvais temps...

— Ça a l'air très tentant.

— Bien ! S'il est exclu de sortir la meute dans le Devon et dans le Somerset, du moins peut-on chasser dans le Buckland. New Forest. Il y a des daims là-bas. Aucune comparaison avec le cerf.

Grimsdale consulta sa montre, comme si la chasse pouvait commencer d'un instant à l'autre.

— Presque dix heures. Donaldson doit faire sa ronde. Il essaie de me constituer ma propre meute. Les deux chiens courants que vous avez vus, de belles brutes, il les a tirés de l'un des meilleurs chenils de fox-hounds...

— Vous avez votre propre meute de fox-hounds. Je pensais que cela vous donnait assez de travail, Mr. Grimsdale.

Quelque désapprobation qu'il y eût dans le ton de Melrose, Sebastian Grimsdale ne s'en aperçut pas, qui répondit simplement qu'on ne chasserait jamais assez.

Melrose en avait la preuve tangible sous les yeux. Il était entouré des œuvres de plus d'un taxidermiste, doutant qu'un seul homme de l'art ait eu le temps d'en faire autant, si tant est qu'il se fût intéressé à tant de supports différents : renard gris, faisan, coq de bruyère, blaireau... et quelques autres de moindre importance. Le tout sous verre. Tandis que Grimsdale était perdu dans la contemplation de la plus grosse tête de cerf, Melrose prit l'une des boîtes en verre et regarda les ailes au bout bleuté. Bel oiseau.

Grimsdale se tourna vers lui.

— Ah ! Je vois que vous aimez les oiseaux, lord Ardry.

A son intonation on comprenait que lord Ardry *devait* avoir la passion du coup de feu.

Vivants, oui.

— C'est un canard siffleur. On en voit rarement dans nos contrées. Quand le temps devient trop mauvais dans le nord du pays, ils cherchent un climat plus clément.

Grimsdale jeta un regard satisfait au canard siffleur en frottant le tuyau de sa pipe contre sa joue.

— Celui-là l'a trouvé, j'imagine.

Le sarcasme tomba à plat. Grimsdale prit un autre oiseau, perché sur une patte, sur la cheminée.

— Sarcelle. Il y en a des dizaines qui prennent leur envol près de l'étang...

— L'étang ? Je n'en ai pas vu.

— Derrière, fit Grimsdale en riant. On n'est pas censé le voir, lord Ardry. Heureusement qu'il est là, entouré d'arbres, de fougères, de joncs. Absolument parfait. C'est là que je laisse le malard. Ça attire les autres.

Melrose examinait le canard siffleur, empli de pitié, mais il sentait qu'il avait assez chauffé Grimsdale, le cognac et sa propre conversation aidant, pour en venir au sujet qui le préoccupait.

— La chasse et le tir, ce n'est pas mon fort...

— Dommage pour vous, monsieur, fit Grimsdale en riant.

— Mais la chasse aux oiseaux sauvages *poussés* vers le sud par le climat n'a-t-elle pas été prohibée par la commission forestière ?

Il était conscient qu'il n'aurait pas dû dire cela. D'habitude, il se contrôlait mieux. Mais devant le maître de meute, ce snob aux joues roses et aux cheveux couleur de fer, il ne put s'en empêcher. Grimsdale avait la mine de quelqu'un qui vient de perdre un vieux complice en braconnage, et Melrose comprit qu'il lui faudrait rattraper le coup s'il voulait lui tirer les vers du nez.

— C'est un cerf magnifique que vous avez là, Mr. Grimsdale, déclara Melrose en levant les yeux vers le douze-cors que Grimsdale était justement en train d'admirer. Où l'avez-vous eu, celui-là ?

— Auchnacraig. C'est en Ecosse.

— Il paraît, répondit Melrose sans l'ombre d'un sourire.

Voilà qu'on lui faisait un cours de géographie tout en lui apprenant comment descendre tous les gibiers à poil ou à plume ! Mais Grimsdale était tellement imbu de sa propre importance qu'il ne remarqua rien.

— Ah oui ! cent trente-trois kilos. On a frôlé l'argent avec celui-là.

Melrose supposa qu'il s'agissait d'une médaille. Il esquissa un pauvre sourire.

— Formidable. Où chassez-vous le cerf par ici, Mr. Grimsdale ?

— Exmoor. Pour votre daim, c'est là qu'il faut aller. Pour le cerf, c'est New Forest. Donaldson est l'un des meilleurs valets de chiens. Il sort dès l'aube pour trouver une bête valable. On ne peut rien faire sans un bon valet de chiens.

— Tout à fait. Tout comme le commissaire ne peut pas se passer de son sergent.

Pour une raison ou pour une autre, Grimsdale la trouva bien bonne et mit son bras autour des épaules de Melrose en lui donnant une grande claque. Etant donné le nombre de cognacs qu'il avait ingurgités dans la soirée, son teint rougeaud rivalisait avec le superbe coucher de soleil auquel ils avaient assisté quelques heures auparavant.

— Que pensiez-vous de Sally MacBride ? demanda soudain Melrose.

Le bras retomba tout aussi soudainement.

— Mrs. MacBride ? (L'irritation céda le pas à un remords feint.) Incroyable, la façon dont elle est morte.

Il secoua la tête, but son cognac, fixa des yeux un andouiller et répéta ce qu'il venait de dire. Il aurait aussi bien pu parler du cerf.

Melrose était écœuré par la manière qu'il avait d'écarter ainsi la mort de cette femme.

— Et que dites-vous du chat et des chiens ?

— Le chat ? Les chiens ? fit-il, comme s'il n'avait jamais entendu parler d'autre chose que de meute. Oh, vous voulez dire le chien de miss Quick ? Et les autres ? Eh bien, quoi ?

Puis il répondit lui-même à la question qu'il venait de poser quant à l'animal de Gerald Jenks.

— Bon débarras. Il m'arrachait mes rosiers.

Son teint déjà congestionné s'empourpra encore de colère.

— Vous les connaissiez bien... Una Quick et Sally MacBride ?

Grimsdale contemplait toujours le cerf en souriant. Qu'était la vie d'un ou deux villageois en comparaison de douze cors et de cent trente-trois kilos ? Puis il remplit son verre et en proposa un autre à Melrose. Ce dernier hocha la tête, se demandant s'il essayait de gagner du temps ou s'il rêvait simplement d'Auchnacraig ou d'Exmoor. S'il rêvait, il sembla s'éveiller soudain devant l'étrangeté des questions de lord Ardry.

— Je ne comprends pas. Je connaissais miss Quick. Elle était postière, après tout, tout le monde la connaissait. Quant à Mrs. MacBride, je fréquente le *Saut du cerf*, n'est-ce pas ? Le seul pub du village, malheureusement, dit-il en contemplant d'un air suffisant sa propre installation. Ils feraient bien de l'arranger un peu. Mais *elle* était tellement amorphe...

Grimsdale s'interrompit, toussa. Melrose ignorait s'il s'était rendu compte que ce qualificatif était quelque peu maladroit ou plus simplement qu'il était grossier de dire du mal d'une morte. Mais il savait parfaitement que la conversation s'enliserait dans les terrains de chasse s'il ne détachait pas le regard de ce lièvre que Grimsdale soulevait dans sa main.

— Et si ces femmes avaient été assassinées, Mr. Grimsdale, qu'en diriez-vous ?

Le lièvre empaillé retrouva sa place avec un bruit mat.

— *Quoi ?*

D'abord légèrement ahuri, Grimsdale se mit à rire. A rire de bon cœur.

— *Assassinées ?* Un meurtre à Ashdown Dean ?

— Cela peut arriver n'importe où, dit doucement Melrose.

— Pas ici, répliqua Grimsdale, dont l'œil se posa sur un renard gris.

— Alors comment expliquez-vous la présence de Scotland Yard ici ? Pour enquêter sur un arrêt cardiaque ?

— Mais c'était pourtant bien ça, mon vieux ! Si cette imbécile de bonne femme n'avait pas assez de jugeote pour ne pas sortir sous l'orage pour aller dans cette cabine téléphonique...

Il haussa les épaules.

— Apparemment, son téléphone ne fonctionnait pas. Et le vôtre ?

— Le mien ? Je n'en ai pas la moindre idée, bon sang ! Je n'ai pas donné de coups de fil à ce moment-là.

— A quelle heure ?

Grimsdale cessa d'observer le lièvre, regarda fixement Melrose et déclara d'un ton suffisant :

— Vous m'interrogez comme la police, monsieur. Mais vous ne m'aurez pas avec cette vieille ruse. *Tout le monde* a entendu dire qu'Una Quick s'était effondrée dans cette cabine vers dix heures. Après tout, c'est sur l'une de mes clientes qu'elle est tombée. Praed, elle s'appelle. Mais vous la connaissez. Elle a une espèce de monstre de chat qui grimpe aux rideaux de sa chambre en griffant tout sur son passage. Elle va les payer, qu'elle ne se fasse pas d'illusions. Il faudra faire venir un décorateur. Ou demander à Amanda Crowley d'en coudre une nouvelle paire.

Il était là à songer à la manière dont il pourrait obliger Polly à payer les rideaux tout en demandant à Amanda Crowley de lui prêter ses talents de couturière.

Melrose alluma un autre cigare, cherchant comment faire l'âne pour avoir du son.

— Ridicule, bien sûr, mais vous êtes sans doute conscient que l'on jase à Ashdown sur vos rapports avec Mrs. MacBride.

Le visage de Grimsdale sembla prendre toutes les teintes du feu qui grésillait dans l'âtre. Les yeux bleu électrique jetaient des étincelles, les joues comme des flammèches, les cheveux couleur fer comme des cendres volcaniques.

— *C'est un mensonge !* Au nom du Ciel, pourquoi serais-je allé avec quelqu'un d'aussi vulgaire... De toute façon, Amanda et moi...

Il s'arrêta net et demanda aussitôt :

— Où avez-vous entendu ça ?

— Ici et là. On sait que, la nuit, elle empruntait la petite promenade le long de la rivière qui mène, je suppose, à votre étang. Là où il y a le malard apprivoisé, fit Melrose avec un fin sourire.

Sebastian Grimsdale s'effondra dans un fauteuil et Melrose pensa qu'il allait lui faire des confidences. Puis il se redressa.

— Si vous voulez savoir, on a jasé sur cette Mac-Bride et mon maître de chenil. Je pensais que Donaldson était plus malin que ça. J'ai vu quelquefois de la lumière dans la maison de l'écurie. Je me demandais ce qu'il pouvait bien faire à une heure pareille. Il habite là, juste derrière les chenils.

Ayant trouvé une réponse satisfaisante, Grimsdale se rassit et alluma un cigare en hochant la tête.

— Voilà, figurez-vous !

— Le commissaire souhaitera avoir un entretien avec lui, j'imagine.

— Je ne vois pas *pourquoi*. Donaldson est écossais. N'a rien à voir avec ces gens-là. Il n'est ici que pour la saison.

— Eh bien, fit Melrose en riant, on peut s'embringuer dans un tas de choses en attendant...

Il fut alors interrompu par l'un des raffuts les plus terribles qu'il eût jamais entendus.

— Mon Dieu ! *Qu'est-ce que c'est que ça ?*

Grimsdale bondit de son fauteuil et jeta un regard fou à Melrose.

— On dirait que les chiens se déchaînent.

En effet. Melrose n'avait pas eu le temps de poser son verre et de balancer son cigare dans la cheminée que Grimsdale s'était précipité hors de la salle des trophées, avait franchi la porte-fenêtre qui ouvrait sur la cour.

Melrose le suivit en direction des chenils et de la cour de l'écurie, noyés dans la purée de pois. Au beau milieu du chœur des fox-hounds on entendait le son étrange des aboiements graves des chiens courants de Grimsdale.

Et tandis que Melrose tentait de trouver son chemin dans le brouillard, il se rendit compte que dans ce vacarme jaillissait un cri qu'aucun chien n'aurait pu produire.

Le beau Donaldson n'était plus beau. Il était étendu à l'intérieur du chenil, déchiqueté par les chiens, dont l'un gisait près de lui. A la lumière de la torche de Grimsdale, Melrose vit un autre chien chanceler et tomber, les taches claires de son pelage éclaboussées de sang.

Puis il entendit courir à travers la cour. Wiggins. Polly.

Grimsdale, qui, figé, contemplait le sol ensanglanté du chenil, s'écria soudain :

— *Allez chercher Fleming !*

Et cela, songea Melrose qui se retourna pour arrêter Polly dans sa course, en disait long sur l'obsession de cet homme. Appeler le véto, pas le médecin. Si Farnsworth ne pouvait plus grand-chose pour Donaldson à présent, Fleming ne pouvait pas davantage secourir les chiens.

Wiggins prit la torche des mains de Grimsdale, alors que Melrose devait presque en venir aux mains pour empêcher Polly d'approcher.

— Il n'y a rien à voir, ma vieille...

— Oh, la ferme !

Elle se dégagea violemment, fendit le brouillard en suivant la trace de la lumière de la torche et revint instantanément.

— Pour une fois, vous aviez raison, dit-elle en enfouissant sa tête contre son épaule.

Par-dessus sa tête brune Melrose vit une forme émerger du brouillard à l'autre extrémité de la cour. Elle semblait onduler en venant vers eux, puis elle se mua en une tache fantomatique avant de devenir enfin reconnaissable. Carrie Fleet.

Une Carrie Fleet très sale.

Quand Grimsdale l'aperçut, il parut ébahi l'espace de quelques secondes, puis leva lentement son fusil.

Melrose se libéra des bras de Polly mais, heureusement, Wiggins fut plus rapide. Par une sorte de prise de judo il frappa le bras de Grimsdale par en dessous. Le coup partit, brisa du verre quelque part... sans doute l'une des fenêtres de l'écurie.

Wiggins prit calmement le fusil.

— Je pense que ça suffit, monsieur. Je pense que ça suffit largement comme ça.

— *Espèce de diablesse ! Il y a toujours des problèmes...*

Melrose referma sa main comme une pince autour du bras de Grimsdale. S'il y avait un possédé ici, pensait-il, c'était plutôt lui.

— Que fais-tu ici, Carrie ? murmura Polly.

Carrie Fleet désigna la lisière de New Forest en tendant le pouce derrière elle.

— Je débouche les terriers. J'ai entendu les chiens.

Elle se dirigea vers les chenils et regarda le corps de Donaldson et les cadavres des bêtes.

Elle hocha plusieurs fois la tête. Puis elle examina une à une les cages qui abritaient les briquets.

Enfin elle se retourna et s'enfonça dans le brouillard qui l'enveloppa comme un gant.

Personne ne tenta de l'arrêter. La nuit était d'un calme mortel.

— Il n'y a aucun moyen de le savoir avec certitude tant que je n'aurai pas pratiqué l'autopsie...

Un grand verre ballon de cognac entre des mains presque paralysées à force de trembler, Grimsdale dit :

— Ils ne se seraient jamais retournés contre Donaldson. Jamais.

— Il semble que nous ayons la preuve du contraire, déclara froidement Melrose.

En l'absence de Jury, Wiggins voulait se mettre à la tâche.

— Docteur Fleming... ?

— Ce que j'allais dire, c'est que l'on a pu leur administrer un produit n'importe quand, quelques minutes, quelques jours et même quelques semaines avant. Quelque chose comme du Fentanyl. Mais il n'est pas aisé de s'en procurer... à moins d'être médecin ou vétérinaire. Et puis il y a la benzodirazafine. Le Valium. On s'en procure assez facilement. Il faut pratiquer une autopsie, conclut Fleming en haussant les épaules.

Wiggins prit des notes et dit en fronçant les sourcils :

— Cela signifie donc que quiconque aurait pénétré dans ce chenil se serait fait déchiqueter.

— Oui, fit Fleming.

— Mais il n'y a que deux personnes qui y allaient, intervint Melrose. Quant à Mr. Grimsdale ici présent, il n'avait aucune raison d'y aller avant demain.

Assise dans la salle des trophées dans son vieux peignoir marron, Polly Praed se mâchonna la lèvre.

— Et de trois. Le meurtrier pouvait être n'importe où quand cela s'est produit. Quelle affreuse manière de tuer un homme !

Melrose pensait à la tête de Polly sur son épaule quand, tournant ses yeux améthyste vers Wiggins, elle ajouta :

— N'allez-vous pas faire revenir dare-dare le commissaire Jury ?

27

— Et où allez-*vous* comme ça ? demanda Polly Praed le lendemain matin.

Quand elle pénétra dans la salle du *Lodge* où l'on prenait le petit déjeuner, elle vit que Melrose terminait son festin... selon les critères de la maison. Le toast qu'elle prit dans le porte-toasts était vraiment chaud. Tout comme la tranche de bacon qu'elle piqua dans son assiette.

— Il est juste neuf heures.

Puis s'étant désintéressée des projets de Melrose, elle jeta un regard circulaire sur la pièce.

— Je pensais qu'il serait là à présent.

Il, c'était Jury. Melrose soupira.

— D'après Wiggins, le commissaire a eu un emploi du temps plutôt chargé hier. Mais il peut arriver à tout moment. Je vous propose donc d'aller vous habiller. Non que cette robe de chambre ne soit pas seyante. Je suis sûr que Sherlock Holmes l'aurait adorée. Excusez-moi de ne pas vous avoir attendue pour le petit déjeuner, ajouta-t-il en la voyant contempler son assiette. Mais j'imagine que la cuisinière vous en apportera un, si Grimsdale ne l'en empêche pas.

— Où est cet homme abominable ?

— La dernière fois que je l'ai vu, c'était dans la salle des trophées. Avec Pasco et l'inspecteur Russell. Grimsdale n'a pas l'air bien du tout.

— C'est la moindre des choses. Il devrait avoir une mine de déterré. Il allait *tuer* cette enfant. S'il n'y avait pas eu le sergent Wiggins... *Où allez-vous ?*

— A La Notre.

— A cette heure ? Les baronnes et les gens de leur espèce ne dorment pas jusqu'à midi ?

— Je n'en ai pas la moindre idée. Mais elle se lèvera peut-être pour recevoir le comte de Caverness.

— Imposteur, dit Polly en mâchant le dernier morceau de toast.

Mais, pour la voir, il fallait franchir toute une batterie d'obstacles.

La Rolls Silver Ghost de Melrose l'aida sans doute à brûler les étapes. Une petite bonne à la coiffe de travers fixa d'abord la voiture, puis Melrose, puis la carte de visite qu'il lui tendait, sans trop savoir lequel des trois était susceptible de produire le plus d'effet.

— Je ne veux pas déranger la baronne Regina à cette heure indue, fit Melrose en souriant. Peut-être pourrais-je voir...

— Oh, je suis sûre que vous ne la dérangerez pas, Votre Grâce...

Melrose éclata de rire.

— Je n'ai pas encore atteint ces sommets enivrants. Je ne suis que comte.

— Bonjour, dit une voix qui venait de la pénombre du hall. Gillian Kendall.

Gillian lui tendit la main.

— La secrétaire de Regina.

— Miss Kendall.

Elle avait trié le courrier sur un plateau d'argent un peu terni.

— Excusez-moi de passer si tôt.

Si l'on pouvait considérer dix heures du matin comme une heure matinale.

— Quelle histoire hier au *Lodge* ! dit-elle après avoir rangé le courrier. C'est absolument horrible...

— Carrie vous en a parlé ?

Gillian Kendall parut perplexe.

— Carrie ? Non. Qu'a-t-elle à voir avec tout ça ? (Elle sourit.) Même si elle a le don d'apparaître chaque fois qu'un animal est menacé.

Ce fut au tour de Melrose d'être perplexe.

— Je dirais plutôt que c'était Carrie qui était menacée. Elle ne vous a pas dit... ?

Il n'avait pas terminé sa phrase qu'une apparition, pas vraiment charmante, mais une apparition tout de même, descendit majestueusement l'escalier.

— Comme c'est gentil à vous, lord Ardry, de me rendre visite. Café au salon, Gillian ?

— Oui, bien sûr. Et Carrie ?

— Carrie ? Carrie ? fit la baronne en essayant de remonter ses cheveux pour les fixer avec les épingles qu'elle avait dans la bouche.

Le rouge à lèvres qu'elle s'était mis à la hâte bavait dans les petites rides boursouflées qui lui cernaient la bouche. Apparemment Regina de La Notre n'avait aucun scrupule à terminer sa toilette en public.

— Carrie s'attire toujours des ennuis.

Elle soupira et cessa de planter ses épingles.

— *Alors*, qu'a-t-elle encore fait ? Et à un pair du royaume, grands dieux !

— C'est plutôt ce qu'on lui a fait.

— Mon Dieu ! Pourquoi restons-nous debout ?

Elle prononça ces mots comme si elle s'attendait à voir se matérialiser des fauteuils et jeta un regard appuyé à Gillian, comme si son numéro de magie était complètement raté.

Gillian ouvrit les portes du salon et Regina y entra d'un pas altier. Sa robe d'intérieur était effectivement majestueuse, en brocart bleu incrusté d'ivoire et ornée d'une longue traîne.

S'étant installée dans une chaise longue et ayant accepté qu'on lui donnât du feu pour allumer sa cigarette, elle était prête à entendre les catastrophes du jour. Gillian était toujours debout.

— Alors de quoi s'agit-il ?

— Grimsdale a failli la tuer hier soir. S'il n'y avait pas eu le sergent Wiggins, je doute qu'elle serait encore en vie... Je ne comprends pas qu'elle ne vous en ait rien dit.

Elles se regardèrent toutes deux, horrifiées, au point que Regina sembla tirée de sa chaise par des fils invisibles. Elle se mit à faire les cent pas.

— Maudit bonhomme !

Elle tourbillonna en un mouvement exquis, entraînant de la main sa traîne de brocart.

— Je suppose que la police l'a arrêté.

— L'a interrogé, oui. Arrêté... ?

Melrose haussa les épaules.

— Agression avec une arme susceptible de donner la mort... Gillian, ne restez donc pas plantée comme un piquet, bon sang ! Le café !

— Vous ne croyez pas que Carrie passe avant le café ? fit Gillian d'un ton glacial.

Heureusement la petite bonne revint, à qui l'on donna des instructions, et Gillian sortit dans le jardin. En dépit des graves inquiétudes de la matinée, Melrose ne put s'empêcher d'être fasciné par les fresques en trompe l'œil.

Quand la baronne eut cessé d'arpenter la pièce, se fut rassise dans son fauteuil et eut allumé une autre cigarette, Melrose lui raconta ce qui s'était passé.

— *Donaldson ?* Tué par les bêtes féroces de Grimsdale ?

Elle frémit, puis se tourna vers Melrose.

— J'ai reçu la visite d'un commissaire de Scotland Yard. Pourquoi diable vous intéressez-vous à tout ceci ?

D'un geste brusque elle prit sa carte de visite sur la table à côté de la chaise longue.

— Comte de Caverness.

— Plus ou moins, fit Melrose avec un sourire.

— Je vous demande pardon ?

— En réalité, je m'appelle Melrose Plant.

— Et moi Gigi Scroop. De Liverpool. Je suis *vraiment* baronne, non que ça me rapporte grand-chose, si ce n'est de pouvoir traiter le village de haut. Mais pourquoi vous faites-vous passer pour un comte ?

— Ce n'est pas tout à fait ça. J'ai tout simplement renoncé à mes titres.

Elle haussa un sourcil bien épilé.

— Ça alors ! *Renoncé ?* Enfin, chacun ses goûts. J'espère bien que maintenant Grimsdale est fichu. Il va en prendre pour cinq ou dix ans, à votre avis ?

— Possible...

Gillian était de retour.

— Elle est avec sa ménagerie. Elle ne dit rien. Cela ne me surprend pas. Bingo — c'est son chien — a disparu.

— J'imagine qu'elle est inquiète.

Il se leva.

— Cela vous ennuie si j'ai un petit entretien avec elle ?

— Bien sûr que non.

Regina lança un bras en direction des portes-fenêtres.

— C'est son sanctuaire, ce refuge pour animaux. Ça m'est égal, si elle est heureuse comme ça. J'aimerais seulement qu'elle se débarrasse de ce maudit coq. Je ne suis pas Judas.

— Pas de café, Mr. Plant ? demanda Gillian.

— Plus tard, merci.

— Vous êtes un ami du commissaire ? dit-elle alors qu'il se dirigeait vers la porte.

Melrose se retourna.

— Oui.

Ses joues se colorèrent légèrement.

— Vous ne sauriez pas quand...

— Il revient ? (Il sourit d'un air las.) Dans la journée.

C'était certainement une belle femme.

Non que cela le menât, *lui*, quelque part.

Elle était en train de sortir un chat noir d'une cage de fortune, quand il arriva au seuil de la petite maison. Ou « sanctuaire », se dit-il en levant les yeux vers le panneau grossièrement taillé qui se trouvait au-dessus de la porte.

Dans la mesure où il y avait un chat, un vieux labrador, deux blaireaux, un coq et ce qui ressemblait au poney qui l'avait lorgné à travers les arbres, il l'aurait juré, Melrose fut bien obligé de reconnaître que Carrie Fleet ne faisait pas de favoritisme. Il n'était même pas nécessaire d'être quadrupède, vu le coq qui grattait le sol avec sa patte bandée.

Aucun des animaux ne semblait parfaitement bien remis, le labrador ayant tout l'air d'avoir été écrasé par un camion. Il était paisiblement allongé dans une caisse en lattes de bois, clignant des yeux et respirant lentement.

— Oh ! Bonjour, dit Carrie tout en posant une souris en peluche très abîmée à l'autre bout de la pièce.

Il eût mieux valu nommer ce lieu « cabane » que « sanctuaire ».

— Bonjour.

Il attendit avec un sourire chaleureux, supposant que la manière dont elle l'avait salué, qui, sans être extraordinairement amicale, n'avait cependant rien de froid, serait le préambule à une longue conversation sur le bien-être des animaux.

Ce ne le fut pas. Elle s'était accroupie pour donner un petit coup au chat et tenter d'éveiller en lui un intérêt pour la souris. Il avait quelque chose qui clochait à une patte arrière et il opposait visiblement une résistance.

— Allons, dit Carrie en le poussant à nouveau.

— Eh bien, il a besoin d'un peu d'exercice, j'imagine, non ?

Elle acquiesça.

C'était comme si les événements de la nuit précédente n'avaient pas eu lieu. Elle était accroupie, glissait ses longs cheveux cendrés derrière son oreille, observait son chat, qui s'intéressa enfin à la souris et se mit à jouer.

Elle se leva alors, apparemment soulagée.

— Tu sais t'y prendre avec les animaux, c'est certain...

Quand elle le regarda avec ses yeux bleu pâle presque dénués d'expression, il se sentit très bête.

— S'il suffit pour cela de ne pas les écraser ou de ne pas les frapper à coups de bâton.

Presque une phrase entière. Il se demanda ce qu'il faudrait faire pour en tirer un sourire.

— En règle générale, je ne me préoccupe ni du berger ni de ses moutons. Je fonce droit sur eux.

Melrose avait lui-même un sourire lumineux.

Il n'obtint pas la moindre réponse.

Il toussota.

— Ecoute, est-ce que je peux te parler une minute ?

— C'est ce que vous êtes en train de faire.

Elle ouvrit la cage où gisait le chien, lui passa la main sur le dos, sans vraiment le caresser, à la manière d'un médecin dont les doigts sentent ce que l'œil ne voit pas et ce que l'oreille n'entend pas.

La barbe. L'idée de devoir avouer à Jury qu'il n'avait pas réussi à tirer deux mots de la fille n'enchantait pas Melrose.

— Je suis un ami du commissaire...

Cela au moins devrait déclencher une réaction. Et la question habituelle.

— Il revient ?

Il y eut une hésitation, cependant, comme si le seul fait de le demander trahissait quelque chose.

— Bien sûr. Aujourd'hui, je pense.

— Alors il retrouvera peut-être Bingo.

— Bingo... Oh ! Ton chien. Je suis absolument désolé qu'il ait disparu.

Elle approcha de la porte de la petite cabane sombre, clignant des yeux dans la lumière du matin.

— Au moins, vous n'avez pas dit : « Il va revenir. »
La vieille habitude qu'avait Melrose de se refuser aux condoléances à bon marché aurait-elle payé ?
— Tu ne crois pas ?
Carrie scruta l'horizon en silence, promenant un regard attentif sur la colline comme pour détecter le moindre signe de Bingo. Elle était parfaitement immobile, le doigt posé sur la fine chaîne d'or qu'elle portait autour du cou.

Il y avait là un banc et Melrose s'assit.
— Tu veux bien t'asseoir ?
Elle haussa les épaules. Debout, assise... quelle importance ?
— Sebastian Grimsdale a de gros ennuis à cause d'hier soir. Je ne comprends pas comment on peut être aussi obsédé...

Dans son existence, Melrose n'avait rougi qu'en de très rares occasions. Ce fut l'une d'elles.

Mais tout ce qu'il obtint, ce fut l'esquisse d'un sourire.

— Il est abominable. Pour lui, il n'y a que le gibier qui compte, le reste est bon à jeter.

Elle se pencha, les coudes sur les genoux.

— J'ai enduré une longue conférence sur les subtilités de la chasse au cerf.

— De sales bêtes, d'après lui. Il n'a probablement rien dit de ce que fait le cerf pour s'échapper. Qu'il saute des falaises. Qu'il essaie de nager vers le large...

Si le cours de Grimsdale lui avait paru long, ce ne fut rien à côté de celui de Carrie. Muette sur tout autre question, elle se révélait extrêmement volubile sur le sujet. La liste des atrocités de la chasse au cerf se termina par l'histoire d'un mâle qui avait été renversé sous un camion, que l'on avait tiré par les bois et dont on avait tranché la gorge devant les habitants du village.

— Et il capture les renards au sac, poursuivit-elle en regardant droit devant elle.

Il fut saisi par la splendeur de son profil. Quels étaient les ancêtres de cette fille ?

— ... Vous voyez celui-là ?

Melrose secoua la tête pour s'éclaircir les idées.

— Pardon. Quoi ?

— Le renard. Il l'enferme dans un chenil. Puis il le libère et lâche ses chiens sur lui. Voilà ce qu'il fait, et c'est illégal. J'ai lu le règlement.

Melrose aurait même pu croire que c'était elle qui l'avait *rédigé*.

— Quand un renard se terre et que Grimsdale n'arrive pas à le faire sortir avec un blaireau ou avec un fox-terrier, il le fait avec ses outils et son sac. C'est comme ça qu'il a attrapé celui qu'il a maintenant.

Carrie regarda Melrose de ses yeux bleu pâle scintillants comme la glace.

— Quand un renard se terre et qu'il repère un terrier de lapin ou quelque chose comme ça, c'est censé être un refuge. (Elle se leva soudain.) Il faut que je cherche Bingo.

— Juste une seconde, Carrie. Pasco va sûrement venir. On va te demander de porter plainte.

Elle sembla ne pas comprendre.

— Contre Grimsdale, voyons.

— Pourquoi ? Parce qu'il a failli me tirer dessus ?

Elle haussa les épaules en continuant de scruter l'horizon.

— De toute façon, il m'aurait ratée.

Pas à cette distance.

— Tu veux dire que tu *ne vas pas* le faire ? Il t'a agressée avec une arme mortelle.

— On a tué ses chiens. Moi aussi, ça m'aurait bouleversée.

Melrose n'en croyait pas ses oreilles.

— Mais tu *détestes* cet homme !

Son visage était de nouveau impassible.

— C'est un irresponsable. C'est un minable.

Elle s'éloigna de quelques pas et se retourna.

— Quand Mr. Jury sera de retour...
La phrase resta en suspens, inachevée.

A ce moment-là, Jury était dans son appartement, fumait, tournait les pages de rapports provenant de différentes branches de Scotland Yard. Ils ne lui apprenaient pratiquement rien. Brindle s'était fait pincer une fois pour une histoire d'extorsion de fonds sans grande importance. Sans doute avait-il fait plusieurs tentatives, s'en était peut-être tiré, peut-être pas. Il passait ainsi ses loisirs, semblait-il, quand il n'était pas en train de boire ou de regarder la télé.

Quant à la famille Lister, néant. Ce que le vieil homme lui avait dit lui fut confirmé par des coupures de presse... sur les Lister, pas sur Carrie Fleet. Ou Carolyn, à supposer qu'il s'agisse bien d'une seule et même personne. Mais c'était sûr... Il ne manquait pas un maillon dans la chaîne d'événements qui avait conduit à la rencontre accidentelle avec Regina.

Jury secoua le paquet de cigarettes posé sur le bras de son fauteuil pour en prendre une autre. Une famille éclatée, les Lister. Un fils, une fille, quelques cousins. Et une sœur. Il avait parlé d'une sœur qui avait à peu près son âge.

L'allumette lui brûla le doigt, tandis qu'il songeait à Gigi Scroop de Liverpool. Il reprit la lettre de Brindle. « ... Eh bien, Floss et moi, *on a*... (Le *on a* avait été rayé et remplacé par un *nous avons* inscrit au-dessus. Les maîtres chanteurs doivent prêter attention à la grammaire. Jury ne put s'empêcher d'en sourire.)... pensé que l'ayant eue à charge pendant toutes ces années, cela méritait un petit effort, vous ne croyez pas, madame la baronne ? » L'adjonction du titre avait sans doute été suggérée par Flossie. Pour y mettre un peu de classe, bien qu'elle eût oublié ce que ce mot signifiait.

Jury laissa tomber la lettre sur la pile de papiers et fronça les sourcils. Si Una Quick avait pris la photo, elle avait peut-être l'intention d'exercer un chantage.

Mais comment aurait-elle pu mettre bout à bout les pièces de ce puzzle ? « Amy Lister » n'aurait eu, pour Una, aucun lien avec Carrie Fleet.

Et pour quelqu'un d'autre ?

Il y avait à Ashdown Dean quelqu'un d'assez malin pour remettre Carrie Fleet à sa juste place et voir qu'on pouvait en tirer de l'argent...

Un coup à la porte l'arracha à cette sombre réflexion.

Carole-Anne apparut, vêtue comme elle seule savait le faire, c'est-à-dire qu'elle donnait l'impression d'être nue. Elle portait un pantalon de cuir moulant et un T-shirt vert perroquet. Derrière elle, serrant son sac noir contre sa poitrine noire, Mrs. Wasserman, tout sourires.

Carole-Anne avança dans l'encadrement de la porte, tout sourires elle aussi.

— J'ai rapporté votre attirail, commissaire. Je veux dire, vous me voyez en zibeline ?

De ses oreilles pendaient, comme des larmes, d'oblongs morceaux de verre bleu-vert.

— Mrs. W. et moi, dit-elle en désignant cette dernière, toujours derrière elle, d'un signe de tête, nous descendons au pub. Alors *venez* donc.

Jury écarquilla, cligna, écarquilla les yeux comme quelqu'un à qui l'on vient de retirer un bandeau.

— Mrs. *Wasserman* ?

— Ce dont vous avez besoin, commissaire, c'est de vous amuser un peu plus. Nous nous disions justement que nous pourrions peut-être vous sortir.

Carole-Anne sourit de son petit sourire sirupeux et cligna lentement de l'œil.

— Ne soyez pas aussi coincé, commissaire. Une heure à l'*Angel* et vous aurez presque l'air humain.

— Une heure à l'*Angel* et vous devrez me porter pour rentrer. Il faut que je...

Carole-Anne leva au ciel ses yeux divins.

— Mon Dieu ! Il faut *toujours*, dit-elle en lui tirant la manche. Nous avons besoin d'un chevalier servant, n'est-ce pas, Mrs. W. ?

— Absolument, Mr. Jury. Vous ne voudriez tout de même pas que des femmes aillent seules au pub ?

Elle glissa un regard à Carole-Anne et lança un clin d'œil à Jury.

— Vous voyez. On a la majorité, triompha Carole-Anne en mâchonnant son chewing-gum.

— Une demi-heure, lui accorda Jury en riant.

— Mince alors, fabuleux ! *Vous serez toujours dans mon souvenir*.

Mrs. Wasserman ouvrait et refermait nerveusement le fermoir de son sac.

— Celle-là, elle a l'oreille, elle a vraiment *l'oreille* pour les langues. Je lui ai dit que si elle se donnait la peine d'apprendre, le Marché commun l'engagerait comme interprète.

Carole-Anne tira sur les larmes de ses boucles d'oreilles.

— J'en rêve depuis toujours.

28

On apporta le petit mot sur le plateau d'argent avec le reste du courrier.

Carrie, assise à la table, contemplait distraitement sa salade en pensant à Bingo. Elle ne l'avait pas vu depuis la veille au soir, où elle était sortie pour déboucher les terriers.

— Il reviendra, Carrie, dit Gillian sans grande conviction.

— Comme les autres ?

Son visage, le ton de sa voix étaient dénués de toute expression.

Gillian tendit le courrier à la baronne et dit :

— Les animaux s'échappent souvent, Carrie...

— Qu'en savez-vous ?

Il n'y avait ni inflexion ni amertume dans sa voix. Comme s'il s'agissait d'une question anodine.

C'était vrai. Ni Gillian ni Regina ne s'étaient intéressées au sanctuaire. Elles lui avaient rendu quelques rares visites par curiosité, rien de plus.

Au moins, la baronne eut le bon sens de ne pas chercher à la réconforter bêtement. Elle fumait et buvait son café, tandis que Gillian lui lisait ses lettres. Puis celle-ci fronça les sourcils et tendit une petite enveloppe à Carrie.

— C'est pour toi.

Carrie, qui ne recevait jamais de courrier, fut aussi surprise que Gillian et Regina. La lettre avait été postée à Selby. Carrie se demanda qui à Selby pouvait bien lui écrire... Neahle ? Maxine avait peut-être cédé et l'avait emmenée au marché. C'était une écriture enfantine avec de grandes boucles. Mais pourquoi Neahle... ?

— Tu ne l'ouvres pas ? Il y a peut-être du nouveau.

Regina semblait vraiment inquiète.

Bingo. Ce n'était pas un mot, mais une petite image d'une carte de bingo. Le message était entièrement composé d'images. Découpé dans un livre ou un magazine, plus vraisemblablement un livre d'enfant, il y avait un labyrinthe. Puis — et là Carrie faillit perdre son sang-froid — un cliché du laboratoire Rumford. Pris de nuit. La lumière d'un projecteur sur ce terrain désert lui donnait d'autant plus l'aspect d'une prison.

C'était tout. Carrie regardait dans le vague sans voir Gillian qui l'observait avec anxiété.

— Eh bien, qu'est-ce que c'est ? demanda Regina.

Carrie, qui allait dire quelque chose, se ravisa. Car elle avait compris, elle avait compris avec la rapidité de l'oiseau qui prend son envol, avec la sûreté d'un verrou qui se referme sur une cage, que ce n'était pas Neahle qui se livrait à un petit jeu stupide. Que celui qui avait fait cela avait pris d'incroyables précautions, à l'exception de l'adresse, pour ne pas trahir l'identité de l'expéditeur. C'était un avertissement. Ou une piste... ?

— Carrie ? fit Regina après avoir agité son bras avec impatience.

Cette dernière haussa les épaules et dit calmement :

— Oh, ce ne sont que des images idiotes que m'envoie Neahle.

— Neahle ? Bon sang, j'ignorais même qu'elle savait écrire.

Carrie avait mis l'enveloppe et la feuille de papier dans sa poche.

— Peut-être a-t-elle demandé à Maxine de le faire. C'est sans doute juste pour me remonter le moral. Puis-je sortir de table ?

— Je ne sais pas pourquoi tu prends la peine de le demander. Il faudrait que je t'enchaîne pour t'empêcher de faire ce que bon te semble.

— Sans doute, répondit Carrie en repoussant sa chaise.

Elle ne reprit le papier que quand elle eut regagné le sanctuaire. Presque distraitement, elle donna à manger à ses animaux, se trompant d'aliment pour le labrador qui poussa un gémissement. Pas étonnant, songea-t-elle. Elle lui avait donné la pitance des poulets. *Garde la tête froide*, se dit-elle. *Garde la tête froide, sinon Bingo va mourir*. Elle fit sortir Blackstone, lui donna sa ration et sa souris. Le devoir accompli, elle s'assit pour réfléchir à la menace qu'elle avait reçue.

A travers l'ouverture de l'ancienne tonnelle, elle contempla le labyrinthe. Pourquoi ? Pourquoi voulait-on qu'elle y aille ? Elle en connaissait le moindre détour. Carrie regarda l'image. Ce qu'elle avait pris pour le labyrinthe de La Notre était en fait tout autre chose. Celui-ci était carré, comme ces dédales où les scientifiques font courir des rats et des souris en leur offrant une espèce de récompense à la fin.

C'était donc encore un indice désignant le laboratoire. Et quand elle y était allée quelques semaines auparavant, les manifestants, plusieurs d'entre eux en tout cas, avaient pris des photos à la lumière de leur torche.

D'accord. Carrie resta sur son tabouret, parfaitement immobile. Quelqu'un avait emmené Bingo au laboratoire ou allait l'y conduire.

La seule personne qu'elle connaissait qui y eût accès était Paul Fleming. Elle fronça les sourcils. Elle ne l'aimait pas beaucoup, en fait, à cause de son métier, mais que diable pourrait-il vouloir à Bingo ? Pourquoi voudrait-on lui faire du mal ?

Sebastian Grimsdale. Pour se venger, peut-être. Mais aurait-il empoisonné le chat des sœurs Potter et tué les deux chiens ? Carrie plissa le front. Una Quick était morte, tout comme Sally MacBride. Mais il n'était rien arrivé ni aux sœurs Potter ni à Gerald Jenks. Elle ne voyait pas le rapport.

Cela n'avait aucun sens. Elle eut le drôle de sentiment qu'elle n'obtiendrait rien d'autre que ce qu'elle avait en main. La personne en question ne prendrait pas le risque de lui écrire une nouvelle fois et la croyait assez futée pour résoudre l'énigme qu'elle avait sous les yeux.

Elle était censée se rendre au laboratoire Rumford de nuit. Impossible de savoir quand. Il faudrait donc y aller tous les soirs jusqu'à ce qu'elle sache ce qui se passe.

Bien que Sebastian Grimsdale se ressentît encore des événements de la veille, la nature reprenait le dessus. Quoi qu'il se fût produit, sa principale préoccupation était l'annulation de la chasse.

En revenant à Ashdown Dean, Jury avait trouvé Wiggins se confondant en excuses totalement inutiles pour ne pas l'avoir contacté plus tôt. Plant avait félicité Wiggins d'avoir sauvé la vie de Carrie Fleet. Aucune raison de s'excuser, lui assura Jury.

— S'il y a un fautif, c'est moi. Vous ne pouviez pas me joindre. Où est Grimsdale ? avait-il demandé, alors qu'ils étaient tous trois dans le grand hall de *Gun Lodge* décoré d'andouillers.

Entre Grimsdale et Amanda Crowley, on se serait cru à une veillée funèbre. Amanda portait sa culotte de cheval habituelle et un col parfaitement amidonné. Elle avait posé sa veste de tweed sur un bras de fauteuil. Grimsdale, qui avait déjà bu pas mal de cognac, l'invitait à dîner quand Jury et les autres entrèrent.

— Je ne crois pas que Mrs. Crowley en aura le temps, dit Jury.

Alors qu'ils restaient tous deux ébahis qu'il empiétât ainsi sur leur liberté, Jury observait Amanda Crowley. Dans cet attirail, ses yeux avaient la couleur du xérès sec. Et malgré une touche de rouge, ses lèvres étaient tout aussi sèches.

— Le sergent Wiggins aimerait lui dire deux mots.

Comme Wiggins ne savait pas trop lesquels, Jury déchira une feuille de son carnet et la tendit au sergent.

Grimsdale bafouilla. Jury rejeta d'avance toutes les objections qu'il allait faire.

— Et moi, j'aimerais bien vous entendre, Mr. Grimsdale.

Amanda resta assise.

— Je ne comprends vraiment pas ce que cela signifie.

— Vous allez comprendre, fit Jury d'un ton qui la fit sortir de son fauteuil.

Puis, escortée par le sergent Wiggins qui, toujours gentleman, lui proposa un bonbon pour la gorge, elle sortit au pas de charge.

— J'en ai assez d'avoir la police sur le dos, nom d'un chien, dit Grimsdale, puis il rougit de cette expression malvenue.

— Dommage. J'aimerais que vous me racontiez ce qui s'est passé, répéta Jury, qui s'assit et se servit dans la boîte de cigarettes qui se trouvait sur la table.

— Je l'ai assez dit et redit...

— Je voudrais l'entendre, Mr. Grimsdale.

Avec réticence, Grimsdale lui raconta de manière décousue ce qui s'était passé la veille au soir. Bien entendu, il n'avait pas visé cette enfant avec son fusil. Bien qu'il fût persuadé qu'elle n'était pas étrangère à tout cela...

— Carrie Fleet ? Sans doute la seule personne qui n'aurait jamais fait ça.

— Elle me méprise, méprise la chasse... et tout le tremblement.

— Soyez un peu logique, s'il vous plaît. C'est précisément pour cette raison qu'elle n'aurait *jamais* fait de mal à ces chiens. En revanche, il est hautement probable que vous *ayez eu l'intention* de lui faire du mal.

— Il est *illégal*, commissaire, répliqua Grimsdale pour faire diversion, de déboucher les terriers !

Il avala une rasade de cognac.

— Quelles relations Mrs. Crowley entretenait-elle avec votre valet de chiens Donaldson ?

— Je vous demande pardon ?

Jury hocha la tête avec impatience.

— Vous savez très bien ce que j'entends par là.

— Je sais ce vous *entendez* par là et ça ne me plaît pas du tout.

— Malheureusement, que ça vous plaise ou non, je m'en fiche, fit-il avec un sourire.

— Il n'y avait aucune... *relation*. Mais enfin, mon vieux, tout le monde savait que Donaldson et...

Il s'interrompit net.

— Et... Poursuivez.

Jury sourit intérieurement. Plant avait utilisé la même ruse. Jury voulait simplement avoir confirmation de la rumeur.

— Ce ne serait pas très élégant de ma part.

— C'est dommage. Ne soyez pas élégant. Votre valet de chiens avait une liaison avec Sally MacBride, c'est ça ?

— D'après la rumeur. Je ne prête aucune attention aux rumeurs.

Tu parles !

— A qui voulez-vous faire perdre son temps, Mr. Grimsdale ? A moi ou à la PJ du Hampshire ?

Grimsdale lui fit signe de se rasseoir.

— Bon, d'accord, d'accord. Il avait un logement indépendant dans l'écurie. C'est là qu'ils se retrouvaient.

— Douillet. Où encore ?

— Comment le saurais-je ? Ecoutez, vous n'avez pas le droit de rudoyer...

— Je ne rudoie personne. Mais je pourrais. Vous avez tenté de tuer une jeune fille de quinze ans.

Grimsdale bondit.

— *Et vous, vous étiez là, commissaire ?*

— Non. Avec trois témoins, ce n'est pas vraiment nécessaire, non ? Maintenant dites-moi si vous connaissez le nom de Lister ?

Jury, qui était en train d'allumer sa cigarette, faillit laisser tomber l'allumette quand Grimsdale lui répondit :

— Bien entendu.

— Quoi ?

— Je ne vois pas en quoi ça vous intéresse, fit Grimsdale en s'agitant dans son fauteuil. Vous savez bien comment on nomme les chiens de chasse. On utilise la même initiale. Lister, et puis Laura, Lawrence, Luster...

— Je vois. Je pensais à *quelqu'un*. Un certain lord Lister.

— Quelqu'un ? Oh non, je n'ai jamais entendu ce nom-là.

— Alors parlez-moi d'Amanda Crowley.

— Qu'est-ce que vous voulez savoir ? (Il avait complètement changé de ton.) Elle vit à Ashdown Dean depuis une douzaine d'années environ. Je n'ai pas fait le compte.

Jury nota que son regard passait de la tête de cerf aux oiseaux sous verre. Il y avait incontestablement un certain nombre de choses pour lesquelles il le faisait.

— Elle a de l'argent ?

— Je n'en sais rien.

— Apparemment elle ne travaille pas, Mr. Grimsdale. On peut donc supposer qu'elle a de l'argent à elle. Une pension ? Un fonds de placement ? Quelque chose comme ça ?

Grimsdale se pencha en avant, serra son verre de cognac entre ses mains.

— Vous voulez insinuer que je suis un coureur de dots ?

Jury sourit.

— Pourquoi pas ? Vous courez bien après tout le reste.

— Rien, monsieur. (Wiggins feuilleta ses notes.) Elle se trouvait ici ce matin parce qu'elle n'a trouvé personne au rendez-vous de chasse du *Saut du cerf* et qu'elle est venue jusqu'ici pour voir ce qui se passait. Elle y est restée depuis lors.

— Comme c'est convivial ! Petit déjeuner, déjeuner et un dîner que nous avons interrompu.

— Oui, monsieur. Mais étant donné ce qu'on sert dans *cet* endroit... fit Wiggins en frémissant. Jamais vu de porridge aussi pâteux, monsieur, et puis...

— Bon, bon... Et le nom de Lister, Wiggins ?

Le sergent fit non de la tête.

— Prétend que ça ne lui dit rien. Jamais entendu parler. (Wiggins plia le morceau de papier et se glissa une pastille dans la bouche.) Croyez-moi, j'ai surveillé ses réactions avec l'acuité d'un chat.

— Malheureusement, les gens sont parfois aussi malins que des chats. Mais ne vous en faites pas, je n'en attendais pas grand-chose. (Il s'interrompit.) Dans mon prochain rapport, vous pouvez parier que figurera en détail votre prouesse d'hier soir.

Le sergent Wiggins riait rarement. Là, il le fit.

— Votre prochain rapport, monsieur ? Il vous arrive d'en faire ?

— Par intermittence. Où sont Polly et Plant ?

— Au *Saut du cerf*, où ils dînent. Je parie que même Maxine ferait mieux que ce que nous avons ici. A condition qu'elle n'ait pas à le faire cuire, ajouta-t-il d'un air morose, puis il soupira. Pauvre miss Praed.

En voyant Jury enfiler son manteau, Wiggins enroula son écharpe autour de son cou.

— Pourquoi « pauvre » ?

— S'est drôlement fait griffer. En essayant d'empêcher ce mastodonte qu'elle appelle un chat de grimper aux rideaux du *Lodge*.

— J'espère qu'il s'en est donné à cœur joie. Sur les rideaux, pas sur Polly. Elle devrait prendre un cours avec Carrie Fleet.

— Ça me revient, dit Wiggins, tandis qu'ils sortaient dans le froid du crépuscule. Mr. Plant voulait que je vous dise. Le chien de Carrie, il a disparu.

— Bingo ?

— Oui, monsieur. D'après Mr. Plant, elle veut vous voir. Bien qu'elle ne le lui ait pas dit directement.

— Cela va de soi.

29

— Maudit bonhomme ! Par vengeance ! Vous pouvez en être sûr !

Regina de La Notre avait renoncé à ses airs languissants et arpentait le salon en traînant derrière elle une veste de soie de Chine rouge vermillon, une bouteille de gin à la main. Cela faisait bien dix minutes qu'elle faisait ainsi les cent pas, aller et retour, aller et retour, d'un mur à l'autre, et Jury se demanda si elle ne tournait pas ainsi et ne passait pas devant l'immense glace autant pour l'effet produit que pour accompagner ses propos coléreux. La bouteille de gin ne cadrait pas tout à fait dans le tableau.

Elle continua de déclamer. Wiggins, carnet de notes en main et mouchoir sur la petite table Sheraton, regardait sa tasse de thé avec soulagement et le gin d'un air malheureux. Ils étaient là depuis près d'une heure et la bouteille était toujours plus ou moins en mouvement. *L'heure du cocktail*, avait-elle déclaré à leur arrivée, les invitant tous à se joindre à elle. Où était lord Ardry ? Un homme charmant. D'après Jury, il était allé dîner avec miss Praed au *Saut du cerf*. Absolument scandaleux, et qui était miss Praed ?

Aux questions de Jury sur Woburn Place, elle répondit non, non, non. Non, elle n'avait jamais entendu le nom de Lister. Non, elle ne connaissait aucun berger allemand d'aucune sorte. Non, elle n'avait jamais vu Carrie avant de la rencontrer aux Silver Vaults, et pourquoi diable lui posait-on toutes ces questions ? Elle semblait en rejeter la faute non sur Jury qui les posait, mais sur Wiggins, qui notait les réponses.

Tout cela se déroulait au milieu du martèlement de ses pas et des mouvements majestueux de la soie dans sa main, qu'émaillait une tirade qui n'en finissait pas.

— *Grimsdale*, cette odieuse créature, a fait quelque chose à son terrier, comment l'appelle-t-elle déjà ?

La baronne claqua dans ses doigts comme si elle avait un trou de mémoire tout en adressant cette question à Gillian.

— Bingo.

Le regard que Gillian jeta à sa patronne confinait à la haine, songea Jury. Comme si elle considérait qu'après tout ce temps la baronne aurait au moins pu se rappeler le nom du chien de Carrie. Qu'elle se rappelait parfaitement, Jury en était persuadé. Elle cherchait simplement à faire de l'effet.

Tandis qu'elle serrait les poings sur la belle veste de soie (tout en gardant une main sur le goulot de la bouteille), elle s'exclama :

— Il a vraiment cru que Carrie — *Carrie* — était mêlée à l'empoisonnement de ses chiens ? Il a perdu la boule, cet individu, il faudrait l'enfermer.

Elle jeta un regard égaré autour d'elle comme si cette nouvelle la rendait folle (ce qui n'était pas le cas, Jury en était certain ; simple jeu de scène) et demanda :

— Où est Carrie ? Où est-elle ?

— Elle cherche Bingo, évidemment. Ou elle rumine dans sa cabane. Que voulez-vous qu'elle fasse ? demanda Gillian.

A présent, elle se tenait debout devant la glace, empêchant ainsi Regina de se voir. Entre les deux portes, les deux fresques en trompe l'œil qui redoublaient les portes et la vue extérieure, et le miroir face au miroir du mur opposé, Jury eut l'impression d'être tombé, un peu comme Alice, dans un monde de reflets.

Regina, complètement ivre à présent, mais s'en tirant néanmoins à merveille, porta la main à son front d'un geste de tragédienne.

— Elle doit être de retour pour le dîner. Elle sait que nous dînons à huit heures et demie.

Gillian leva les yeux au ciel et hocha la tête. Ce soir-là, elle portait une robe gris-brun, qui ne différait de l'autre que par le style. Si on lui avait demandé de rester en retrait pour servir de faire-valoir à Regina, elle n'aurait pas agi autrement. Mais aussi terne que fût sa robe, elle était drapée de telle manière sur sa poitrine et sur ses hanches, tout comme l'autre, qu'elle ne parvenait pas à dissimuler ce qu'il y avait dessous.

— Alors vous avez rencontré Carrie Fleet par hasard ? demanda doucement Jury.

Les Silver Vaults étaient un lieu célèbre, très couru. A Londres, n'importe qui pouvait s'y rendre. Aucune raison particulière de se montrer soupçonneux, mais tout de même... L'accent et les pommettes aristocratiques de Regina de La Notre ne venaient pas de Liverpool.

La baronne resta clouée sur place et le regarda de haut comme si lui aussi, à l'instar de Grimsdale, était devenu fou.

— Je vous demande *pardon* ? Par hasard ?

Elle se pencha légèrement vers Jury, qui aurait pu boire un coup rien qu'en respirant son haleine.

— Bien sûr que non, commissaire. Je suis allée de Woburn Place à Eastcheap, de Eastcheap à Shoreditch, de Shoreditch à Blackheath, de Blackheath à Threadneedle Street, et de là aux Silver Vaults. Uniquement pour *chercher* une petite protectrice des animaux de treize ans, mon cher. *Seigneur !*

Et elle se remit à faire les cent pas.

Gillian laissait son regard errer dans la pièce pour ne pas croiser celui de Jury.

— Votre ami...

Elle se tut, cherchant son nom.

— Lord Ardry, fit tranquillement Jury.

— Lord Ardry, oui. Il a bavardé avec Carrie ce matin, dit-elle en baissant les yeux vers ses doigts croisés. Je me demande si elle lui a parlé du petit mot.

— De quel petit mot s'agit-il ?

Jury changea de position, but son whisky.

— C'est arrivé au courrier du matin. Elle a dit que ce n'était qu'un truc idiot que lui envoyait Neahle Meara. Je me suis posé des questions. Carrie ne reçoit jamais de lettres.

— Jamais ? Il n'y a personne dans son passé... (Il se tourna vers Regina.) Vous êtes-vous jamais interrogée, madame la baronne...

— Regina, rectifia-t-elle d'une voix rauque, tout en observant la fresque devant elle.

— ... sur le passé de Carrie ?

— Pour l'amour du ciel, mon cher, elle n'a pas de passé.

Jury l'observa d'un air sombre. Elle avait raison.

Gillian sortit en courant par l'une des portes-fenêtres, en criant par-dessus son épaule qu'elle allait chercher Carrie.

Tandis que Jury se levait pour la suivre, la petite bonne annonça que le dîner était servi.

— Eh bien, mon cher sergent, si nous... ?

Quant à la fin de la question, s'il y en avait une, Jury ne l'entendit pas.

Gillian se tenait sur le seuil du sanctuaire, scrutant l'obscurité, quand Jury arriva derrière elle.

— Elle n'est pas *là*, gémit Gillian.

Il était difficile de savoir si c'était la pluie ou les larmes qui lui avaient mouillé le visage.

— Elle n'est pas *là* !

Jury mit un bras autour de son épaule, sa main sur ses cheveux satinés et la serra contre lui.

— C'est qu'elle est en train de chercher Bingo...

— Vous ne comprenez pas, vous ne comprenez pas, vous ne...

Et les larmes coulaient plus abondantes chaque fois qu'elle répétait ces mots. Jury la serra davantage, et Gillian secouait la tête contre son manteau.

— Gillian, qu'y avait-il dans ce mot ? Pourquoi êtes-vous si inquiète ?

Elle continuait de secouer la tête de gauche à droite, de droite à gauche, au rythme des allers et retours de Regina.

— Je ne sais *pas*, mais il y a quelque chose qui cloche. Quelque chose qui *cloche* ! Carrie est si disciplinée...

Elle éloigna sa tête de l'épaule de Jury pour le regarder dans les yeux.

— Vous ne la connaissez pas. Elle *aime* vraiment cette vieille folle...

De toute évidence, il s'agissait de Regina.

— Désolée. Ce n'est pas ce que je voulais dire. Mais si le dîner est à huit heures, Carrie est *là* !

Elle haletait en sanglotant.

— Je sais bien... Vous ne... me croyez pas. La jalousie... quelque chose... mais où est-elle ?

Jury l'attira à nouveau contre lui, sa tête contre son épaule.

— Je la retrouverai. Pour l'instant, je veux que vous buviez un cognac et que vous alliez vous allonger. Je vais vous emmener...

Elle ne semblait pas l'entendre. Il la secoua.

— Gillian, nous pouvons nous promener dans le labyrinthe. Ensuite je vous reconduirai et je vous borderai. Ça vous va ?

Il pensait que cette mauvaise plaisanterie se perdrait dans la pluie et le vent, mais elle esquissa un petit sourire.

— Ça me va. Mais pas de balade. Je suis trop crevée.

En s'éloignant du refuge, elle s'arrêtait sans cesse pour regarder en arrière, de sorte qu'il dut la presser de rentrer à la maison.

Après avoir mis Gillian au lit, assoupie par le cognac et le calmant qu'elle avait pris dans un petit flacon, Jury s'engagea dans le couloir et se mit en quête de la chambre de Carrie. Celle-ci n'était pas difficile à reconnaître : des photos de Bingo et de divers animaux... vraisemblablement chez les Brindle. Sur l'une d'elles figurait la fille du couple. Avaient-elles été amies ? La séparation avait-elle été douloureuse, en dépit de l'indifférence affichée ?

Jury s'assit sur l'étroit lit au dessus-de-lit blanc dans l'étroite chambre aux murs blancs. Ni volants, ni rubans, ni extravagance. Le manque d'ornement et la taille de la chambre n'avaient rien à voir, il en était certain, avec Regina. Cette pièce ressemblait à Carrie Fleet.

Il la fouilla. Pas de mot, pas de lettre, mais il ne s'attendait pas vraiment à en trouver. Elle était trop intelligente pour laisser traîner quoi que ce fût d'important ou pour le cacher dans un tiroir. Il ouvrit l'armoire. Les quelques vêtements qui y pendaient, un autre pull-over, une autre robe semblable à celle qu'elle portait quand il l'avait rencontrée, un manteau. Il passa les poches en revue. Il tira un cliché de son tablier. La photo d'un bâtiment, la nuit, d'aspect indéfinissable, qu'il ne connaissait pas.

Mais pas de petit mot. Et il était sûr que ce petit mot était important, sinon elle leur aurait dit ce qu'il contenait au cours du déjeuner. Son horreur du bavardage, Jury ne la mettait pas sur le compte d'un quelconque goût du secret, mais du désespoir.

Le désespoir. Un sentiment qui serait rejeté par les adultes, qui en feraient quelque chose comme « elle traverse une phase, voilà tout ». Mais Jury se souvint d'être resté assis sur un lit très semblable à celui-là, au milieu d'une rangée d'autres lits, alors qu'il était un peu plus jeune que Carrie. Pour lui, après que son père et sa mère eurent été tués pendant la Seconde Guerre mondiale, ce fut l'orphelinat jusqu'à ce que son oncle vînt à son secours. Pour Carrie, ce furent les Brindle jusqu'à ce que la baronne vînt à son secours.

S'il s'agissait bien de secours.

Dans la salle à manger, la scène valait le détour. La baronne à une extrémité de la longue table en bois de rose, Wiggins à l'autre. Ils semblaient s'entendre comme larrons en foire, la conversation allait bon train, grâce sans doute aux trois verres de vin devant chacun plus qu'à la verve et à l'esprit de Wiggins.

Il aurait pu interroger Regina au sujet de la photo mais s'abstint.

— Sergent, dit Jury, interrompant la conversation.
— Monsieur !

Wiggins se leva, sa serviette tombant à terre.

Jury soupira. C'était l'une de ces circonstances où il se faisait sergent instructeur.

— Mon *cher* commissaire ! Joignez-vous à nous, je vous prie. J'ai une cuisinière remarquable...
— Merci, mais je n'ai pas faim. Il est plus de neuf heures, Regina. Vous n'êtes pas inquiète pour Carrie ?
— Elle cherche encore Bingo. (Regina poussa un soupir et posa son verre de vin.) Je ne m'attends pas à ce qu'elle vienne au rapport à huit heures et demie tapantes parce que c'est l'heure du dîner.
— Si vous avez terminé, sergent...

Abandonnant une Regina déplorant l'absence de Gillian — elle n'avait plus personne à qui parler —, Jury et Wiggins enfilèrent leur manteau et montèrent dans leur voiture.

— Où allons-nous, monsieur ?
— Au *Saut du cerf*. Retrouver Plant. Et Neahle Meara.

Wiggins se retourna, manifestement surpris.

— La petite fille, monsieur ?

— La petite fille, oui.

Ils prirent place autour de la table du bar, que l'on utilisait pour servir les repas.

— Je ne sais pas, dit Neahle. Je n'ai rien écrit, moi.

Jury sourit.

— Je l'imagine bien. Mais qu'en penses-tu, Neahle ?

Les yeux bruns se détachèrent de la photo pour se poser sur Jury.

Elle haussa les épaules, mais dit d'une voix larmoyante :

— Je n'en sais rien.

— Ce n'est pas grave, Neahle. Tant pis. Va te coucher.

Mais elle resta là, tel un roc, son petit menton calé sur ses poings.

— Où est Carrie ?

— Qu'est-ce qui te fait penser qu'il est arrivé quelque chose à Carrie ? demanda Melrose Plant.

Elle détourna le regard vers le feu qui était réduit à quelques cendres éteintes.

— C'est que vous êtes tous là à poser de drôles de questions. (Elle se laissa glisser de sa chaise.) Je vais me coucher.

Elle quitta la salle en courant.

Le cliché fit plusieurs fois le tour de la table.

— Pasco ? Il saurait peut-être.

— Pourquoi croyez-vous qu'il s'agit d'un endroit proche d'ici ? demanda Polly. C'est peut-être près des docks d'East India.

— Quelle imagination fertile, Polly ! Ce terrain... ressemble comme deux gouttes d'eau à la Tamise.

— Appelez Pasco, Wiggins.

Wiggins disparut.

Plant prit la photo et, avec une extrême réticence, se dirigea vers le bar où Maxine Torres s'humectait le doigt, s'apprêtant à tourner la page de son magazine. Elle regarda Plant d'un air morne.

— *Encore ?*

Elle faisait manifestement allusion à sa chope de bière. Plant, l'alcoolique invétéré.

— Non, Maxine, pas de bière. Ce sont vos beaux yeux noirs qui m'intéressent.

Il lui mit la photo sous le nez.

— Vous reconnaissez ?

Elle la repoussa.

— Suis-je aveugle ?

— Sais pas. Vous reconnaissez cet endroit ?

— Ouais. C'est le laboratoire à l'extérieur de la ville. De Selby. A deux ou trois kilomètres.

Ni le cliché ni la question ne l'intéressaient. Ni Plant, à l'évidence. Comme il ne lui demandait pas de remplir son verre, elle retourna à son magazine.

— Indiquez-moi où c'est, s'il vous plaît.

Maxine le regarda d'un air mécontent. Ça ne faisait pas partie de son boulot de patronne de pub temporaire, du moins tant que Plant n'eut pas déchiré une page de son magazine, posé son stylo à côté et répété sa requête.

Elle dessina quelques lignes pour les routes et un X pour indiquer l'emplacement du laboratoire.

— Ne vous inquiétez pas. Je vous paierai un abonnement.

Wiggins était revenu dire que l'inspecteur Pasco n'était ni au poste ni chez lui.

— Ni l'un ni l'autre ?

— Non, monsieur.

Jury se tut pendant quelques instants.

— Appelez la PJ de Selby. Voyez s'ils savent où il se trouve.

Polly planta ses lunettes sur sa tête, ce qui lui donnait l'allure d'une boussole.

— Mais *pourquoi* ? Qu'est-ce qui vous fait penser que Carrie est allée là-bas ?

— Elle est persuadée que c'est là que l'on a emmené son terrier et je ne vais pas rester ici à discuter. Non, pas vous, dit Jury quand Polly prit son manteau.

— Comment ça, pas moi ? J'étais là avant vous deux !

— C'est malin, fit Plant qui boutonna son Chesterfield et prit sa canne. Nous ne sommes pas exactement en train de faire la queue pour prendre le bus.

— C'est du ressort de la police, Polly, déclara Jury.

Elle laissa retomber ses affreuses lunettes sur son nez.

— Alors pourquoi l'emmenez-vous, *lui* ?

Parce que j'ai besoin de lui. Mais Jury ne le dit pas. Il se pencha au-dessus de la table et adressa à Polly un sourire enchanteur.

— Parce que, si je le laisse ici en votre compagnie, vous allez le faire rouler à cent quarante à l'heure avec sa Silver Ghost pour foncer jusqu'à ce laboratoire, chère Polly.

Sur ce, il lui embrassa la joue.

Ses lunettes se couvrirent de buée.

SIXIEME PARTIE

Tout ce que je possède
C'est un souvenir d'Améthyste

30

Cela faisait une heure ou plus que, derrière une touffe de fougères, elle observait le laboratoire plongé dans l'obscurité en regrettant de ne pas avoir apporté ses jumelles, mais elle avait déjà la torche et le fusil, et cela aurait fait trop de choses à porter.

Personne. Du moins personne qui fût dans son champ de vision n'était entré dans le laboratoire. Ce n'était donc peut-être pas ce soir. Carrie se redressa, quittant le sol froid et gorgé d'eau, et marcha vers le long bâtiment sombre, à l'exception d'une lumière ambrée à l'intérieur. Elle ne comprenait pas cela.

Bien entendu, le portail était verrouillé, mais il était facile d'escalader la clôture, ce qu'elle fit, passant d'abord le fusil puis elle-même de l'autre côté. Les munitions étaient dans sa poche.

En raison des manifestations, on avait envisagé d'entourer tout le bâtiment de fil de fer barbelé, d'électrifier la clôture ou d'engager un gardien. Le labo lui-même n'était pas vraiment imprenable. Si elle ne parvenait pas à entrer par une porte, elle pourrait toujours passer par une fenêtre. Il fallait une clé pour ouvrir trois des portes. Mais il y en avait une petite à l'extrémité du bâtiment qui était cadenassée. Joe Brindle n'était pas bon à grand-chose, mais il lui avait appris à écouter le mécanisme d'un cadenas, connaissance acquise du temps où il perçait les coffres-forts. *Une ouïe fine, voilà ce qu'il faut, ma fille*. Elle tourna le bouton, l'oreille collée à la serrure, et entendit de petits déclics presque inaudibles. Carrie ouvrit la porte.

Elle n'était jamais entrée dans ce bâtiment malgré les invitations de Fleming... De nouveau elle pensait au Dr Fleming. Seul le personnel avait les clés, et celui qui voulait la faire venir ici devait certainement en posséder une, à moins que la personne en question n'envisageât de casser un carreau, n'ayant pas eu la chance de suivre les cours de Brindle. Au bout du couloir, une unique ampoule faisait un faisceau de lumière brumeux, révélant une rangée de portes de chaque côté. Sur les premières était inscrit « Interdit ». Carrie braqua sa torche sur l'une d'elles et essaya la poignée. Comme elle n'était pas fermée à clé, elle entra.

Elle se retrouva dans une pièce d'une propreté aseptisée, où dormaient des chats enfermés dans des cages séparées. Quelques-uns étaient éveillés ou s'étaient réveillés quand la lumière avait balayé leur cage, et s'étaient assis. Les portes des cages étaient grillagées. Elle alla de l'une à l'autre, jetant un coup d'œil à l'intérieur, glissant les doigts à travers le grillage. Certains reculèrent pour s'abriter dans un coin sombre. D'autres griffèrent le grillage. Du moins, songea-t-elle, on ne leur avait pas enlevé leurs griffes. La pièce était équipée de lampes à ultraviolets. Ses mains prirent une étrange couleur bleutée. En face d'elle il y avait des chats dans des bulles de plastique. Sa simple présence devait contaminer le lieu, supposa Carrie.

Elle aperçut un interrupteur sur le mur, mais elle n'osa pas allumer. Cela pourrait attirer l'attention.

C'était cela qu'elle avait trouvé bizarre : le bâtiment tout entier aurait dû être éclairé.

Elle chargea le fusil et, dans ses baskets silencieuses, se dirigea vers la porte, plaqua son dos au mur, inspectant le corridor du mieux qu'elle le put. Pas un bruit.

Elle regarda les chats en cage derrière elle. Carrie se serait attendue au moins à ce que ces animaux, perturbés dans leurs habitudes, se mettent à miauler. Mais ils étaient tous muets. Des tests sanguins, avait dit le Dr Fleming. Cinquante pour cent d'entre eux allaient probablement mourir, juste pour voir quelle dose il fallait pour les tuer.

Une par une elle ouvrit les cages, sans faire le moindre bruit. Les chats semblaient presque coopérer, de sorte que, s'il y avait quelqu'un dans le laboratoire, il ne pût pas la repérer. En fait, ils avaient peur, trop peur pour faire du bruit. Il y avait une barre à la fenêtre, qui fermait par un simple loquet. Elle poussa une table haute sous la fenêtre. Puis elle jeta un coup d'œil dans le couloir, toujours vide, sortit et referma la porte.

Dans la pièce d'à côté il y avait des lapins. Sur une longue table elle aperçut les harnais. Ici, pas de tests sanguins. Elle savait de quoi il retournait et cela lui fit froid dans le dos. Elle crut entendre des pas dans le couloir, mais elle examina quand même les lapins. Les harnais, munis de petits instruments pour qu'ils gardent les yeux ouverts, servaient à leur maintenir la tête parfaitement immobile. Pour que l'on puisse leur vaporiser les yeux. Ce matin, elle s'était mis du savon dans l'œil, et cela l'avait terriblement piquée. Mais elle pouvait fermer les yeux. Elle pouvait les asperger d'eau froide. Les lapins n'avaient pas cette chance.

Où est Bingo ? se demandait-elle avec une terreur croissante, tandis que les pas se rapprochaient. Carrie leva lentement son fusil, fixa le lapin dont les yeux étaient tellement ravagés qu'ils ressemblaient à de la cire fondue. La douleur devait être insupportable. Ses mains tremblaient, mais elle cala la crosse contre son épaule, alors que les pas se rapprochaient encore. *Votre Majesté*, dit-elle, faisant mine de s'adresser à la reine, *je crois que nous pouvons appeler cela le « stade terminal »*.

Carrie tira sur le lapin.

Dans l'embrasure de la porte, une voix dit :

— Reste où tu es, Carrie.

Pasco. *L'inspecteur Pasco*.

Jury coupa le contact assez loin du portail avec l'assurance que l'on n'avait pas pu l'entendre venir.

— Je n'y crois pas, dit Melrose Plant. Je veux dire que *si*, mais c'est tellement...

— C'est comme ça. Et c'était simple, vraiment. Imparable. Un tueur qui n'est pas là quand ses victimes meurent. Il a terrifié Una Quick à mort, découvert qu'elle avait parlé à Sally MacBride de la photo où il y avait le nom de « Lister » ; et Sally en aurait sans doute informé Donaldson, fit Jury avec un sourire lugubre. Sans doute. Pourquoi diable prendre des risques ? Una tripotait réellement le courrier. (Jury donna un coup sur le volant.) Merde ! Le courrier, ce fichu courrier ! C'était tellement évident !

— C'est toujours évident après coup. Et comme tu l'as dit, n'importe qui aurait pu voir Carrie aux Silver Vaults. Et aller ou la suivre jusque chez elle.

Il détourna les yeux du labo pour regarder Jury.

— Un trompe-l'œil, n'est-ce pas ?

— Exactement. Tu n'étais pas à La Notre le premier jour. Allons-y. Entrons là-dedans.

Ils sortirent, s'engagèrent sur le sol détrempé.

— Mon Dieu, on aurait pu penser que Fleming aurait mis des projecteurs à cet endroit, n'est-ce pas ?

En se rapprochant, Jury vit la porte de devant, la porte principale, et supposa qu'il y en avait une de l'autre côté.

— Je prends la porte de ce côté-ci, et tu peux peut-être t'occuper de l'autre.

— J'ai oublié mes clés, plaisanta Melrose.

— Très drôle. Tu ne sais pas crocheter une serrure ?

Ils se hissèrent par-dessus le mur.

— J'ai peine à *croire*, déclara Melrose, que je suis en train de violer l'intimité d'autrui de la sorte.

Jury sourit malgré tout.

31

Et l'inspecteur Pasco savait se servir d'un revolver. Il le tenait à deux mains, les genoux légèrement fléchis.

— Pose ton arme ! hurla-t-il.

— Où est Bingo ?

— J'ignore tout de Bingo. Bon sang, Carrie, j'en ai marre de toi. Je revenais de Selby. Cet endroit devrait être illuminé comme les magasins Harrods à Noël...

Le coup envoya son corps valser. Puis il retomba, poids mort dans le couloir.

Carrie écarquilla les yeux. *L'inspecteur Pasco*. Elle vit le sang suinter lentement du dos de sa chemise et pensa durant un bref instant de cauchemar que c'était elle qui avait tiré.

Qui était là ?

Il y eut des pas légers qui semblèrent s'estomper au loin, en courant. La sueur au front, elle rechargea son arme, éteignit sa torche et fit ce qu'elle avait vu faire à tous les policiers dans les films qu'elle allait voir avec la baronne. Vite, elle s'engouffra dans le couloir et fit feu en direction d'une silhouette tout en noir... avec une sorte de bonnet de ski. Le manifestant type.

Ou quelqu'un cherchant à se faire passer pour tel. Ce pouvait être n'importe qui. La silhouette disparut dans l'une des pièces à l'extrémité du couloir. Carrie courut dans la pièce voisine, où des chiens aboyaient.

Mais au milieu des aboiements, elle entendit respirer, une respiration rapide, et murmurer son nom.

N'ayant pas le temps de charger son fusil, elle espérait que la torche éblouirait au moins une seconde ou deux la personne qui se trouvait là quand elle reconnut la silhouette repliée dans un coin.

— Neahle !

Neahle Meara pleurait accroupie, les poings serrés contre le visage.

Carrie s'avança vers elle.

— Neahle, j'aurais pu te tuer...

Neahle secouait, hochait la tête en pleurant sans bruit, aussi silencieuse que les chats. Carrie s'agenouilla auprès d'elle et lui murmura :

— Comment es-tu venue ici ? Comment es-tu entrée ?

— Par la porte arrière.

Sa tête ne cessa de s'agiter que lorsque Carrie posa ses deux mains sur les siennes pour la calmer.

— Ecoute, on sera discrètes comme des souris. D'accord ? Je vais m'asseoir à côté de toi.

Ce qu'elle fit, le dos plaqué contre le parpaing.

— Neahle, j'ai ce fusil, chuchota-t-elle. Personne ne peut rien nous faire, compris ?

Neahle avait cessé de sangloter, se frottait les yeux, et Carrie ferma fort les siens, ne pensant plus qu'au lapin mort. Puis choquée de n'avoir pas pensé d'abord à l'inspecteur Pasco. Il était son ami, même si elle faisait mine du contraire. *Mon Dieu, je vous en supplie...* Elle chassa cette pensée. Elle ne croyait pas en Dieu.

Neahle lui tenait la main.

— J'étais sûre qu'il arriverait un malheur. J'ai su que tu avais des ennuis quand...

Elles se figèrent toutes deux. Encore un bruit de pas. Mais les pas s'arrêtèrent. Et Carrie songea que celui qui était là, quel qu'il fût, devrait regarder dans chaque pièce. Le coup de feu n'avait pas trahi sa présence. Il n'avait fait qu'embrouiller celui qui s'avançait dans le couloir. Dieu merci, celui-ci était long.

Carrie prit d'autres munitions, rechargea son calibre 412 et reprit la main de Neahle.

— Quand quoi, Neahle ?

— L'homme de Scotland Yard. Il avait une photo de cet endroit, mais j'avais peur qu'il te cherche. Alors je ne leur ai rien dit. J'ai pris le raccourci à travers bois et j'ai couru tout du long.

Neahle secoua le bras de Carrie.

— J'ai eu tort ?

Cela faisait sept ans que Carrie s'était blindée pour ne pas pleurer. A présent, elle était submergée par la déconvenue. Si *seulement* Neahle le lui avait dit.

— Tu as bien fait.

Neahle posa la tête sur l'épaule de Carrie. Les pas se rapprochaient.

— On va se faire tuer, n'est-ce pas, Carrie ? murmura-t-elle. Et Bingo ?

— Celui qui passera par cette porte aura un trou tellement gros qu'un cerf pourrait sauter au travers. Tu prends la torche. Quand... Je veux dire *si* la porte s'ouvre, allume. C'est une lampe puissante, comme en utilisent les chasseurs.

Neahle se contenta de hocher la tête, baissa les yeux vers la torche électrique, puis les leva vers Carrie.

— Et si celui qui vient n'est pas le bon ?

Carrie n'avait besoin que de cela. Elle se mit à ricaner, plaqua sa main sur sa bouche, imitée par Neahle, qui ricana à son tour. *Nous allons sans doute mourir toutes les deux*, songea Carrie, *et nous rions comme des bossus*.

— Neahle, tu crois en Dieu ?

— Je crois bien. Mais je suis irlandaise, ajouta-t-elle d'un air inconsolable.

Elles durent une nouvelle fois se plaquer la main sur la bouche et s'agripper l'une à l'autre pour ne pas faire de bruit. Il leur fallait refouler toutes ces bêtises. *La mort*, pensait Carrie, *c'est bête. Ça ne mène nulle part, c'est sûr...* Et elle dut baisser la tête, malgré les pas qui se rapprochaient, pour ne pas éclater de rire. Cette fois, ce fut Neahle qui secoua Carrie et lui dit :

— *Ecoute !*

Car il y avait d'autres pas. Différents.

Neahle n'en menait visiblement pas large quand Carrie se leva. Celle-ci entendit prononcer son nom dans un murmure.

C'était une voix qu'elle aurait reconnue n'importe où... celle du commissaire Jury.

Qui ne savait pas où il mettait les pieds.

— Reste là, dit Carrie. Chut !

— Carrie ? fit Neahle.

Dans ce simple mot, on sentait monter une légère hystérie.

— Il ne t'arrivera rien, Neahle. Il ne *nous* arrivera rien.

— Carrie ? insista Neahle.

Neahle ne la croyait pas. Carrie porta la main à son cou et détacha la petite fermeture de son collier. Elle laissa tomber la chaîne et la bague d'améthyste dans les mains de Neahle.

— A part Bingo, c'est ce que j'aime le plus au monde. Tu le sais. Alors garde-le pour moi. D'accord ?

Il n'y avait aucune logique dans ce geste, et Carrie en était consciente. Mais Neahle, non. Pour elle, ce serait un talisman, auquel elle pourrait se fier.

Le bruit de pas s'atténuait à mesure qu'il se rapprochait. Carrie saisit son arme, leva simplement la paume devant la bouche de Neahle qui retenait son souffle et se dirigea vers la porte.

Elle l'entrouvrit d'une fente de l'épaisseur d'une pièce de monnaie. Le commissaire Jury. Non.

On entendit un bruit à l'autre bout du couloir.

Non.

Carrie ouvrit la porte, cala le fusil contre son épaule et visa la silhouette à mi-chemin.

— Carrie ! hurla Jury.

Carrie avait baissé le fusil parce qu'elle ne comprenait pas pourquoi elle visait la silhouette en noir, à présent sans masque. Gillian Kendall.

Et le revolver de Gillian n'était pas braqué sur elle, mais sur le commissaire Jury.

Non, pensa Carrie en bondissant devant lui.

Le coup l'atteignit comme il avait atteint Pasco. Elle leva les yeux vers Jury.

— Neahle, fit-elle en tendant la main en arrière.

Mais Gillian leva à nouveau son arme. Il dit à Carrie :

— Il n'arrivera rien à Neahle. A Bingo non plus.

Puis il regarda dans le couloir. Ruth Lister.

— Ce n'est pas très difficile de me rouler, Ruth, n'est-ce pas ?

Carrie avait les yeux clos, mais ses paupières battirent faiblement.

— Ruthie ? Le zoo...

Elle ferma de nouveau les yeux.

Le zoo, pensa Jury.

— C'est vous qui avez enlevé Carrie. Evidemment, elle vous a suivie.

Ruth Lister acquiesça, mais toute son attention était concentrée sur la fille à qui elle pensait avoir une seconde fois réglé son compte. Carrie respirait encore.

En déplaçant lentement son arme, elle dit à Carrie :

— Si tu me donnes le collier, ma petite, je te promets que ce sera fini.

Elle est folle, pensait Jury. Comment cela pourrait-il être fini ? Comment pouvait-elle imaginer qu'elle s'en tirerait comme ça ?

On mettrait le feu au labo. Encore un dingue de manifestant. Rien que des os. Et elle aurait le petit anneau pour prouver que Carrie Fleet, Carolyn Lister, était morte. Elle raconterait n'importe quoi. Elle était capable de raconter n'importe quoi. Une femme très crédible. Jury baissa les yeux vers Carrie, dont les paupières s'étaient soulevées. Elle souriait. Il n'y avait qu'un peu de sang... *Bon Dieu, Plant...*

— Comment avez-vous retrouvé Carrie, Ruth ? Je veux dire, quand vous n'avez pas réussi à la reprendre aux Brindle ? Vous n'auriez sûrement pas pris le risque de vous présenter en personne à ce bon vieux Joe pour lui demander ce qu'elle était devenue ?

— Pas en personne. Mais les services sociaux *doivent* savoir où se trouvent ceux dont ils ont la charge.

Jury fit parler Gillian.

— Vous n'avez pas atterri à Ashdown Dean par hasard, n'est-ce pas ?

— Non, répondit-elle en riant. Et je ne me serais certainement pas engagée comme ça au service de la baronne Regina. Je suivais Carrie. Alors vous saviez que c'était moi ? Comment ?

— Pas avant ce soir. Pas avant que je ne pense que la personne qui s'occupait le plus du courrier était, bien entendu, la secrétaire. Vous avez tout simplement subtilisé le cliché que les Brindle avaient envoyé avec la lettre.

— Mais Una l'avait vu la première. Et en avait parlé à Sally MacBride. Qui aurait *peut-être* mis Donaldson au courant. Il faut bien assurer ses arrières.

Jury sentit du sang suinter entre ses doigts.

— Comment saviez-vous qu'Una Quick l'avait dit à Sally MacBride ?

Elle esquissa un sourire en hochant la tête.

— Richard, pensez-vous que les choses soient si compliquées ? Je le lui ai demandé, tout simplement. Je l'ai appelée le lundi soir et je l'ai menacée. En fait j'espérais que l'affaire serait réglée ainsi, mais pour m'en assurer, je lui ai dit de se rendre à la cabine téléphonique le mardi. Richard, c'est fascinant, mais je ne peux pas croire que vous soyez venu seul.

— Wiggins essaie de joindre Paul Fleming.

— Bien. Ma petite liaison avec Paul m'a au moins permis d'obtenir la clé du labo et les médicaments à donner aux chiens de Grimsdale. Cela m'a demandé un peu d'organisation, voyez-vous. Je savais que le meilleur moyen d'attirer Carrie ici était d'y amener son chien.

Jury vit enfin Melrose Plant surgir de la pénombre à l'extrémité du couloir. *Tu as pris tout ton temps*. C'était la respiration hachée de Carrie Fleet qui le rendait furieux. Plus que cette femme qui l'avait mené en bateau.

— Et les animaux... ?

Le cran de sécurité de l'arme se remit en place.

— Je suppose que je vous dois bien ça. Une petite minute de répit.

Carrie Fleet grogna et leva la main pour chasser les démons qui surgissaient dans son semi-coma.

— Non.

— Pour brouiller les pistes, Richard, dit Gillian. Un jeu d'enfant, l'aspirine du chat... Ce que j'ai pris ce soir, entre parenthèses. Ce n'était pas un calmant.

— Votre petit numéro était très convaincant. L'hystérie, le grand jeu.

Il observa Plant qui se rapprochait, avançant dans le silence le plus total.

— Savez-vous à quel point vous ressemblez à Carrie ? Deux profils parfaits. La première fois que je suis venu à La Notre, j'aurais dû le remarquer. Comme si j'avais vu un double.

— Bingo, dit Carrie.

— Ce satané chien va bien. Il est dans la dernière pièce au fond du couloir. (Elle leva son arme, puis l'abaissa.) Pour vous, Richard, je suis vraiment désolée, ajouta-t-elle avec un sourire.

Melrose était derrière elle.

— Cela vous ennuierait de lâcher ça ?

Ruth Lister éclata de rire.

— Lord Ardry. *Et non pas* le sergent Wiggins.

Elle pâlit, mais garda son arme bien en main.

— Vous connaissant, je doute fort que ce soit un revolver que j'ai dans le dos.

— Ce n'en est pas un.

Jury la vit passer d'un sourire effrayant à un air hagard. Elle resta debout, tout à fait immobile, pendant ce qui sembla une éternité. Puis elle s'effondra de tout son poids.

Melrose retira la canne-épée de son dos et la laissa tomber à terre avec fracas.

Puis il pénétra dans une pièce à sa droite, dont il ressortit avec Bingo, le terrier, qu'il déposa sur le sol à côté de Carrie.

Jury appela Neahle, qui sortit en courant de sa cachette. Il aurait voulu lui dire que tout allait bien.

Tout n'allait pas bien.

Jury tenait Carrie dans ses bras, la tête appuyée contre ses cheveux cendrés, les mains poisseuses de son sang.

Il y avait du sang partout. Pasco. Gillian. Qui serpentait le long du couloir.

Neahle avait les yeux exorbités. Lentement, elle se pencha, puis s'étendit tout contre Carrie, qui dit :

— Tu as la bague ?

La tête brune côtoyait la tête blonde.

— J'ai la bague, Carrie.

Carrie Fleet tendit une main, à présent étrangement transparente, pour saisir le collier. Son reflet dans l'étonnante lumière ambrée changea presque son sang en or.

Melrose Plant se rappela la forme surgissant du brouillard, passant de chenil en chenil.

— Elle vaut peut-être quelque chose, cette bague, dit-elle à Neahle. Peut-être que la baronne aiderait...

La tête de Carrie retomba sur l'épaule de Jury.

— Le sanctuaire.

Le Passé est une si étrange Créature
A la regarder en Face
On y gagne parfois l'Extase
Parfois la Honte

Si, désarmé, quiconque la croise
Je lui enjoins de fuir
Car ses Armes rouillées
Pourraient encore riposter.

Emily DICKINSON

TABLE

PREMIERE PARTIE
Bonne Nuit ! Qui a éteint la Chandelle ?
11

DEUXIEME PARTIE
*Quelle est cette Auberge
Où d'étranges voyageurs
S'arrêtent pour la nuit ?*
25

TROISIEME PARTIE
*Enfants — escroqués par les pires des escrocs
que de vous — vienne la lumière !*
47

QUATRIEME PARTIE
*Vous — aussi — vous avez l'esprit plein
De Toiles d'araignée*
169

CINQUIEME PARTIE
La Nuit est tombée — Sur le Nid et sur le Chenil —
213

SIXIEME PARTIE
*Tout ce que je possède
C'est un souvenir d'Améthyste*
257

Photocomposition : Nord Compo
59650 Villeneuve-d'Ascq

IMPRIMÉ EN FRANCE PAR BRODARD ET TAUPIN
2327 – La Flèche (Sarthe), le 02-05-2000
Dépôt légal : janvier 2000

POCKET – 12, avenue d'Italie - 75627 Paris cedex 13
Tél. : 01.44.16.05.00

COLLECTION « NOIR »
CHEZ POCKET

BERNARD ALLIOT
Eaux troubles

WILLIAM BAYER
Hors champ
Punis-moi par des baisers
Voir Jérusalem et mourir

ROBERT BLOCH
Autopsie d'un kidnapping
L'éventreur
L'incendiaire
La nuit de l'éventreur
Un serpent au paradis

JAMES M. CAIN
La femme jalouse
La femme du magicien

RAYMOND CHANDLER
Nouvelles (2 tomes)

ROBIN COOK
Mutation

MARTIN CRUZ SMITH
Blues pour un tsigane
Requiem pour un tsigane

MILDRED DAVIS
La chambre du haut
La voix au téléphone

NELSON DEMILLE
Retour de l'enfer

MARK FROST
La liste des sept

LOREN D. EASTLEMAN
Le pro

ARTHUR CONAN DOYLE
Les aventures de Sherlock Holmes
Le chien des Baskerville
La vallée de la peur

FYFIELD FRANCES
Ombres chinoises
Sommeil de mort
Un cas de conscience

BRIAN GARFIELD
Poursuite

ELISABETH GEORGE
Enquête dans le brouillard
Cérémonies barbares
Le lieu du crime
Une douce vengeance
Pour solde de tout compte
Mal d'enfant
Un goût de cendres
Le visage de l'ennemi
Le meurtre de la falaise

GIOVANNI JOSÉ
La mort du poisson rouge

SUE GRAFTON
" A " comme Alibi
" B " comme Brûlée
" C " comme Cadavre
" D " comme Dérapage
" E " comme Explosif
" F " comme Fugitif
" G " comme Gibier
" H " comme Homicide
" I " comme Innocent
" J " comme Jugement
" K " comme Killer
" L " comme Lequel ?
" M " comme Machination

MARTHA GRIMES
L'auberge de Jérusalem
Le vilain petit canard
Le crime de Mayfair
Les cloches de Whitechapel
L'énigme de Rackmoor
La jetée sous la lune
Le mystère de Tarn House
L'affaire de Salisbury
La nuit des chasseurs
Les mots qui tuent

PATRICIA HIGHSMITH
L'art du suspense

ALFRED HITCHCOCK
Histoires terrifiantes
Histoires épouvantables
Histoires abominables
Histoires à lire toutes portes closes
Histoires à lire toutes lumières allumées
Histoires à ne pas fermer l'œil de la nuit
Histoires à déconseiller aux grands nerveux
Histoires préférées du maître ès crimes
Histoires qui font mouche
Histoires sidérantes
Histoires à claquer des dents
Histoires qui riment avec crime
Histoires à donner le frisson
Histoires à lire avec précaution
Histoires drôlement inquiétantes
Histoires percutantes
Histoires à faire froid dans le dos
Histoires à donner des sueurs froides
Histoires à vous glacer le sang
Histoires à suspense
Histoires à frémir debout
Histoires à vous faire dresser les cheveux sur la tête
Histoires renversantes
Histoires qui font tilt
Histoires à faire pâlir la nuit
Histoires noires pour nuits blanches
Histoires à vous mettre K.-O.
Histoires diaboliques
Histoires fascinantes
Histoires qui virent au noir
Histoires à vous couper le souffle
Histoires à faire peur
Histoires ténébreuses
Histoires à lire et à pâlir
Histoires ciblées
Histoires à rendre tout chose
Histoires en rouge et noir

WILLIAM IRISH
Concerto pour l'étrangleur
Une étude en noir
Lady Fantôme
Nouvelles (2 tomes)
Rendez-vous en noir

CHARLES KING
Mama's boy

DICK LOCHTE
Temps de chien

ED MCBAIN
Downtown
Escamotage
Poison

CAROL O'CONNELL
Meurtres à Gramercy Park
L'homme qui mentait aux femmes
L'assassin n'aime pas la critique

JEFFERSON PARKER
Un été d'enfer

DAVID M. PIERCE
La neige étend son blanc manteau
Rentre tes blancs moutons
Le petit oiseau va sortir
Sous le soleil de Mexico

JACK RICHTIE
L'île du tigre

LAURENCE SANDERS
L'homme au divan noir

JOHN SANDFORD
La proie de l'ombre
La proie de la nuit
La proie de l'esprit

LISA SEE
La mort scarabée

GEORGES SIMENON
L'affaire Saint-Fiacre
L'amie de Madame Maigret
L'âne rouge
Les anneaux de Bicêtre
Au bout du rouleau
Au rendez-vous des Terre-Neuvas
Les autres
Betty
La boule noire
La chambre bleue
Le charretier de la providence

Le chat
Chez les Flamands
Le chien jaune
Les complices
Le coup de lune
Un crime en Hollande
Le crime impuni
La danseuse du Gai-Moulin
Le destin de Malou
L'écluse n° 1
En cas de malheur
Les fantômes du chapelier
Les fiançailles de Monsieur Hire
Le fond de la bouteille
Le fou de Bergerac
La fuite de Monsieur Monde
Les gens d'en face
La guinguette à deux sous
Le haut mal
L'homme au petit chien
L'homme de Londres
Liberty Bar
Maigret
Maigret et les braves gens
Maigret au Picratt's
Maigret s'amuse
Maigret et le voleur paresseux
Maigret et la grande perche
Maigret et le corps sans tête
La maison du canal
Marie qui louche
Mémoires intimes
Monsieur Gallet décédé
La mort d'Auguste
La mort de Belle
La nuit du carrefour
L'ombre chinoise
Le passager clandestin
Le passager du Polarlys
Pedigree
Le petit saint
Le pendu de Saint-Phollien
Pietr-le-Letton
Le port des brumes
La porte
Le président
Le relais d'Alsace
La rue aux trois poussins

Strip-tease
Tante Jeanne
Les témoins
La tête d'un homme
Le train
Les treize coupables
Les treize énigmes
Les treize mystères
Un nouveau dans la ville
Une confidence de Maigret
Une vie comme neuve
Le veuf
La vieille

ROSAMOND SMITH
Œil-de-serpent

DOROTHY UHNAK
Victimes

ANDREW VACHSS
Blue Belle
Hard Candy

JACK VANCE
Charmants voisins
Lily street
Méchante fille
Un plat qui se mange froid

MINETTE WALTERS
Chambre froide
Cuisine sanglante
La muselière
Lumière noire
Résonances...

MARIANNE WESSON
Habeas corpus

DAVID WILTSE
Terreur noire
Terreur blanche

HELEN ZAHAVI
Dirty week-end

LE LIVRE NOIR DU CRIME
Bonnes vacances
Histoires de crimes parfaits
Histoires d'agresseurs
Histoires d'arnaqueurs
Mômes, sweet mômes
Place d'Italie
Le Salon du Livre